L'AMANT DIABOLIQUE

L'OBSESSION DE LUCIFER #2

ELIZABETH BRIGGS

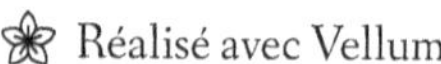 Réalisé avec Vellum

LUCIFER

De toutes ces milliers d'années vécues, tuer ma compagne fut l'acte le plus difficile que j'eus à accomplir.

La lumière dans les yeux d'Hannah faiblit, et avec elle une expression de trahison que je serais incapable d'oublier de toute mon existence. Alors que la vie quittait son corps, une angoisse croissante et lourde s'empara de ma poitrine, jusqu'à ce que je ne puisse presque plus la contenir.

Elle s'effondra dans mes bras.

Morte.

— Je suis désolé. C'était le seul moyen.

Je l'allongeai sur le canapé en cuir et luttai contre les émotions qui menaçaient de déchirer mon cœur.

Mes excuses pleines de regrets n'étaient pas suffisantes. Elles ne seraient jamais suffisantes. Comment pourrais je m'excuser pour ça ? Pour l'avoir tuée ? Même si j'avais enfin brisé la malédiction, et que je comptais tout faire pour la ramener à la vie, je n'étais pas sûr que mes actions puissent être un jour pardonnées. Même si elle me pardonnait, pourrais-je me pardonner ?

Ma Hannah reposait sur le canapé, la poitrine immobile. Si

immobile. De mes doigts, j'effleurai ses joues douces et pâles tout en observant son visage, et attendis. Plus les secondes défilaient, plus je me disais que j'avais pris la mauvaise décision. Pourquoi ça prenait autant de temps ?

Samaël débarqua précipitamment, apparaissant dans ma vision périphérique. Il s'arrêta net et se figea complètement, saisi par la scène. Je ne pouvais détourner le regard de mon amour, l'autre moitié de mon âme. *Reviens à moi, Hannah.*

— Qu'avez-vous fait ? demanda Samaël, l'horreur évidente dans son intonation.

Ma gorge était serrée quand je lui répondis :

— Je devais briser la malédiction. Ne t'inquiète pas, sa mort ne sera pas éternelle. Je l'espère.

Cependant, la peau de sa mâchoire se refroidissait sous ma caresse, pendant que j'essayais de la réveiller avec toute la force de ma volonté.

Mon attention s'écarta du visage d'Hannah quand cinq personnes ailées s'engouffrèrent par les fenêtres brisées et se posèrent dans le penthouse sans un bruit. Leurs ailes se refermèrent avec un bruit sourd et je soupirai de soulagement.

Kassiel ajusta sa cravate et lissa son costume en contemplant la destruction et la mort devant lui. À ses côtés se trouvait son aimée, Olivia, ainsi que les trois autres compagnons de celle-ci : Bastien, Callan et Marcus. Étant donné qu'elle était à moitié succube, elle avait besoin de quatre personnes pour rester rassasiée, tout comme sa mère, Lilith. J'avais fait appel à eux plus tôt dans la journée dans l'espoir qu'ils puissent m'aider avec la malédiction. Et je m'étais avancé à la briser seulement parce que je les avais vu dehors en train de combattre Mammon et ses dragons, aux côtés de mes gens.

Je me levai et leur fis face.

— Merci d'être venus si vite.

Kassiel s'avança, les autres sur ses talons.

— C'est une chance que nous n'étions pas loin quand tu nous as appelés.

— C'était une sacrée escarmouche, fit Olivia en désignant la fenêtre brisée et le ciel où nous nous étions tous battus contre les dragons et les gargouilles.

Tous nos ennemis s'étaient enfuis après ma victoire contre leur chef. Malheureusement, Gadrel, ou plutôt Adam maintenant qu'on l'avait démasqué, s'était enfui lui aussi en emportant les vieux journaux de Samaël. Quelque chose dont je m'inquiéterais plus tard. Tout ce qui comptait pour l'instant, c'était de ramener ma compagne.

Les yeux verts de Kassiel se posèrent sur le corps d'Hannah, gisant sur le ventre.

— Même si nous arrivons peut-être trop tard...

Je me concentrai sur l'un des autres compagnons d'Olivia, Marcus. En tant que Malakim, il détenait le pouvoir de guérir et, vu qu'il était le fils de l'Archange Raphaël, il possédait également un don unique et miraculeux, dont j'avais besoin immédiatement.

— Ressuscite-là, exigeai-je.

Ce n'était pas une demande. C'était un ordre, mêlé à mes pouvoirs de contrainte, et il résonna des profondeurs de mon âme. Même si ces anges n'avaient pas été tenus de m'accorder une faveur, ils auraient eu du mal à me dire non.

— Je vais essayer, mais je ne garantis pas que ça fonctionne.

L'ange aux cheveux sombres s'avança vers Hannah et l'examina rapidement, avant de me regarder avec hésitation.

— Fais-le, c'est tout, aboyai-je.

Le temps n'était pas aux doutes aujourd'hui. Plus nous attendions, plus ce serait difficile de la ramener parmi nous. Et nous devions la ramener. Je n'accepterais aucun autre résultat.

Marcus posa ses mains sur la poitrine d'Hannah, juste sous les clavicules, et une lueur blanche entoura le corps étendu. Je retins mon souffle et attendis. Si elle revenait, j'irais jusqu'aux confins de la Terre pour la protéger et rattraper toutes ces années de souffrance que nous avions endurées. Je ferais n'importe quoi pour qu'elle pardonne mon acte.

Olivia leva une main et Marcus la prit dans sa grande paume. Ses autres compagnons se rassemblèrent en cercle et posèrent les mains dans le dos d'Olivia. Ils fermèrent tous les yeux pour envoyer leurs forces et énergies combinées, dans le but d'aider Marcus à sauver Hannah. Ma Perséphone. Mon Ève.

Mon cœur battait dans mes tempes, rivalisant avec le rugissement du vent qui s'engouffrait par la fenêtre brisée. Samaël resta à proximité, les sourcils froncés. Personne ne bougeait tandis que la lumière blanche pénétrait le corps d'Hannah. Je retins mon souffle pendant ce qui sembla être la plus longue minute de toute ma vie d'immortel. Cela marcherait-il vraiment ? Ou avais-je fait la plus grosse erreur de tous les temps ?

Enfin, Marcus retira ses mains et la lumière diminua. Au début, rien ne se passa, et je m'attendais à ce qu'il me dise que c'était impossible.

Puis, avec difficulté, Hannah insuffla une inspiration urgente.

Le soulagement m'envahit, et je me précipitai vers elle sans hésitation. Je m'agenouillai à ses côtés, ignorant les éclats de verre qui transperçaient mon pantalon. Elle battit des paupières et ouvrit ses yeux bleus, et toute la tension dans mon corps disparut.

— Hannah, murmurai-je.

Mes mains étaient déjà sur ses joues car je ne pouvais pas patienter une seconde de plus sans la toucher. J'avais besoin de sentir la chaleur de ses joues et le souffle qui s'échappait de ses lèvres pour m'assurer qu'elle était vraiment revenue à la vie.

Quand ses yeux se posèrent sur moi, sa bouche magnifique se

tordit et son regard se fit à la fois confus et horrifié. Certes, je le méritais. Nous nous occuperions de ça plus tard. La seule chose qui comptait, c'était qu'elle était en vie ; et que la malédiction avait été brisée. Un sentiment de triomphe envahit ma poitrine en sachant que j'avais encore une fois battu mon père à son propre jeu.

— Contente-toi de respirer, dis-je à voix basse alors qu'Hannah essayait tant bien que mal de s'asseoir.

Je lui tendis une main qu'elle saisit, non sans hésiter.

Puis, elle se recula dans le canapé, comme si elle essayait de s'éloigner de moi. Elle considéra les autres personnes dans la pièce, les yeux grands ouverts, mais son regard revenait à chaque fois sur Kassiel. C'était compréhensible. Je m'installai à ses côtés, prêt à dire ou à faire tout ce dont elle avait besoin pour assimiler ce qui venait de se passer.

— Nous sommes quittes désormais.

Sans même me retourner, je savais qui avait parlé. La voix rocailleuse et lente ne pouvait appartenir qu'à une personne : Callan, le fils de Jophiel et le plus têtu des compagnons d'Olivia. Je lui rendis un regard éloquent et méprisant. Si seulement il savait qui était véritablement Hannah...

— Merci pour votre aide, déclarai-je en regardant tour à tour les personnes qui s'étaient regroupées autour de nous.

— Qui est-ce ? questionna Kassiel.

Hannah eut un mouvement brusque quand elle entendit sa voix, et sa main agrippa le bras du canapé, les articulations blanchies par sa poigne. Elle était en train de paniquer et essayait de ne pas le montrer. Qui pouvait le lui reprocher ? Être assassinée par sa moitié, puis ramenée d'entre les morts, ça faisait beaucoup à encaisser.

Je me levai et arrangeai mon costume qui était recouvert de sang de dragon et de je ne savais quoi d'autre.

— On parlera plus tard. Pour l'instant, j'ai besoin d'être seul avec elle. Samaël, peux-tu préparer des chambres pour nos invités et organiser le nettoyage pour commencer ?

Samaël acquiesça sèchement de la tête, à l'évidence mécontent de la situation. J'étais sûr qu'il me détaillerait ce qu'il pensait plus tard.

— Veuillez me suivre, je vous prie, dit-il aux autres.

Il quitta la pièce à grandes enjambées. Kassiel jeta un dernier regard curieux à Hannah avant de suivre Samaël et les autres vers la sortie du penthouse.

Dès qu'ils furent partis, je retournai mon attention sur Hannah pour qu'elle soit à l'aise. Peut-être devrais-je lui préparer un verre d'eau. Elle riva ses yeux sur moi et, se mettant soudainement en mouvement, se leva d'un bond le visage déformé par la colère et ses cheveux blonds volant derrière elle.

— Tu m'as tuée.

Sa poitrine se souleva et son regard s'embrasa.

— Tu m'as tuée !

— Hannah...

Je fis un pas vers elle pour la prendre dans mes bras et la rassurer, mais elle recula et leva les mains pour m'arrêter.

— Éloigne-toi ! Ne fais pas un pas de plus !

Les couleurs quittèrent son visage. Elle porta sa main à sa gorge, la serra doucement, comme pour se rappeler.

Je soupirai, regrettant de ne pas être en mesure de lui faire oublier cela, ce souvenir de mes mains serrant son cou jusqu'à ce que la vie la quitte.

— Hannah, laisse-moi t'expliquer. Te tuer était le seul moyen de briser la malédiction, mais j'avais tout prévu. J'ai sollicité une faveur des anges pour que Marcus te ressuscite. C'est le fils de l'Archange Raphaël et, comme son père, il peut ramener les gens d'entre les morts.

Hannah eut un mouvement en arrière, les yeux écarquillés.

— Tu étais sûr que ça marcherait ?

— Non, mais j'avais la foi.

— Tu avais la foi ?

Elle attrapa un vase, un des rares objets fragiles dans la pièce qui était sorti indemne de la bataille, et le lança à travers la pièce.

— J'aurais pu mourir ! hurla-t-elle. Putain de merde. J'étais morte !

Le vase vint s'écraser au sol et se brisa mais je restai calme, essayant de ne rien dire ou faire qui pourrait ébranler encore plus Hannah.

— Oui.

Elle s'arrêta et me fixa, encore plus choquée que tout à l'heure, si toutefois c'était possible.

— Et cette fois-ci, je ne renaîtrai pas.

— En effet.

Elle s'empara d'un verre à pied et le jeta sur moi.

— Tu aurais pu me dire ce que tu avais prévu avant !

Je levai la main et attrapai le verre juste à temps.

— J'étais incapable de te le dire. Crois-moi, je voulais tout te dire, mais je ne pouvais pas. Ça devait être un acte passionnel, accompli de mes propres mains, et tu devais me regarder et savoir que je te tuais. Mon père a été très clair là-dessus quand il nous a maudits. Si tu avais été au courant de mon plan, ça n'aurait peut-être pas marché. Je ne pouvais pas m'y risquer. Même si nous devons vivre avec ce souvenir pour le restant de nos jours.

Elle porta une main à sa tête, comme si elle souffrait.

— Pourquoi maintenant ? Si tu as toujours su comment briser la malédiction, pourquoi attendre jusqu'à maintenant ?

— Parce que jusqu'à maintenant, je n'avais aucun moyen de te ramener.

Je posai le verre à pied et me préparai à d'autres jets d'objets.

— Il y a un an environ, j'ai aidé des anges, ceux qui viennent de partir, à s'échapper de prison. Ils m'étaient redevables. Je n'aurais pas pu te ramener et tromper la mort sans leur aide.

Hannah inspira en frémissant avant de parler.

— La malédiction est brisée alors ?

— Je crois bien, oui.

Je l'avais senti à sa mort. Comme un élastique qui s'était coupé en deux tout au fond de moi.

— Donc si je meurs, c'est vraiment la fin ?

Elle semblait perdue en prononçant ces mots.

— Comme pour tous les êtres vivants.

J'étalai les mains et inclinai la tête, incertain quant à comment lui répondre. Elle avait voulu briser la malédiction autant que moi, si ce n'était plus. Je l'avais fait pour elle, après tout. Pour *nous*.

— Nous devons tous faire face à la mort un jour. Au moins maintenant, nous pouvons y faire face ensemble.

— Non, non, non... marmonna-t-elle pour elle-même en s'éloignant et en secouant la tête.

Elle se prit la tête dans les mains, l'agonie s'emparant de son visage.

— C'est trop... Je ne peux pas...

Je me précipitai quand elle s'accroupit et cria, mais elle leva alors une main, son autre bras étreignant sa taille.

— Ne t'approche pas de moi ! rugit-elle.

Une lumière dorée jaillit de sa peau, illumina la pièce et me rejeta en arrière. Alors que je trébuchais et protégeais mes yeux de la lumière avec une main, Hannah courut vers la fenêtre brisée. Elle s'élança au travers de la percée accidentée et se jeta du balcon pour disparaître dans la nuit sans un regard en arrière.

J'accourus à la rambarde et la serrai fermement, contemplant Hannah qui s'éloignait en battant de ses ailes argentées.

2

HANNAH

Je volais. De mes propres ailes. Comment était-ce possible ?

J'avais été bouleversée d'apprendre que j'étais morte de la main de Lucifer, par les milliers de bribes de souvenirs qui se bousculaient dans mon cerveau, et par cette ruée de pouvoir à l'intérieur de moi que je ne pouvais pas contrôler. Dans ma panique pour échapper à tout cela, j'avais accouru à la rambarde du balcon. Mon instinct m'avait dit de sauter, mais je n'étais pas tombée. Non, j'avais fait tout le contraire. *J'avais volé.* Et ce ne fut qu'une fois haut dans le ciel obscur que je pris conscience que je planais grâce à des ailes argentées.

Mes ailes.

Le vent ébouriffa mes plumes alors que je descendais en piqué grâce aux courants d'air, sans penser à rien. Je m'émerveillai de cette sensation de liberté et de puissance. Cela suffit à me calmer quelques secondes, et je m'autorisai durant ce bref instant à exister. Ça semblait... normal. Familier. Naturel.

Puis, les souvenirs revinrent me submerger et m'emplirent d'angoisse et de souffrance. *J'étais morte.* Des mains de Lucifer.

Ma propre âme sœur m'avait étranglée ! Bien sûr, il avait ses raisons, mais il aurait dû me faire part de son plan avant de le faire. Ou m'avertir. *N'importe quoi.* Même si je pouvais le pardonner, ce que je n'étais pas sûre de pouvoir faire, je ne serais jamais capable d'oublier la sensation de ses propres mains, m'étouffant jusqu'à la mort.

La colère et l'agonie m'envahirent à cette pensée et de nouveau, une lueur dorée sortit à toute vitesse de ma peau, éclairant le ciel sombre comme si j'étais devenue une étoile. Le pouvoir tambourinait en moi, puis une avalanche de souvenirs qui n'étaient pas les miens inonda mon cerveau. *Je battais des ailes noires dans l'obscurité de l'Enfer. Je riais et courais pieds nus dans un jardin plein de vie. Je levais les yeux vers Gadrel tandis qu'il me transperçait la poitrine. Je tenais un petit garçon nu dans mes bras.*

Je secouai la tête dans une tentative d'enfouir mes souvenirs au fond de moi et de trouver un moyen de revenir dans l'instant présent. L'acte terrible de Lucifer avait débloqué quelque chose en moi et à présent, je ne savais plus qui j'étais. Si Hannah était morte, alors étais-je Ève ? Lénore ? Perséphone ? Quelqu'un d'autre doté d'ailes... un ange ?

Voler était la seule chose de sensée à mes yeux, la seule chose que mon corps savait curieusement faire d'instinct, alors je continuais à me mouvoir, battant des ailes pour m'élever et m'éloigner. À chaque fois qu'un nouveau questionnement ou souvenir apparaissait dans mon esprit, je volais plus fort et plus vite, fuyant ma panique, incapable de m'arrêter et de succomber à mes pensées.

Un silhouette faite d'ombres apparut soudain devant moi, puis les ombres se rassemblèrent pour prendre la forme de ma moitié. Les obscures ailes noires de Lucifer se déployèrent derrière lui. Il me barra le chemin, diaboliquement beau avec ses cheveux sombres au vent et ses yeux verts remplis d'inquiétude. J'eus un pincement au cœur en le voyant, à cause du mélange d'amour et de douleur que je ressentais.

— Hannah, arrête !

Il prit ma main dans la sienne, mais je le repoussai.

— Je ne peux pas ! m'écriai-je en plongeant. Qu'est-ce qui m'arrive ? Qui suis-je ?

— Je peux tout t'expliquer si tu reviens avec moi au penthouse.

Il avait l'air si calme et raisonnable, que ce ne fit qu'attiser ma colère. Comment pouvait-il être calme quand tout à l'intérieur de moi avait implosé ?

— Je n'irai nulle part avec toi ! objectai-je en battant furieusement des ailes et en envoyant des traînées de lumière dans la nuit. Si tu as une explication, dis-la-moi ici, tout de suite !

Lucifer lâcha un soupir avant de parler délibérément lentement :

— Tu es un ange prénommé Haniel. Tes pouvoirs et tes souvenirs t'ont été arrachés par ta sœur, Jophiel, pour te protéger. Mes souvenirs de toi m'ont aussi été pris, et je ne les ai récupérés que la nuit d'Halloween.

Haniel. Un ange. Oui, c'était logique. Mais le reste... La douleur dans ma poitrine s'échauffa.

— Jophiel m'a fait ça ? Comment ?

La pénombre s'échappa de ses ailes et se mêla à la nuit.

— Elle agissait avant tout dans ton intérêt, je crois, mais ça n'excuse pas ce qu'elle a fait, ce qu'elle nous a fait. Je suis encore en train d'intégrer mes souvenirs retournés. J'espérais que ta résurrection te rendrait ton identité, mais tu n'as récupéré que tes pouvoirs, on dirait.

Mon identité ? Une heure auparavant, j'étais humaine ; du

moins c'était ce que je pensais. Désormais, j'étais morte et revenue à la vie, et j'avais découvert que j'étais en fait un putain d'ange. Sauf que j'étais aussi toutes ces autres femmes de mes vies précédentes. C'était suffisant pour me donner envie de hurler.

— Comment puis-je récupérer mes souvenirs ? demandai-je, la voix tremblante.

— Il faut que Jophiel te les rende, comme elle l'a fait pour moi.

Un vil sourire passa sur ses lèvres.

— Elle ne voulait pas le faire, mais je peux me montrer très persuasif.

Je pressai mes paumes de main contre mon visage, submergée par tant d'émotions, de pouvoir et de souvenirs que j'avais l'impression d'être sur le point d'exploser. À présent, j'avais appris que ma propre sœur m'avait elle aussi trahie ? Et elle ne m'avait pas seulement pris mes souvenirs, mais mes pouvoirs également ? Non. C'était trop. J'avais déjà des centaines de vies antérieures qui se disputaient mon attention dans mon esprit, et je ne savais plus qui j'étais. Hannah était-elle seulement réelle ? Qui était Haniel ?

Je devais découvrir la vérité sur ma personne quand j'étais Haniel. Au fond de mon être, je savais qui j'étais, même si je ne pouvais pas l'expliquer.

Je baissai les mains et pris une grande inspiration.

— Je dois rendre visite à ma sœur.

— Bien sûr. Mais avant que tu t'en ailles, je dois te prévenir que tu pourrais ne pas vouloir récupérer ces souvenirs.

La bouche de Lucifer se tordit et il détourna les yeux.

— Apprendre ce qui t'est arrivé pourrait être trop dur à supporter. Même maintenant je me demande si ça n'aurait pas été mieux de ne pas savoir.

— Je dois savoir. Peu importe à quel point c'est dur.

Je croisai les bras et utilisai mes ailes pour me stabiliser.

— Et franchement, qu'est-ce qui pourrait être pire que de se faire tuer par sa propre moitié ?

Lucifer leva les yeux au ciel.

— Vais-je payer pour ce crime jusqu'au prochain siècle ?

— Au minimum !

Il baissa la voix et posa à nouveau les yeux sur moi.

— N'oublie pas que je l'ai fait pour toi. Pour *nous*.

Je lâchai un long soupir.

— Je comprends pourquoi tu m'as tuée, mais ça ne veut pas dire que je suis d'accord. Je ne sais pas comment te pardonner, ou comment nous pourrions avancer après ça.

Son visage s'assombrit. Il bondit vers moi grâce à ses ailes noires et ne s'arrêta qu'à quelques centimètres de mon visage.

— Que tu me pardonnes ou non, peu m'importe. Tu es ma compagne. Tu l'as toujours été, et tu le seras toujours.

Il prit mon bras et plongea son regard intense dans le mien.

— Même si tu ne peux pas le voir maintenant, tu te rendras compte avec le temps que je devais le faire. La malédiction devait être brisée. C'était le seul moyen.

Je laissai sortir un éclair de lumière dorée et utilisai mes ailes pour m'éloigner brusquement de lui.

— Ça ne justifie pas ton acte !

Il secoua la tête.

— Il faut que tu te reposes. Demain matin, nous prendrons le jet privé pour aller voir Jophiel.

— Non. Je dois parler à ma sœur et je dois le faire toute seule. Et puis, la dernière fois que nous avons été tous les trois réunis, toi et Jophiel avez failli vous entretuer.

Ses lèvres ne formèrent plus qu'une mince ligne.

— Je ne peux pas te laisser y aller seule.

— Tu ne peux pas non plus m'en empêcher.

— Alors prends au moins Azazel avec toi.

Mes ailes ralentirent et je sentis le poids des événements de la soirée m'attirer vers le bas.

— Très bien. Je vais me reposer un peu avant.

Lucifer me prit tout à coup dans ses bras et vola vers le penthouse, me tenant fermement contre lui tandis que ses ailes sombres nous ramenaient. Je tentai de protester mais j'étais trop épuisée pour faire quoi que ce soit et ne pus que lui jeter des regards furieux. Mon corps perfide voulait se blottir contre lui, et mon cœur s'affola d'être pressé tout contre son torse ferme. Mon cerveau avait beau crier que ce n'était pas bien, le reste de mon corps voulait savourer chaque seconde dans ses bras. Lucifer avait raison, il était ma moitié, et peu importe à quel point j'étais en colère, je ne serais jamais capable d'échapper à ce fait.

Dès qu'il me déposa dans le penthouse, je me détournai de lui et courus, mes chaussures écrasant le verre brisé par le combat de tout à l'heure. Je ne pouvais passer une seconde de plus avec Lucifer et toutes mes émotions contradictoires. Je me dirigeai tout droit vers la chambre d'amis, là où j'avais séjourné, et je fus soulagée de voir qu'elle n'avait pas souffert de la bataille qui avait fait rage plus tôt dans la soirée.

Je fermai la porte et m'y appuyai, à bout de souffle et bouleversée. Mes genoux étaient faibles et mon esprit m'ordonnait de m'abandonner à la panique, mais mes pouvoirs récemment découverts m'épuisaient rapidement. Ou peut-être était-ce à cause de ma mort et de ma résurrection, car j'imaginais que ça assommerait n'importe qui. Je m'écroulai sur le lit, les membres faibles et inutilisables, et le doux soulagement du sommeil m'emporta rapidement.

Cependant, je ne dormis pas longtemps.

Quatre heures après m'être couchée, alors qu'il régnait un silence de mort dans le penthouse, je fourrai des vêtements dans un sac en toile. Suffisamment pour partir quelques nuits. Voire plus. Voire pour toujours.

Puis, je me glissai hors du penthouse. Seule.

3

HANNAH

Personne ne m'empêcha de sortir du penthouse, ou d'entreprendre la longue descente en ascenseur jusqu'au parking souterrain de l'Hôtel Casino Celestial. Pourquoi m'en empêcher ? Tous ceux qui travaillaient dans l'hôtel de Lucifer savaient que j'étais sa compagne. Ils n'avaient aucune idée du trouble que je ressentais à la pensée d'être sa moitié pour le reste de ma vie. Ma seule vie désormais, grâce à Lucifer qui avait mis fin à la malédiction.

Je me rendis dans la partie privative du parking, là où Lucifer gardait toutes ses voitures de sport luxueuses, et me dirigeai vers la Lamborghini jaune que j'avais empruntée – ou plutôt volée – à ma sœur Jophiel hier. Je n'avais pas hâte de refaire le long trajet jusqu'à San Francisco, mais j'avais malgré tout besoin de lui parler tout de suite, et sans la présence de Lucifer.

Un brusque bruit de pas derrière moi me fit sursauter et je me retournai. Mes ailes se déployèrent derrière moi et une lueur rayonnante émana de ma peau. Azazel se tenait devant moi, ses longs cheveux encadrant ses épaules musclées et sa peau sombre réfléchissant la lumière que je répandais. Elle était en tenue de combat, toute habillée de cuir, et ses poignards sanglés. Elle m'observa, l'air ouvertement hostile.

— Qu'est-ce qui se passe ici ?

J'agrippai davantage mon sac.

— Je pars. Tu ne peux pas m'arrêter.

— Pas ça. Tes ailes.

Zel les désigna de ses ongles rouge sang, et quand elle poursuivit, sa voix était pleine de dégoût :

— Tu es un *ange* maintenant ?

Je jetai un œil par-dessus mon épaule aux plumes argentées puis, non sans effort, je parvins à les faire disparaître, de même que mon halo lumineux. Maudits soient ces pouvoirs. Je n'étais pas encore certaine de savoir les contrôler.

— Il semblerait, marmonnai-je. Crois-moi, je suis aussi choquée que toi.

Ses yeux sombres se rétrécirent.

— Comment ? Lucifer l'aurait remarqué si tu étais un ange. Nous aurions tous remarqué.

Je laissai échapper un long soupir.

— Je ne sais pas. Pendant tout ce temps, je pensais que j'étais humaine. C'est pour cette raison que je m'en vais, pour obtenir des réponses. Lucifer dit que ma sœur Jophiel m'a dissimulé mes pouvoirs et mes souvenirs, et je vais aller lui parler.

Je rendis à Azazel son regard.

— Ça te pose un problème ?

— Je n'aime pas les anges, déclara-t-elle en serrant les dents. Mais j'ai juré de te protéger, et ça n'a pas changé. J'ai échoué une fois, et ça n'arrivera plus, même si tu es un ange.

Elle retroussa sa lèvre en prononçant ce dernier mot.

Je repoussai la pointe de déception à l'idée qu'une paire d'ailes argentées puisse tant altérer notre relation.

— J'accepte volontiers ta protection, mais j'aurais bien besoin d'une amie, confessai-je.

Zel marcha vers la décapotable jaune.

— Je ne fais pas ami-ami avec les anges. C'est notre véhicule ? Pas mal. Je conduis. On sait tous que les anges ne servent à rien dans le noir, et on dirait que tu vas t'endormir debout.

Elle n'avait pas tort. Je lui jetai les clés en bâillant.

— Merci.

— On va où, petite mortelle ?

Elle ouvrit la portière de la voiture et s'arrêta.

— Hmm, j'imagine que je ne peux plus t'appeler comme ça maintenant.

J'ouvris le petit coffre et y déposai mon sac.

— À San Francisco.

Elle se glissa sur le siège conducteur.

— La route va être longue. On échangera quand le soleil se lèvera.

J'acquiesçai en m'asseyant sur le siège passager en cuir. Alors qu'elle démarrait la voiture et nous faisait sortir du parking souterrain, je roulai ma veste en boule du mieux que je pus pour en faire un oreiller, avant de m'appuyer contre la portière et de fermer les yeux. Quatre heures de sommeil ne suffisaient assuré-ment pas après ce qui s'était passé hier soir. Cependant, je devais obtenir des réponses.

Pourtant, quand je fermai les yeux et fus disposée à me repo-ser, je ne parvins pas à trouver le sommeil. Mon esprit était trop tourmenté et confus. Trop de questions sans réponses affluaient, ainsi que des souvenirs remplis de souffrance. J'arrivais à peine à me faire à l'idée que j'étais un ange désormais, que j'étais morte et que j'avais ressuscité, et que tout ce que je pensais connaître de ma vie jusqu'à maintenant s'était avéré faux.

Je n'avais quitté la maison que depuis une semaine, mais ma

boutique de fleuriste semblait déjà n'être plus qu'un lointain souvenir. Pendant ce court laps de temps, j'avais découvert l'existence du monde surnaturel et que j'en faisais partie. D'abord, j'avais appris que j'étais la compagne de Lucifer, destinée à mourir et à renaître dans un cycle infini. J'étais Ève, et Perséphone, et Lénore, et de nombreuses autres dont on avait depuis longtemps oublié le nom. Mais à présent, j'avais aussi appris que j'étais un ange. Pas Hannah. *Haniel.* Toute mon identité avait été balayée d'un revers de la main et remplacée en l'espace de quelques jours.

Et Lucifer m'avait tuée.

Peut-être pour une bonne raison, mais sans garantie que je ressuscite. Sans assez de garantie. Il s'était dit que les anges pourraient me ramener, et s'ils avaient échoué ? On aurait dû me donner le choix au moins, mais il avait décidé à ma place. Il avait pris cette décision pour rompre lui-même la malédiction, agissant tel le grand roi arrogant qu'il était, et maintenant, nous devions tous les deux vivre avec son horrible crime sur la conscience pour le reste de nos vies. De nos vies *immortelles.*

En tant qu'ange, je ne vieillirais pas. C'était plutôt choquant là tout de suite. Bien sûr, la malédiction désormais brisée – si elle était *vraiment* brisée – il s'agissait aussi de ma dernière vie. Je pensais que j'allais être soulagée d'apprendre ça et pourtant, un frisson de peur parcourut ma colonne vertébrale. Si Gadrel ou plutôt, nous le savions désormais, la réincarnation d'Adam, me tuait à nouveau, c'en serait fini de moi. Ce serait ma mort finale.

Bien sûr, l'arrêt de la malédiction signifiait aussi que nous pouvions le tuer. Pour de bon cette fois-ci.

J'espérais de tout cœur qu'il puisse être tué. Les souvenirs d'Adam dans de nombreuses réincarnations défilèrent dans ma tête et avec eux, toutes les fois où il m'avait abattue. Même dans des vies que Lucifer ignorait, où Adam me retrouvait enfant. Je frissonnai en particulier à ces souvenirs et à toutes les choses répugnantes et malheureuses qu'il m'avait faites. Ce monstre devait être arrêté.

Je ne savais pas du tout où il se trouvait en ce moment, cependant. Il avait pris la poudre d'escampette après avoir volé les vieux journaux de Samaël, ce qui avait l'air d'être un problème, même si je n'étais pas sûre de savoir pourquoi. Je rejetai les journaux volés dans un coin de mon esprit, car je laisserais Lucifer s'occuper de ça. Dans l'immédiat, j'avais d'autres problèmes à gérer. Comme confronter ma sœur et comprendre qui j'étais, bon sang.

Adam finirait par me retrouver toutefois. Il me retrouvait toujours. Mais cette fois-ci, je serais prête à l'accueillir.

Comme vitesse de croisière, Zel avait opté de filer à toute allure sur l'autoroute. Je redressai mon oreiller de fortune et essayai de me mettre à l'aise. Les Lamborghinis étaient de petites voitures sexys, mais pas exactement prévues pour qu'on dorme à l'intérieur. Non pas que la voiture soit le problème. Non, le problème était que je ne pouvais pas arrêter mon esprit de cogiter. Je revoyais encore et encore le moment de ma mort dans ma tête, comme un mauvais film d'horreur que je ne pouvais éteindre. Parfois, d'autres bribes de mes vies antérieures apparaissaient, juste assez pour alimenter mon angoisse. Certaines étaient des souvenirs d'autres fois où je m'étais disputée avec Lucifer par le passé, comme si mon cerveau ne pouvait s'empêcher de faire ressurgir les pires moments pour me tourmenter.

Bordel. Me concentrer sur le passé ne m'aiderait pas à obtenir des réponses. Je me forçai à ne pas me soucier de Lucifer, ni à penser à lui. Je m'efforçai de ralentir ma respiration dans une tentative de me calmer. Je ne parviendrais à aucun résultat si je laissais ma frustration prendre le dessus. Et ce dont j'avais le plus besoin, c'était de me reposer.

Le sommeil finit enfin par s'insinuer en moi, mais juste avant qu'il ne s'empare entièrement de mon corps, un autre visage clignota dans mon esprit ; le visage d'un des hommes qui étaient présents la nuit de ma résurrection. Des cheveux sombres. Des yeux verts. Le sourire de Lucifer. Je l'avais également aperçu au Bal de la Nuit du Diable. Mon cœur se serra à cette pensée, et quelque chose chez lui me fit écho à un niveau presque cellulaire. Il était important à mes yeux, d'une manière que j'ignorais. Les souvenirs étaient trop emmêlés, et n'obéissaient pas encore à mes ordres. Ils allaient et venaient comme ils leur plaisaient, même si je songeais désespérément à un souvenir qui impliquait cet homme.

Puis, un nom apparut enfin dans ma tête quand je succombai au sommeil. *Kassiel.*

Qui était-il ?

Après le lever du soleil, Zel me réveilla en me secouant fortement le bras. Je bâillai et pris place sur le siège conducteur. Zel s'endormit aussitôt à côté de moi et je l'enviais pour cela. J'avais toujours eu des problèmes de sommeil, hantée par – je le savais désormais – des fragments de mes vies antérieures. Les seules fois où je dormais bien étaient quand Lucifer était à mes côtés. Je me débarrassai de cette pensée avant que mon angoisse ressurgisse.

En conduisant, le soleil se posa sur moi à travers les fenêtres et me remplit de chaleur et de force. Nous finîmes par arriver à San Francisco. Je trouvai facilement la maison de ma sœur, comme si j'avais toujours connu la route, et un concierge annonça notre arrivée. Je me garai devant la demeure à deux étages qui ressemblait à un château français, dressée sur une colline avec une vue magnifique sur la baie. Tout à l'intérieur comme à l'extérieur était blanc et beige, même si des roses apportaient au moins une touche de couleur à l'extérieur.

Zel émit un son de dégoût quand nous sortîmes de la voiture. Je l'ignorai et me dirigeai vers la porte, qui s'ouvrit avant que je ne l'atteigne. Jophiel se tenait dans l'embrasure, le sourire aux lèvres et sa chevelure blonde et raide reflétant la lumière du soleil. Elle portait un ensemble blanc composée d'une jupe et d'une chemise rose, et chaque centimètre d'elle était bien trop parfait pour être humain.

Elle s'avança perchée sur ses talons blancs et prit mes deux mains dans les siennes.

— Hannah ! Je me suis inquiétée quand tu as pris la voiture, mais je suis tellement contente que tu sois revenue. Tu t'es rendu compte que j'avais raison à propos de Lucifer depuis le début ?

Je tirai d'un coup sec sur mes mains et me mordis la langue. Je n'étais pas sûre de savoir comment répondre à ça. À la place, je rencontrai son regard et dis :

— Je suis là pour obtenir des réponses.

— Des réponses ? répéta ma sœur en inclinant la tête, telle l'incarnation de l'innocence.

— Concernant ma vie.

Je déglutis difficilement à cause de l'angoisse qui comprimait ma gorge.

— Concernant Haniel.

J'eus la satisfaction de voir le visage de Jophiel pâlir en entendant ce nom. Ses doigts s'écartèrent à la naissance de son cou. Si elle avait porté des perles, elle les aurait sûrement empoignées.

— Lucifer t'a raconté. Je savais que je n'aurais jamais dû lui rendre ces souvenirs.

— N'en veux pas à Lucifer cette fois.

Avec un effort, je fis battre mes ailes derrière moi, et les yeux de Jophiel s'écarquillèrent.

— Il a dû me le dire quand celles-ci sont sorties de mon dos.

— Merde, jura-t-elle, faisant complètement disparaître son air innocent.

Une lueur éclatante et furieuse m'enveloppa.

— Mes pouvoirs sont revenus. Je veux aussi récupérer mes souvenirs, en plus d'une explication. Et elle a intérêt à être bonne.

Jophiel hocha lentement la tête et fit un geste vers la porte.

— Entre.

4

HANNAH

Je fis disparaître les ailes et m'avançai dans l'entrée de la maison de Jophiel. Celle-ci leva une main quand Azazel tenta de me suivre.

— Le démon n'est pas le bienvenu chez moi, déclara Jophiel.

— Déchue, corrigea sèchement Azazel. Je vais là où elle va.

— Azazel est ma garde du corps, expliquai-je.

— Tu n'en as pas besoin ici, répliqua froidement ma sœur.

— Je n'en suis pas si sûre, murmurai-je. Mais on peut parler sur le porche si tu préfères. Ça m'est égal.

Jophiel renifla, puis recula pour laisser Zel entrer chez elle. Si j'avais pensé que Zel souriait avec mépris auparavant, ce n'était rien comparé à l'expression qu'elle arborait quand elle entra et vit les murs de marbre blanc, le chandelier luisant et l'escalier en colimaçon. Je devais l'admettre, c'était un peu exagéré, mais le penthouse de Lucifer l'était tout autant.

Ma sœur nous conduisit au salon, immaculé et lumineux, comme toutes les fois où j'y étais venue. Nous passâmes devant les figurines d'anges exposées, que Zel dévisagea avec répugnance avant de se laisser tomber sur le canapé blanc.

Jophiel observait Zel, les lèvres serrées, comme si elle s'inquiétait que la Déchue puisse salir ses meubles blancs virginaux. Puis, Jophiel tourna son regard vers moi et m'examina rigoureusement.

— Est-ce que ça va ? Il s'est passé quelque chose avec Lucifer ?

L'inquiétude dans sa voix prit le dessus sur ma colère et mon impatience, me rappelant qu'elle se faisait du souci pour moi, du moins suffisamment pour remarquer que quelque chose n'allait pas. Mais comment pouvais-je répondre à cette question ? Si je lui racontais tout ce que j'avais traversé ces dernières vingt-quatre heures, elle me lâcherait un « Je te l'avais bien dit » et jamais au grand jamais personne, ne voulait entendre ces mots sortir de la bouche de sa sœur aînée. Je ne savais pas non plus ce que Zel savait de ma mort et de ma renaissance. Et honnêtement, je ne voulais simplement pas en parler maintenant.

— J'ai passé une sacrée nuit, réussis-je à dire. Adam m'a attaquée, mais je l'ai vaincu et il s'est enfui. Mais ce n'est pas la raison de ma visite.

Mes mains saisirent mes hanches tandis que je lançais à ma sœur un regard noir.

— J'ai besoin de savoir qui je suis vraiment. Tu as pris mes pouvoirs. Tu as pris mes *souvenirs*. Pourquoi ? Comment ?

Elle réagit à peine ; seule sa bouche se tordit légèrement.

— S'il te plaît, assieds-toi, et je vais tout t'expliquer. Ensuite, tu pourras décider si tu veux toujours récupérer tes souvenirs. Mais d'abord, permets-moi de te servir quelque chose à boire au moins. Tu as l'air épuisée.

— Un café, réclama Zel. Noir.

Jophiel la fusilla du regard avant de quitter la pièce, et je m'assis dans le fauteuil blanc aux motifs dorés. Je posai ma tête dans mes mains et attendis, essayant encore de ne pas me faire submerger par l'angoisse.

Quelques minutes plus tard, ma sœur revint avec un service à café argenté et un plateau de petits fours élaborés. Elle me servit une tasse de café et dit :

— Peut-être que ta garde pourrait nous laisser un peu d'intimité pour cette discussion. Car elle comporte quelques sujets sensibles.

À ces mots, une autre volute de souvenirs flotta dans mon esprit. Je me trouvais dans un pub garni de tables en bois et couvert de poutres au plafond. L'odeur de la bière rance imprégnait l'air et les voix rauques des barmans et des clients résonnaient dans mes oreilles. Zel était assise à côté de moi, avec une autre femme aux cheveux rouge feu. Toutes les deux entourèrent leurs bras autour de moi alors que nous rions et fêtions quelque chose, même si j'ignorais de quoi il s'agissait. Une sensation chaleureuse d'amitié et d'appartenance m'étreignit, puis le souvenir s'évanouit.

Je secouai la tête pour revenir à l'instant présent. Je ne pouvais pas vivre comme ça, avec des moitiés de souvenirs qui se manifestaient aléatoirement. Il valait mieux que ce soit un effet indésirable temporaire de ma renaissance et rien de plus.

Je me rendis compte que Jophiel et Zel attendaient une réponse de ma part. Je ne savais plus démêler le vrai du faux ; les choses que je pensais vraies seulement deux jours auparavant, qu'en était-il maintenant ? Cependant, je savais que je pouvais faire confiance à Zel. Dans mes innombrables vies, j'avais eu peu de véritables amis, mais elle en avait fait partie.

— Azazel reste.

Ma voix était ferme, ne laissant aucune place à la négociation.

Zel sourit d'un air suffisant et se versa elle-même une tasse de café, puis elle attrapa une minuscule tarte aux fruits enrobée de sucre du plateau et la fourra dans sa bouche. Jophiel m'offrit aussi une pâtisserie, mais je secouai la tête. J'avais l'estomac noué et l'impression que cette conversation n'améliorerait pas mon état...

— Parle-moi d'Haniel, commandai-je.

Jophiel s'assit dans l'autre fauteuil et croisa délicatement les jambes.

— Très bien. Comme tu t'en es probablement rendu compte, tu n'es pas vraiment Hannah, mais Haniel, un ange Ofanim, et ma demi-sœur. Tu es née au Paradis au début du vingtième siècle, de l'union de deux Archanges : Anaël et Phanuel, notre père.

J'en restai bouche bée, mais trop abasourdie pour parler. J'avais plus de cent ans, et j'étais née dans un autre royaume. De deux Archanges. Je fouillai mon esprit à la recherche de bribes de souvenirs des parents dont elle parlait, ou de mon enfance au Paradis, mais ils avaient disparu. Il ne restait même pas un soupçon de sensation familière. Et pourtant, je sentais qu'elle disait la vérité. Curieusement, ça ne faisait qu'empirer les choses. Après avoir passé les dernières années à espérer me souvenir de mes parents, que je pensais morts dans un accident de voiture qui avait provoqué mon amnésie, même une légère réminiscence d'eux serait une bénédiction.

— Continue, la priai-je.

— La Grande Guerre faisait rage à cette époque-là et ensemble, nous nous sommes battues contre les démons, jusqu'à ce que Lucifer tue notre père et t'enlève.

Elle soupira et but une gorgée de café avant de poursuivre :

— J'ignore comment mais tu es tombée amoureuse de lui, à mon plus grand désarroi. Comme d'habitude.

Je me redressai un peu à ces paroles.

— Lucifer a tué notre père ?

— Oh, il n'a pas jugé bon de mentionner cela, n'est-ce pas ? dit-elle en secouant la tête. Pourquoi ça ne me surprend pas ?

— Si Lucifer l'a tué, je suis sûre qu'il avait une bonne raison, grommela Zel.

— Je suis sûre qu'être un Archange semblait être une raison suffisante en ce temps-là, répliqua Jophiel d'un ton sec.

Je levai une main avant qu'elles ne s'y mettent toutes les deux.

— Qu'est-ce qui s'est passé ensuite ?

Jophiel posa sa tasse et croisa mon regard.

— Tu as fini par revenir, en soutenant que Lucifer t'avait laissée partir. En tant qu'Ofanim, je devinais que tu disais la vérité, mais je savais qu'il n'y avait pas que ça. Quand nous nous sommes retrouvées seules, tu m'as raconté que tu avais commencé une idylle secrète avec Lucifer. Naturellement, j'étais horrifiée, mais tu m'as expliqué tes vies antérieures et ton lien éternel avec Lucifer. Comme tu étais ma sœur, j'ai accepté de garder le secret, même si je l'ai regretté plus tard vu que ça n'a mené qu'à ta perte quand Adam t'a tuée.

Je déglutis avec difficulté, mais il me fallait demander :

— Comment est-ce arrivé ?

— Je ne sais pas, je n'étais pas là à ce moment-là. Tu es parvenue à t'échapper et tu as volé jusqu'à chez moi, en sang.

Son visage se contracta et elle fixa sa tasse de café, la douleur évidente dans ses yeux.

— J'ai appelé Raphaël pour te soigner, mais il n'est pas arrivé à temps pour te sauver. Cependant, il a réussi à te ressusciter.

Je me souvins que l'Archange Raphaël était le père de Marcus. Le père et le fils m'avaient donc ressuscitée. Quelle chance...

— Ça n'explique pas pourquoi je n'ai plus mes souvenirs.

Sa voix se fit urgente et ses yeux me supplièrent.

— Tout le monde pensait que tu étais morte. Seuls Lucifer, Raphaël et moi savions la vérité. Comme je savais que ton sort était de retourner dans les bras de Lucifer et de te faire à nouveau tuer par Adam, j'y ai vu une occasion pour te protéger, et je l'ai saisie. J'ai effacé tes souvenirs, à toi et à ceux qui te connaissaient, et j'ai laissé croire que tu faisais partie des conséquences tragiques de la guerre.

Je haussai les sourcils.

— Et tu n'as pas cru bon de me demander si c'était ce que je souhaitais ?

— Si, je te l'ai demandé, et tu as accepté. La douleur que tu ressentais à ce moment-là était trop dure à supporter. Tu voulais oublier.

— Pourquoi ? Pourquoi était-ce si dur ?

Jophiel détourna les yeux.

— Tu as perdu plus que ta vie ce jour-là. Je ne peux pas t'en dire plus.

Je lui jetai un regard noir, car je souhaitais qu'elle m'apporte des réponses et j'en voulais à mon ancien moi d'avoir accepté d'oublier.

— C'était il y a combien de temps ?

— Il y a environ quarante ans.

Je faillis en renverser mon café.

— Quarante ans ? criai-je presque.

Je ne me rappelais que des dernières années de la vie d'Hannah. Où était passé le reste ?

Jophiel essaya de me proposer un petit scone aux myrtilles.

— Ma chérie, tu devrais vraiment manger quelque chose. Tu te sentiras tellement mieux.

Je rejetai le scone dans sa main.

— Je ne veux pas d'un putain de scone ! Je veux savoir ce qui s'est passé ces quarante dernières années ! Où étaient mes ailes, mes pouvoirs ? Qui étais-je pendant tout ce temps ?

— Oui, j'aimerais savoir moi aussi, ajouta Zel, et je lui fus reconnaissante pour son soutien. Car même Lucifer pensait qu'elle était humaine.

— Dans les faits, elle était humaine, admit Jophiel avant de se tourner à nouveau vers moi. Je t'ai pris tes pouvoirs et t'ai rendue humaine. La seule chose que je t'ai laissé, c'est ton immortalité. Je ne pouvais pas supporter l'idée que tu vieillisses et que tu meures. Je ne voulais pas te perdre.

— Comment est-ce possible ? demandai-je.

— Parce que c'est une archdémon, répondit Zel, le mépris évident dans sa voix.

Jophiel acquiesça.

— Les Archanges, et les archdémons d'ailleurs, possèdent l'unique capacité de transformer les anges et les démons en êtres humains, en leur enlevant leurs pouvoirs et leur immortalité. Ça ne se fait presque jamais et en vérité, peu de gens savent même que c'est possible. Jadis, on a abusé de ce pouvoir, alors on essaie de ne jamais l'utiliser maintenant, à moins que quelqu'un nous demande de le faire.

Je regardai ma sœur, les mains tremblantes.

— J'ai demandé ?

— Non. Tu voulais simplement oublier. Mais ça ne suffisait pas. Je ne pouvais pas te laisser rester un ange. Lucifer et Adam auraient fini par te retrouver.

Elle tendit la main vers moi mais je la repoussai.

— Tu ne comprends pas ? J'ai fait ça pour te protéger.

— Tu l'as fait contre ma volonté !

Bon sang, elle ne valait pas mieux que Lucifer. Les deux

arguaient qu'ils m'aimaient, puis prenaient des décisions radicales sur ma vie sans me consulter. Je me levai et fis les cent pas dans la pièce, une main tremblante dans les cheveux. Quelqu'un se souciait-il de ce que *moi*, je pensais ? Ou de ce que *je* voulais ? Ou pensaient-ils tous savoir mieux que moi ?

— Haniel, je t'en prie, dit ma sœur. Je voulais juste que tu sois en sécurité.

— Mais tu ne m'as jamais demandé ce que je voulais ! rugis-je.

Une lumière dorée s'échappa de moi comme pour exploser.

Jophiel se baissa en reculant et Zel se protégea les yeux avec une main. Je pris rapidement le contrôle de la lumière et inspirai profondément, tentant de me calmer avant de détruire accidentellement la maison de ma sœur. Non pas qu'elle ne le méritait pas. Mais d'un autre côté, il y avait encore des choses qu'elle ne me disait pas.

— Pourquoi je ne me souviens que des cinq dernières années d'Hannah ? questionnai-je.

Jophiel lissa sa jupe.

— Même si je faisais de mon mieux pour t'offrir une vie humaine normale, tu te rendais compte après quelques années que quelque chose n'allait pas. Je t'effaçais tes souvenirs et recommençais à zéro. Je te donnais une nouvelle identité et une nouvelle vie, mais ça ne durait jamais. Tu te mettais à guérir miraculeusement d'une blessure, ou prenais conscience que tu ne vieillissais pas, et tu commençais à avoir des soupçons. Alors nous devions tout refaire.

La mâchoire m'en tomba et je ne pus que la fixer du regard.

— Combien de fois ?

— Sept fois, chuchota Jophiel. J'ai effacé ta mémoire sept fois.

— Sept fois ! Et à chaque fois, tu me donnais une nouvelle

vie, dis-je en arpentant toujours la pièce, les poings serrés. Quelque chose était réel ? Et l'accident avec le chauffeur saoul ? C'était faux, n'est-ce pas ? Juste un moyen de justifier facilement mon absence de souvenirs ?

Elle baissa la tête.

— Oui.

— Et nos supposés parents qui sont morts dans l'accident ? Ils n'existaient pas, c'est ça ?

— Non. Ils n'ont jamais existé. Pas ceux auxquels tu penses en tout cas, même si nos parents sont bien décédés. Nous sommes vraiment des orphelines.

Comme si ça aiderait à digérer la pilule. La fureur cognait dans mes tempes, me provoquant presque une migraine. Tout ce que j'avais cru toute ma vie ou plutôt, ces cinq dernières années, était un mensonge. Une histoire que Jophiel avait inventée pour garder le contrôle sur moi, comme si j'étais une enfant qu'il fallait surprotéger.

— Pendant tout ce temps, tu m'as menti, résumai-je, verte de rage. Les Ofanim ne sont-ils pas censés être les anges de la vérité ?

— Je suis désolée, Haniel, dit Jophiel à voix basse. Je n'ai fait que ce que je croyais être le meilleur pour toi.

Le choc et la rage se déchaînèrent dans ma poitrine. Je m'emparai de la tasse pour la balancer sur ses figurines et ses boules d'ange. J'en fis tomber quelques unes en faisant éclabousser du liquide partout.

— Non ! Tu ne peux plus utiliser cette excuse. Tu t'es emparée de mes choix. Tu m'as pris ma *vie*.

Je fis une pirouette et m'avançai d'un pas raide vers elle, jusqu'à ce que je me retrouve au-dessus d'elle, mes émotions à peine contenues par mes tremblements.

— Et maintenant, tu vas me rendre mes souvenirs.

Zel bondit et se plaça derrière moi, me soutenant d'un grognement.

— Fais-le.

Jophiel se mit debout, le menton levé.

— Très bien, d'accord. Mais n'oublie pas que tu m'as demandé de les effacer. Tu ne voulais pas de ces souvenirs. Parfois, c'est plus facile de ne pas se rappeler.

Lucifer avait dit quelque chose de semblable, mais qu'est-ce qui pourrait être pire que de vivre dans un monde aux vérités partielles et fugaces ? Si je voulais avancer dans ma vie d'immortelle, je devais être à nouveau moi-même.

— Fais-le. Je me fiche de savoir à quel point ces souvenirs sont horribles.

Jophiel serra la mâchoire, une ride apparaissant sur son front.

— Tu devrais peut-être t'asseoir pour ça.

À contrecœur, je m'assis dans le fauteuil blanc, et Jophiel se rapprocha. Elle posa une main sur mon front et la lumière emplit ma vision quand sa paume se réchauffa. Je fermai les yeux et me préparai à ce qui allait arriver.

Les souvenirs me revinrent soudainement et entièrement. Ils emplirent mon esprit de décennies de vie vécue, mais ils étaient trop nombreux et affluaient trop rapidement. Je voulus hurler, et si j'avais été debout, je serais sûrement tombée à genoux. En l'état actuel des choses, je ne pus que m'agripper fermement aux bras du fauteuil tandis que les souvenirs se frayaient un passage dans ma tête. Des choses que j'aurais dû savoir, des choses que je n'aurais jamais dû oublier. L'amour. La souffrance. La perte.

Une perte si grande.

Je saisis mon ventre et criai de douleur, mes yeux se remplissant de larmes. La douleur était trop forte, et bien trop brute. Une douleur dont je ne m'étais jamais remise, et une perte que je n'avais jamais eu la chance de pleurer. Je ne savais pas comment y faire face, à ça et à tous les autres sentiments qui déferlaient en moi.

Peut-être que Lucifer et Jophiel avaient raison. Peut-être était-ce mieux de ne *pas* savoir.

5

LUCIFER

Quand je me réveillai, Hannah était partie. Je savais qu'elle partirait.

J'aurais pu l'en empêcher. J'aurais pu aller la rejoindre. Si je la voulais à mes côtés, rien sur Terre ne m'en empêcherait. Mais Azazel était avec elle, je m'en étais assuré, et je concédais qu'Hannah devait être seule pour confronter sa sœur. Elle avait besoin de temps pour réfléchir, et pour se remettre. Puis elle reviendrait vers moi… ou je la traînerais jusqu'ici, à coups de pied et de cris s'il le fallait.

Pendant qu'Hannah cherchait des réponses sur son passé, j'avais d'autres problèmes dont il fallait me soucier. Mon penthouse en ruine, tout d'abord. J'exigeai immédiatement son nettoyage et sa réparation, en sachant que mon personnel lui rendrait son état neuf en l'espace de quelques heures. Ce n'était assurément pas la première fois, même dans la semaine, qu'ils devaient remettre cet endroit en état. Alors qu'ils travaillaient, je me dirigeai vers la cellule de crise à l'étage du dessous, pour aller voir Samaël.

Dès que j'entrai dans son bureau, le visage de Samaël s'assombrit, les sourcils froncés au-dessus de son regard noir. Il se leva de son siège et se mit à faire les cent pas devant la grande vitre qui nous séparait de la salle de contrôle en ébullition, là où des écrans géants indiquaient l'emplacement de démons et leurs activités principales. Mon personnel s'y affairait, prenant des appels téléphoniques et échangeant des informations, mais Samaël et moi étions coincés dans une bulle de silence. Je me rendis au petit bar dans le coin et nous remplis deux verres de whisky, puis je m'assis en face de lui.

Nous restâmes là un moment, dans le silence lourd et pesant de la pièce. Il secoua la tête et ouvrit la bouche comme s'il était enfin prêt à parler. Mais il ferma alors la bouche et secoua de nouveau la tête avant de jeter un œil à travers la vitre et de s'éclaircir la gorge.

— Je ne comprends pas comment je n'ai pas pu le voir.

Il fit lentement tournoyer son whisky dans son verre.

— Pendant plus d'un siècle, Gadrel nous a dupés. Comment n'ai-je pas pu voir qu'il était en vérité Adam ? C'est moi qui passais le plus de temps avec lui. On travaillait ensemble. Je lui faisais confiance !

— Ça lui a pris des années pour gagner notre confiance, tout ça pour nous trahir tous.

La rage frémissait en moi et menaçait de déborder. La rage que je ressentais toujours quand je pensais à Adam.

Samaël se leva et se versa un autre whisky.

— Oui mais c'était mon assistant. Je lui faisais confiance pour absolument *tout*. Et pendant tout ce temps, il nous mentait et préparait son attaque. J'aurais dû le voir. J'aurais dû l'arrêter.

— Nous aurions tous dû le voir.

J'avais moi aussi fait confiance à Gadrel. Il s'était retrouvé à gérer de nombreuses opérations. Je l'avais laissé se rapprocher d'Hannah, je l'avais même laissé seul avec elle. Je fermai brièvement les yeux, refusant d'imaginer les choses qu'il aurait pu faire lorsqu'il avait ma confiance.

Bon sang, les choses qu'il *avait pu* faire lorsqu'il avait ma confiance.

— Il a tué Lénore. Et Haniel. Il doit payer.

Ma poitrine se serra à ce vieux souvenir retrouvé récemment. Et à l'autre souvenir de lui hier soir, au-dessus d'Hannah, prêt à terminer son travail.

Samaël finit son whisky cul sec.

— Il paiera.

— Trouve-le, prononçai-je, la voix basse et furieuse.

Il posa le verre vide sur son bureau avec un bruit sourd.

— Qu'est-ce que tu crois qu'on faisait tout ce temps ? J'ai mes meilleurs éléments sur le coup, mais il s'avère être insaisissable jusqu'ici.

Je finis aussi le reste de mon whisky, espérant que la légère brûlure calme ma rage ardente.

— Les archdémons doivent le cacher. Mammon a dit qu'Adam travaillait pour certains archdémons. Ils souhaitent me renverser et retourner en Enfer. Des idiots, tous autant qu'ils sont.

Samaël nous servit un autre verre.

— La mort de Mammon aura des répercussions. Il reste tellement peu de dragons, et tu as abattu le plus vieux et le plus puissant de tous.

Il inclina son verre dans ma direction comme pour trinquer.

— Je ne te le reproche pas. Il le méritait. Mais ils pourraient se venger.

— S'ils sont aussi stupides que ça, laisse-les riposter.

J'étais d'humeur à rappeler à certains démons qui les gouvernait.

Il haussa un sourcil pour me faire un léger reproche :

— Peut-être devrais-tu envisager de faire la paix avec eux, si tu peux. Ce serait dommage si tu devais éliminer le peu de dragons restants.

— C'est à eux de voir. Ils peuvent me jurer fidélité, ou ils peuvent mourir.

— Ce n'est pas notre seul souci, ajouta Samaël. Gadrel a pris mes vieux journaux, ceux qui parlent de la malédiction, et d'autres choses de notre passé lointain. Ils contiennent des savoirs que lui et les archdémons ne devraient jamais connaître, comme l'emplacement des tombes de certains Anciens Dieux.

Son regard se fit averti.

— Y compris ton père.

Ma poitrine se contracta et la furie me consuma quand les choses commencèrent à prendre tout leur sens dans mon esprit.

— Ils doivent être en train d'essayer de les libérer. Seuls les Cavaliers de l'Apocalypse seraient capables de me battre.

C'était un projet dangereux et stupide qui aurait de grandes chances de se retrourner contre eux, mais qui sémerait également beaucoup de victimes sur son passage.

Samaël fronça les sourcils.

— Si Adam et les archdémons libèrent ces quatre-là, la destruction se répandra sur Terre.

Mes doigts serrèrent mon verre jusqu'à le briser. Ces quatre Anciens Dieux ne pouvaient pas être libérés dans le monde. En particulier mon père.

— Je ne les laisserai pas faire.

— Nous ferons tout ce qui est en notre pouvoir pour les arrêter, dit Samaël avant de lâcher un long soupir frustré. Mais d'abord, j'ai besoin de me trouver un nouvel assistant.

Je me levai et redressai mon costume.

— Essaie de trouver quelqu'un qui ne prévoit pas de nous détruire cette fois-ci.

6

HANNAH

La dernière chose dont je me souvenais était les ténèbres qui me réclamaient, m'emportant dans un endroit où les souvenirs ne pourraient plus me blesser. Ensuite, le son du métal crissant s'insinua dans mon rêve, m'arrachant à une vision de Gadrel qui me fixait, le regard furieux. Je roulai et mis quelque temps à réaliser que je me trouvais dans la luxueuse chambre d'amis de Jophiel. Azazel était assise sur une chaise dans un coin et aiguisait l'un de ses poignards.

Il faisait sombre, aucune lumière ne transperçait les rideaux, donc j'avais dû être évanouie pendant un bon moment. Je pris une profonde inspiration et essayai de ne pas paniquer quand tout me revint à nouveau, aussi vite que lorsque Jophiel avait libéré les souvenirs dans ma tête.

Je me souvenais de tout.

Tout.

Une maison blanche étincelante sur une colline avec de nombreux endroits pour qu'un ange puisse atterrir. Une femme aux cheveux blonds et au sourire radieux me prenant dans ses bras. Un homme aux yeux bleus sérieux qui me tendait un livre. Jophiel, déjà âgée d'une centaine d'années à ma naissance, prenant ma main et me conduisant dehors, dans la lumière éclatante du soleil. Tous les souvenirs de mon enfance au Paradis. Et mes parents, mes vrais parents. Je me souvenais vivement d'eux, en plus de la douleur de les avoir perdus.

Ma mère, l'Archange Anaël, avait simplement disparu peu après l'apparition de mes ailes à mes vingt-et-un ans. Personne ne sut ce qui lui était arrivé, même si beaucoup soupçonnaient les démons de l'avoir tuée. Et pour mon père, l'Archange Phanuel, Jophiel avait raison : Lucifer l'avait bien tué. Mais elle avait omis de dire que c'était un cas de légitime défense. Ça s'était passé au beau milieu de la Grande Guerre, et je servais mon père, qui commandait un groupe d'espions. Il avait envoyé notre équipe assassiner Lucifer, mais nous avions échoué. Mon père mourut dans l'attaque et Lucifer me captura.

Au début, je détestai Lucifer. Je mourrais d'envie de le voir mort. Toute ma vie, on m'avait appris à haïr les démons, en particulier Lucifer, et puis il avait tué mon père. Cependant, je ne pus pas non plus nier le lien qui nous unissait, et je fis rapidement la connaissance du vrai Lucifer. Je me mis aussi à me remémorer mes vies antérieures, des bribes et des sensations plus qu'autre chose, mais c'était suffisant. Je ne pus rejeter le fait qu'il était ma moitié.

Nous commençâmes une aventure secrète et interdite. Quand nous étions tous les deux, nous passions des heures à discuter de la guerre entre les anges et les démons qui ne s'en finissait pas. Petit à petit, nous nous mîmes à prendre conscience que les deux fronts avaient fini par oublier la raison pour laquelle ils se battaient. Nous partagions aussi l'avis que la guerre ravageait les deux côtés. Le Paradis et l'Enfer avaient été saccagés par d'anciennes batailles, et la population des anges et des démons était en train de diminuer. En dépit de cela, nous ne parvenions pas à voir la fin de la guerre. Aucun camp ne céderait. La fierté était peut-être notre plus grande ennemie à tous.

Lucifer était le seul qui pouvait mettre fin à la guerre, et je tentai de le convaincre de le faire ; pendant quelque temps, je crus vraiment que c'était précisément ce qu'il ferait, surtout quand nous découvrîmes que j'étais enceinte. Le premier enfant conçu d'un amour interdit entre un ange et un Déchu. Un accord parfait d'ombres et de lumière. Une fille.

Nous étions ravis, surtout quand on savait qu'avoir des enfants chez les immortels était si rare. Mais notre joie ne dura pas longtemps.

Les souvenirs se déroulaient dans mon esprit comme un film que je ne pouvais arrêter. Quand j'atteignis les sept mois de grossesse, Gadrel découvrit notre histoire, alors il m'isola et m'attaqua. Mes pensées chancelèrent face à la vague de souffrance. Il ne m'avait pas seulement ôté la vie. Il avait également emporté celle de ma fille.

Un sanglot se nicha dans ma poitrine et j'essayai de le ravaler, afin de ne pas ressentir la douleur qui me submergeait, mais ce fut impossible. Telle des tentacules froides, l'agonie m'étreignit quand la perte de ma fille se répercuta en moi, provoquant une tristesse inattendue.

Je ne pouvais arrêter les souvenirs. Gadrel me poignarda, et le sang... Tellement de sang. Je parvins à m'échapper et à voler, même si la douleur était insupportable. Tout ce à quoi je pensais fut d'aller voir ma sœur. Elle serait capable de nous sauver, ma fille et moi. Mais c'était trop tard. Je mourus, et même si Raphaël me ressuscita, il ne put sauver mon enfant.

Un autre sanglot m'échappa à ce souvenir. Elle était morte.

Ma fille était morte. Je me rappelais encore la première fois que je l'avais sentie bouger dans mon ventre, et la peine insurmontable quand je m'étais rendu compte que je ne la sentirais jamais plus. Le chagrin était aussi fort que si ça venait d'arriver.

Après ma résurrection, le désespoir m'avait abattue. Je ne pouvais m'empêcher de penser que j'aurais dû mourir avec ma fille. J'étais en colère, tellement en colère que Raphaël m'ait ramenée sans elle. Comment pouvais-je continuer à vivre en sachant ce que j'avais perdu ?

J'avais supplié Jophiel de m'effacer la mémoire. Supplié qu'elle me tue de nouveau. Supplié qu'elle me laisse recommencer une nouvelle vie, laissant Haniel derrière moi pour toujours.

Et d'une certaine manière, c'était précisément ce qu'elle avait fait.

Les larmes coulèrent librement tandis que les souvenirs défilaient, si vite et nombreux qu'ils m'empêchaient presque de respirer. À bout de souffle, je saisis ma poitrine quand un authentique désespoir se répandit en moi, si fort que je pouvais à peine le supporter. Ma fille était une victime innocente de cette malédiction, et je donnerais n'importe quoi pour échanger nos places, abandonner mon existence pour qu'elle puisse vivre.

Je me sentais tellement impuissante. Tellement seule. Je comprenais maintenant pourquoi Lucifer m'avait dit que je pourrais ne pas vouloir me souvenir.

Zel s'assit sur le lit à côté de moi et me prit dans ses bras sans un mot, m'enveloppant d'une étreinte ferme. Je fus si surprise par son geste, d'autant plus qu'elle ignorait la raison de ma détresse, que je faillis presque me débattre au début. Puis, je m'appuyai contre elle, pressant mon visage sur son épaule, et pleurai tout mon soûl.

Elle m'enlaça tout ce temps, m'offrant un réconfort silencieux mais puissant. Elle ne me demanda pas d'explications. Elle ne me dit pas que ça irait mieux. Elle m'autorisa simplement à pleurer ma peine, tout en me montrant que je n'étais pas seule. Comme une vraie amie.

Enfin, je fis une tentative pour parler, un courant de conscience confus, ponctué par des sanglots, des cris et des respirations maladroites.

— Ça fait trop mal. Je... J'aurais aimé ne jamais me souvenir. Pourquoi je voulais tant savoir ? J'aurais dû écouter. J'aurais dû tourner la page sur le passé...

Zel se recula assez pour me regarder dans les yeux.

— Non. Il vaut mieux que tu saches, même si les souvenirs sont douloureux. Je sais que tu penses la même chose. Tu es une Ofanim. La vérité est ce qui importe le plus pour ton espèce. Peu importe à quel point elle est dure à supporter.

Je la détestai à ce moment-là car elle avait raison. Je n'aurais jamais été satisfaite de ne pas savoir. Mais même en acceptant cela, je ne savais pas comment arrêter la vague de torture affolante. Tout ce que je pouvais faire, c'était la laisser me submerger, en enfouissant mon visage tandis que les larmes affluaient. C'était inutile d'essayer de les retenir. Je me rendis et laissai le chagrin m'engloutir, car je ne savais pas comment y mettre un terme.

À un moment donné, je m'endormis et ne me réveillai qu'une fois le soleil haut dans le ciel, illuminant la chambre à travers les rideaux. Quand j'ouvris les yeux cette fois-ci, c'était ma sœur qui était assise à mon chevet. Elle me caressa la tête, telle une mère se préoccupant de son enfant, et ce ne fit que comprimer ma poitrine encore une fois.

— Tu comprends maintenant ? demanda-t-elle. Pourquoi je devais le faire ?

Ses questions et son ton me mirent tout de suite sur les nerfs. Je m'assis et lui jetai un regard noir, sentant le vide en moi.

— Je t'ai demandé de le faire.

— Oui, soupira-t-elle, soulagée. Je suis tellement désolée. J'aurais aimé que tu n'aies jamais à te rappeler tout cela.

Je secouai la tête alors que d'autres souvenirs me revenaient, cette fois-ci de ma vie après ma renaissance, de ma vie humaine. À vivre faussement dans des villes différentes, inconsciente de mon vrai moi, buvant tous les mensonges que ma sœur me racontait sur moi. Jophiel me gardait toujours près d'elle, dans des villes assez grandes pour ne pas me faire remarquer, mais suffisamment petites pour ne pas être facilement retrouvée. Cependant, je découvrais inévitablement quelque chose qui remettait en question toute ma personne, et puis je disparaissais à nouveau. Elle m'attribua une nouvelle vie et une nouvelle identité encore et encore, me lavant le cerveau si souvent que je fus surprise de ne pas en subir des dommages permanents. Et tous les nouveaux amis que je me faisais ou les liens que je tissais pendant cette période ? Toutes les réussites et accomplissements que j'avais achevés ? Tous les endroits que j'avais appelés mon chez moi ? Disparus. À jamais.

Oui, j'avais voulu oublier. Oui, j'avais demandé de mourir et de ressusciter. Mais je n'avais pas demandé *ça*.

— Ce que tu as fait est impardonnable, dis-je avec une voix enrouée et la gorge rêche.

— Je n'ai fait que ce que tu m'as demandé de faire, répondit-elle, et son expression semblait davantage exaspérée que désolée. J'ai *essayé* de t'aider.

— Tu essayais de me contrôler.

Je me débarrassai des couvertures et sortis du lit, ressentant le besoin de m'éloigner d'elle.

— Tu as emporté mes possibilités de vivre une vraie vie. Avec des amis. Une famille. Une maison ou une carrière ou quelque chose à moi.

— Je sais que ça semble extrême, mais je t'ai aussi maintenue en vie et en sécurité pendant quarante ans. Si tu étais retournée à ta vie d'Haniel, Adam t'aurait à nouveau tuée.

Sa voix était si raisonnable que ça ne fit que m'énerver davantage.

— Tu m'as tout pris. Mes souvenirs, mes pouvoirs, mon identité… Et ma moitié.

À ces derniers mots, mon cœur se serra.

— Tu m'as demandé de faire partir ta souffrance, et c'est ce que j'ai fait. Tu dois te souvenir maintenant à quel point tu étais bouleversée. Je ne voulais que t'aider à aller mieux.

Les traits du visage de Jophiel se tordirent de douleur un instant.

— Je sais ce que c'est de perdre un enfant. Je sais à quel point ça te brise. Peut-être te souviens-tu que j'ai perdu une fille moi aussi, avant même ta naissance. Et plus récemment encore, on m'a pris mon fils, Ekariel, quand il était enfant. Pendant des années j'ai cru qu'il était mort, mais il y a quelques mois, il a été sauvé des griffes d'une secte. Ça n'efface pas pour autant la douleur que j'ai endurée tout ce temps. Il n'y a rien de plus douloureux que de perdre un enfant. Je ne voulais pas que tu subisses ça toi aussi.

— Quand je t'ai demandé d'effacer ma mémoire, je n'étais pas dans mon état normal, dis-je alors que les larmes coulaient à nouveau sur mes joues au souvenir de ma perte. Bon sang, je t'ai aussi demandé de me tuer ! Tu aurais dû me réconforter et laisser

Lucifer et moi faire notre deuil, au lieu d'essayer de régler le problème en me prenant tout ce que je possédais !

Elle tendit la main vers moi mais je l'esquivai.

— Tu es ma petite sœur. Si tu souffres, je ferai tout pour que tu ailles mieux.

— Mais tu as fait de ma vie un mensonge ! Je ne sais même plus qui je suis !

Une avalanche de fureur et de désespoir s'abattit sur moi, et palpita dans ma tête jusqu'à ce que je ne puisse plus la contenir. Mes ailes apparurent brusquement et une lumière dorée s'échappa de mon corps, renversant une lampe derrière moi et retournant les draps du lit.

Jophiel se leva, une main tendue comme si elle essayait de m'empêcher de réagir de manière irréfléchie.

— Hannah, s'il te plaît. Je sais que ça fait beaucoup à encaisser. Mais tu dois rester calme.

J'allais lui dire qu'elle pouvait se mettre sa quiétude là où je pensais quand Azazel accourut dans la chambre, les poignards dans les mains, l'un reflétant une lumière blanche et l'autre recouvert de ténèbres.

— C'était quoi ça ? demanda Zel en parcourant la pièce du regard, à la recherche d'une quelconque menace.

— Ses pouvoirs lui reviennent trop rapidement, dit Jophiel avant de se tourner vers moi, le ton pressant. Tu dois apprendre à les contrôler, sinon tu vas blesser quelqu'un.

— Je m'en occuperai, décida Zel.

Son regard ne se détourna jamais du mien, même quand elle s'adressa à Jo.

— C'est une chose que seul un ange peut faire, répliqua Jophiel d'un ton glacial.

— *J'étais* un ange, rétorqua Zel d'un ton sec. Autrefois.

— C'était il y a des milliers d'années !

— Ça suffit ! criai-je en levant mes mains illuminées.

Ça ne parut pas les arrêter.

— Reste avec moi, dit Jophiel. Je t'aiderai à récupérer le contrôle sur tes pouvoirs et te rappeler ton côté angélique. Tu es la fille de deux Archanges. Ta place est à nos côtés, non avec les démons.

— Non, je ne veux pas.

Je regardai ma sœur, qui m'avait menti tant de fois et volé tellement de choses. Si Lucifer ne m'avait pas tuée, je serais toujours une humaine incapable, mes pouvoirs dissimulés. Je n'étais pas sûre de savoir où se trouvait ma place, mais elle n'était pas ici avec elle. Elle n'était pas non plus aux côtés de Lucifer. Pas après ce qu'il avait fait.

Les deux personnes qui prétendaient m'aimer le plus m'avaient blessée et trahie, soi-disant pour me protéger. Il m'avait laissé brisée, anéantie et seule.

Bon, pas entièrement seule. Zel se tenait à mes côtés, même en sachant qui j'étais. Et Brandy, à Vista, avait toujours été une amie loyale. Mon cœur se serra en pensant à elle. C'était elle ma vraie sœur, et c'était elle dont j'avais besoin en ce moment. Peut-être qu'elle et Zel parviendraient à me relever.

Je me rendis dans la salle de bain, fis un brin de toilette, enfilai des vêtements propres, puis en sortis. Zel et Jophiel se trouvaient toujours dans la chambre d'amis, à s'affronter du regard. J'attrapai le reste de mes affaires.

— On s'en va, dis-je à Jophiel. Et on prend ta voiture. N'essaie pas de nous suivre.

— Non, tu ne peux pas partir, commença Jophiel.

Cependant, je passai devant elle sans l'écouter et me dirigeai vers la porte. Serais-je un jour capable de pardonner à ma sœur ? Je n'en étais pas sûre. Mais ça n'arriverait certainement pas aujourd'hui.

Quand nous fûmes hors de la maison, Zel sortit les clés de voiture.

— On va où ?

— À Vista, déclarai-je en inspirant profondément et avec difficulté. Chez Hannah.

7

—

HANNAH

Le trajet prit presque toute la journée, et je passai une bonne partie à tout raconter à Azazel, en détaillant tous les crimes de Lucifer et Jophiel. Elle m'écouta jusqu'au bout sans se plaindre, et supporta tous mes pleurs sans se moquer. Quand j'eus fini, elle dit simplement :

— C'est un sacré merdier.

Cette vérité brutale me fit rire au milieu de mes sanglots. Un sacré merdier, ça c'était sûr.

La pensée de revoir Brandy me réconfortait. Quand nous nous arrêtâmes devant sa maison de plain-pied couleur sable, le soulagement m'envahit. Elle n'avait pas changé depuis la dernière fois. Si familière. Si simple. J'étais différente de la personne qui avait quitté ces lieux, j'étais d'autres personnes en fait, qui retenaient bien trop de souvenirs. Cependant, je mourrais d'envie de retourner à ma vie ordinaire et normale.

— Hannah ! s'écria Brandy après avoir ouvert à la volée la porte d'entrée.

Elle avait dû nous voir garer la Lamborghini. Elle ne passait pas inaperçue dans un quartier paisible comme celui-ci.

Je sortis rapidement de la voiture pour la rejoindre au milieu de la cour. Elle me prit dans ses bras et j'inspirai, si heureuse d'être à la maison que je faillis me remettre à pleurer. Au moins Brandy était toujours mon amie. Une chose constante dans ce monde qui allait complètement de travers.

— Je suis tellement heureuse de te voir, dit-elle en se reculant pour me regarder.

Je l'observai moi aussi, essayant de deviner comment elle allait depuis qu'elle était revenue à la maison après le calvaire qu'elle avait subi. Son enlèvement à Las Vegas avait déclenché tout ça mais contre toute attente, elle avait l'air d'aller plus que bien. Sa peau sombre chatoyait, ses yeux bruns étaient vifs et ses cheveux bouclés resplendissaient. Je ne pus qu'imaginer à quel point je devais ressembler à une épave à côté d'elle.

Elle regarda par-dessus mon épaule, son regard se posant sur Zel. La Déchue était sortie de la voiture et semblait dangereuse et mystérieuse, bien qu'heureusement, ses poignards soient dissimulés.

Je fis un geste vers ma partenaire.

— Voici Zel, mon... amie.

— Ravie de te rencontrer, dit Brandy avant de m'attraper la main. Entrez, qu'on puisse rattraper le temps perdu. Je veux que tu me racontes tout ce qui s'est passé après ton retour à Vegas.

Ça semblait s'être passé il y a une éternité, même si ça ne faisait que quelques jours. J'essayai de ne pas penser à ça tandis que nous entrions. Je parcourus des yeux le salon aux meubles douillets. Le fils de Brandy, Jack, était assis sur un canapé gris, en train de jouer aux jeux vidéo avec Asmodée, que je reconnus tout de suite. Pas à cause de notre brève rencontre, mais d'avant cette vie. Toutes les fois où je l'avais précédemment connu défilèrent dans ma tête, menaçant de me submerger. Je portai mes doigts à mon front en inspirant rapidement une profonde bouffée d'air, et repoussai mes souvenirs.

— Bonjour, ma reine, dit Asmodée avec un sourire éclatant.

J'essayai de ne pas grimacer au rappel de mon statut. Les cheveux sombres, la peau bronzée et les traits du visage divins, il était toujours aussi sexy mais... il manquait quelque chose. Il semblait différent, moins charismatique d'une certaine manière.

Je fus surprise de le voir ici, surtout dans une posture aussi décontractée. Asmodée était un vieil et puissant incube, et bien qu'il ait à l'évidence développé des sentiments pour Brandy pendant qu'ils étaient retenus tous les deux captifs, il leur était impossible d'être ensemble. En tant que démons de luxure et d'énergie sexuelle, les Lilim ne pouvaient coucher qu'une seule fois avec un être humain, sinon ils le tuaient. Pourtant, il était curieusement là, à jouer aux jeux vidéo avec le fils de Brandy comme si c'était normal pour un incube.

Sa bouche s'ouvrit comme s'il s'apprêtait à ajouter quelque chose mais à la place, il grogna quand Jack poussa un cri et se leva, jetant sa manette sur les genoux d'Asmodée au passage.

— Hannah !

Jack franchit les quelques mètres qui nous séparaient, les bras ouverts, fonçant sur moi avec un enthousiasme qui m'assomma presque, avant de m'entourer la taille. Il collait, je le devinais sans même avoir à le toucher, mais je m'en fichais. Mon cœur se gonfla alors que je le tenais contre moi.

— Est-ce que c'est Hannah que j'ai entendue ?

Je me retournai vers la voix familière de la mère de Brandy, Donna. Elle s'avança, les lèvres retroussées en un doux sourire.

— Oh ma chère enfant. Merci d'avoir sauvé ma fille.

Donna avait autrefois été une grande dame, c'était avant que le cancer ne la ravage. Elle faisait toujours de gros câlins cependant. Dans ses bras, j'inspirai le parfum fort et familier, et une nouvelle vague d'émotions menaça de m'engloutir. Ces gens étaient véritablement contents de me voir, et ils m'avaient eux aussi manqué. Je regrettai que tout ait autant changé depuis la dernière fois.

Mais je me souvins alors qu'ils étaient heureux de voir Hannah. Étais-je encore Hannah ? Continuais-je à mentir en venant ici ?

— Je vais sortir Jack un petit peu avant de dîner, dit Donna en attrapant la main du petit garçon. Je vous laisse discuter.

— Qu'est-ce qui t'est arrivé ? demanda Zel à Asmodée une fois qu'ils furent partis.

Ses mots jaillirent, pertinents. Ils confirmèrent également que je n'étais pas la seule à avoir remarqué qu'il semblait être une version moins bien de lui-même.

Il baissa les yeux sur lui et haussa les épaules comme si ses dires n'étaient pas importants :

— J'ai demandé à ma mère de me rendre mortel pour que je puisse être avec Brandy. En tant qu'archdémon des Lilim, elle est la seule à posséder ce pouvoir chez notre espèce.

Zel grogna et jeta un coup d'œil vers moi, et je n'avais jamais vu des sourcils levés si hauts.

— On dirait que c'est la mode en ce moment.

Oh. Ma poitrine se comprima. C'était ce que m'avait fait Jophiel. À la différence que lui l'avait demandé, alors qu'on me l'avait fait à mon insu.

— Ce n'est pas un petit sacrifice, dis-je maintenant que je comprenais pourquoi Brandy rayonnait autant.

Quelle magnifique preuve d'amour. Il avait tout abandonné pour être avec elle. Juste comme ça.

— Mais tu vas vieillir et mourir maintenant, s'exclama Zel, horrifiée.

Asmodée prit la main de Brandy et semblait excité à cette idée.

— Oui. J'ai vécu assez longtemps, et j'étais prêt pour du changement. J'espère juste qu'elle voudra encore de moi quand je serai vieux et tout gris.

Brandy regarda Asmodée, ses yeux bruns pleins de chaleur et d'amour.

— C'est plutôt lui qui ne voudra pas de moi quand je serai vieille, et il regrettera d'avoir laissé tomber son immortalité et ses pouvoirs.

Il caressa son visage, la regardant dans les yeux.

— Je ne penserais jamais ça. Je ne pourrais pas.

La véracité de ses paroles se répercuta sur moi. Même quand j'étais humaine, j'avais toujours eu cet instinct pour déceler la vérité et cerner facilement les gens. Mais je me rendis compte à présent qu'il s'agissait en fait des mes pouvoirs d'Ofanim. Maintenant qu'ils étaient de retour en force, la sincérité d'Asmodée était forte et authentique, comme une lumière scintillant en lui.

— Je suis tellement heureuse pour vous deux, dis-je avec un faible sourire.

Et je l'étais vraiment, même si je camouflais ma surprise qu'Asmodée soit prêt à tout abandonner après sa rencontre, si récente, avec Brandy. Mais je supposai que lorsqu'on trouvait le grand amour, très peu de choses nous empêchait de vouloir être avec lui. Je sentais ce lien indéfectible que j'avais avec Lucifer même maintenant, à des centaines de kilomètres de lui, et ce même si je lui en voulais.

Zel s'affala sur le canapé à côté d'Asmodée.

— Mad Green Zombie ? J'adore ce jeu. T'es à quel niveau ?

Brandy leva les yeux au ciel à la présence d'un autre gamer dans la maison, puis me regarda.

— T'as faim ?

— Oui.

Nous nous étions arrêtées manger rapidement pendant le long trajet, mais avec toutes ces choses que j'avais dans la tête et l'agitation de mes émotions, manger avait paru le cadet de mes soucis.

Nous entrâmes dans la cuisine pour voir que Donna avait sorti Jack dans la cour, où il faisait du vélo en cercle. Je l'observai un moment depuis la fenêtre, une douleur dans la poitrine. Ça m'avait manqué. Mais je savais que ma place n'était plus ici.

Brandy se mit à sortir des choses du frigo tout en parlant.

— J'ai des lasagnes dans le four. Ça tombe bien que j'en aie fait beaucoup. Ça devrait être prêt dans quinze minutes. Ça te suffit pour me raconter ce qui se passe… et pourquoi tu es ici et pas avec Lucifer.

Je soupirai et secouai la tête en prenant conscience de sa question informulée. Comment pouvais-je lui répondre ? Toute ma vie avait été chamboulée en quelques jours. Je ne savais même pas par quoi commencer, et je n'étais pas sûre de vouloir rappeler à Brandy l'existence du monde surnaturel. Pas maintenant qu'elle était avec Asmodée et avait une chance d'être heureuse. Mais il y avait certaines choses que je voulais lui dire, ça c'était sûr. Des vérités que je ne pouvais pas garder pour moi.

— J'avais envie de prendre mes distances un peu, dis-je enfin. J'avais besoin de retourner à ma vie normale, et de te voir.

Elle mit de la laitue dans un grand saladier, puis attrapa des croûtons.

— Je suis vraiment contente de te voir, mais je vois bien que quelque chose ne va pas. Balance.

— J'ai découvert quelque chose à mon sujet, quelque chose qui a tout changé.

J'inspirai un grand coup et me plaçai au milieu de la cuisine pour ne pas renverser quelque chose, avant de déployer mes ailes.

— Je suis un ange.

— Oh merde !

Elle lâcha la bouteille de vinaigrette qu'elle allait ouvrir, et celle-ci rebondit au sol.

— Tu as des ailes ! Genre de vraies ailes !

Mince. J'aurais dû l'avertir un peu avant de sortir mes ailes.

— Ouais. Apparemment, mon vrai nom est Haniel, et la raison pour laquelle je ne me souvenais pas de mon passé, c'était parce que Jophiel me l'avait fait oublier, tout comme mes pouvoirs. Mais maintenant, j'ai tout récupéré.

— J'ai toujours détesté ta sœur, marmonna Brandy. Je peux les toucher ?

J'acquiesçai et elle effleura mes plumes argentées. Son toucher envoya un étrange picotement dans mon corps, qui semblait beaucoup trop intime, mais je m'efforçai de ne pas me tortiller.

— Oh putain, un ange.

Elle contempla mes ailes avec une telle révérence que j'en fus gênée et les fis disparaître rapidement.

— J'espère que ça ne change pas notre amitié. Je sais que ma vie en tant qu'Hannah était un mensonge mais...

— Impossible. Tu es toujours ma meilleure amie. D'accord, tu ne te rappelais pas qui tu étais pendant un moment, et alors ? Notre amitié n'a jamais été fausse. Tout ce qu'on a partagé ensemble était réel.

La chaleur envahit ma poitrine et le soulagement relâcha mes épaules.

— Merci Brandy.

Elle me prit fermement dans ses bras.

— Ne t'inquiète pas. Bon, qu'est-ce qui se passe avec Lucifer ?

Mon dos se raidit à l'évocation de ce nom, et les émotions qui allaient de pair avec lui.

— C'est... compliqué. On s'est un peu disputés. Ce qui explique pourquoi je suis partie.

— Eh bien, je ferai tout ce que je peux pour t'aider, dit Brandy en retournant à la préparation de sa salade. Si tu as besoin de rester ici un moment, ça me va. Tu vis toujours ici techniquement. Ton amie Zel peut dormir sur le canapé.

— Je ne sais pas trop ce qu'on va faire. Je dois réfléchir à beaucoup de choses. Mais merci pour l'invitation.

Elle hocha la tête et m'éloigna d'elle.

— Le dîner sera bientôt prêt. Pourquoi tu ne vas pas dans ta chambre prendre un instant pour te débarbouiller. Je t'aime ma poule mais là, t'as une sale tête.

Son honnêteté brutale me fit rire et je baissai les yeux sur moi en me rendant compte qu'elle avait raison. Après deux jours sur la route et de nombreuses crises de larmes en chemin, sans me laver non plus, j'avais bien besoin de faire un brin de toilette.

Je montai les escaliers et entrai dans ma chambre. Mais quand j'y pénétrai, je me dis que les choses de cette vie ne m'appartenaient plus vraiment. Plus comme avant.

Cette chambre était la plus petite de la maison, suffisamment grande pour un lit et c'était à peu près tout, mais ça ne m'avait jamais vraiment gênée. J'étais juste reconnaissante envers Brandy de m'héberger. Je ne possédais pas non plus grand-chose, et tout ne semblait plus qu'un rêve lointain désormais. J'avais gagné de l'argent et acheté moi-même les meubles, mais ça avait l'air d'être des babioles d'une autre vie. Un lit double avec des coussins vert émeraude. Une pile de livres. De jolies petites plantes d'intérieur qui avaient bien besoin d'être arrosées.

Sur ma commode se trouvait une photo encadrée de mes parents, Ou plutôt des gens qui d'après Jophiel étaient mes parents. Je la pris et l'examinai, mais je n'avais aucun souvenir de ces personnes. Dans un souffle, je retournai le cadre face contre terre. C'était sûrement une photo toute faite.

Je pressai mes paumes contre mes yeux, repoussant les larmes que je ne voulais pas verser. J'avais déjà assez pleuré et j'en avais marre, mais je ne savais pas pour autant comment aller de l'avant. J'étais revenue ici dans l'espoir de retourner à ma vie ordinaire, même pour un court instant, mais cette vie était un mensonge. Ces choses n'étaient pas à moi. Elles étaient à Hannah. Et Hannah n'était pas réelle.

Comment Jophiel avait-elle pu me faire ça ? Pas juste une fois, mais le réitérer encore et encore ?

Plus j'essayais d'ignorer les souvenirs de ces vies factices, plus il en défilait et je me souvenais. D'autres maisons où j'avais vécues, en plus des quelques amis ou autres connaissances. Des boulots qui me sédentarisaient et me maintenaient trop pauvre pour pouvoir faire quoi que ce soit. Des relations qui n'aboutissaient à rien. J'avais même eu un chien une fois, un petit cabot aux yeux marron et au poil hirsute. Qu'était-il arrivé à ce chien ? Je l'ignorais.

Jophiel m'avait gardée près d'elle et dans l'ignorance pour pouvoir me contrôler. Soi-disant pour me protéger mais ça n'excusait pas son comportement et ses actes. Ça ne rendait pas les choses justes pour autant. Personne ne devrait être capable de prendre la vie d'une autre comme ça.

Et elle m'avait tenue éloignée de mon âme sœur.

J'en voulais toujours à Lucifer, mais elle n'avait pas le droit de me maintenir à distance autant d'années. Elle avait aussi pris mes souvenirs, je m'en souvenais maintenant. Nous aurions dû avoir une chance de pleurer notre fille à naître mais à la place, on nous avait séparés et forcés d'oublier. Maintenant que la mémoire nous avait été rendue, nous étions tous les deux trop brisés pour supporter tous ces souvenirs.

Brandy annonça que le repas était presque prêt et je me rendis compte que j'étais censée m'occuper de moi. Je me regardai dans le miroir et remarquai mes cheveux blonds entortillés et les cernes sombres sous mes yeux bleus. J'avais vraiment une sale tête. Je tentai de me rafraîchir : je changeai de tenue, me coiffai et mis du déodorant. C'était le mieux que je puisse faire sans prendre de douche.

En descendant pour aller dîner, j'affichai un sourire factice pour mes camarades car je me sentais plus perdue que jamais. Qu'est-ce que j'étais censée faire maintenant ? Où était ma place ? Et qui étais-je vraiment ?

8

HANNAH

Le lendemain matin, je n'avais qu'un seul endroit où aller : ma boutique de fleuriste.

Je m'étais écroulée dans mon lit dans la nuit, même si j'avais à peine dormi. Les cauchemars et souvenirs m'avaient trop hantée pour que je puisse me reposer. En cet instant, je couvris ma bouche pour bâiller tandis que la Lamborghini se garait devant le petit magasin familier avec son auvent vert foncé et l'enseigne Elegant Thorn élégamment écrite en blanc.

Thorn, qui signifie épine en anglais, était mon nom de famille. Ça m'avait toujours amusée que des propriétaires d'une boutique de fleuriste puissent s'appeler ainsi, comme si le nom avait influencé la profession de mes parents d'une certaine manière. Désormais, je savais que ce nom de famille était entièrement inventé. Je me demandai si ça avait amusé Jophiel de me donner ce nom, ou si elle manquait simplement de créativité et était allée au plus simple. Ce devait sûrement être ça, connaissant ma sœur. J'avais eu de la chance qu'elle ne m'appelle pas Hannah Bourgeon ou quelque chose du genre.

Je sortis de la voiture, mais levai une main quand Zel essaya de me suivre.

— J'ai besoin d'un moment seule à l'intérieur. S'il te plaît.

Elle souffla et sembla prête à répliquer, mais elle dit alors :

— D'accord. Je reste quand même devant.

Après une profonde inspiration, j'approchai la porte d'entrée. Le lieu était fermé et vide, la devanture des vitrines encore composée de citrouilles et autres décorations d'Halloween, même si c'était passé depuis longtemps. Nous aurions déjà dû exposer les décorations de Thanksgiving, mais aucun signe de Maggie nulle part, elle qui était censée gérer la boutique en mon absence.

Je sortis les clés de ma poche et ouvris la porte avant d'entrer. La boutique sentait le renfermé, comme si la végétation avait été abandonnée, et que certaines de mes plantes chéries avaient déjà fané. Elles avaient toutes besoin de soin, et j'eus le cœur brisé de les voir dans un tel état. Les pétales commençaient à se recroque-viller, et les feuilles pendaient et avaient perdu de leur éclat. Je soupirai car je savais que c'était ma faute. Je ne m'étais pas trop occupée de ça à Las Vegas, surtout avec tout ce qui se passait, et ce n'était pas comme si j'avais payé Maggie non plus. La situation avait dû trop durer pour elle, et je ne pouvais pas lui en vouloir d'être partie.

C'était sans importance de toute façon. La boutique était un autre mensonge. Cet endroit n'avait jamais appartenu à mes parents. Ils n'avaient même pas existé. Ces cinq dernières années, j'avais maintenu l'affaire à flot par volonté d'honorer leur souvenir et conserver leur héritage, mais ce n'était qu'une autre invention de Jophiel.

La boutique n'avait jamais vraiment fait beaucoup de profit, mais j'avais travaillé si dur pour ne pas la fermer. Et pour quoi ? Dans l'ordre des choses, à quoi ça avait servi ? Oh, le travail était appréciable, c'était sûr. J'adorais m'occuper des plantes, et voir la joie et la beauté que les fleurs pouvaient apporter au monde. Comment ne le pouvais-je pas, moi, la réincarnation de Perséphone ? J'avais toujours désiré plus. J'avais toujours su, au fond de moi, que ma vie était destinée à faire de plus grandes choses que gérer une petite boutique de fleuriste.

Je remplis un récipient d'eau et me mis à arroser les plantes. Tout en m'affairant, je leur parlai et les assurai que tout allait bien. Elles reçurent de l'eau en un rien de temps. Je touchai une feuille par-ci par-là en passant, espérant qu'elles poussent à nouveau comme il le fallait. Je sentis le parfum des roses, et souris faiblement aux jonquilles flamboyantes pendant que j'arpentais l'endroit que je disais posséder.

Je me trouvai dans la rangée du fond quand la cloche de la porte tinta pour avertir qu'une personne était entrée.

— Zel, je t'ai dit d'attendre dehors.

Personne ne répondit, et je m'arrêtai. Zel m'aurait dit ce qu'elle pensait, et elle aurait empêché quiconque était une menace d'entrer. Merde, et si c'était un client ? J'inspirai un grand coup et tentai d'afficher une expression agréable sur mon visage en m'avançant vers l'entrée. Mais je l'aperçus soudain à travers une rangée de végétation.

Lucifer.

Il portait un costume noir immaculé et une chemise blanche au col déboutonné, respirant le sexe, le pouvoir et la domination à chacun de ses pas vers moi. Mes émotions se livraient bataille. Le revoir maintenant était une torture, en sachant ce qu'il avait fait, en plus de ma mémoire recouvrée. Cependant, il m'avait aussi manqué. Bien sûr qu'il m'avait manqué. Le contraire pourrait-il être possible ? C'était ma moitié. Nous étions liés l'un à l'autre pour l'éternité... que je le veuille ou non.

— Qu'est-ce que tu fais là ? demandai-je en gardant une voix aussi stable que possible.

— Je t'ai permis de quitter Las Vegas, dit-il en s'avançant vers moi. Mais tu es partie bien trop longtemps. Il est temps que tu reviennes à la maison avec moi.

Son ton arrogant et autoritaire m'énerva tout de suite. Les mains sur les hanches, je campai sur mes positions.

— Et si je ne veux pas partir ?

Un sourire sombre passa sur ses lèvres sensuelles.

— Alors je te ferai venir. Dans tous les sens du terme. Vais-je devoir te menotter ? Ça peut être marrant.

— Tu es impossible, murmurai-je en essayant d'ignorer les pensées érotiques que ses paroles avaient provoquées. Je ne vais nulle part.

Son sourire disparut et ses yeux verts étincelèrent sombrement de pouvoir.

— Ta place est à mes côtés. Tu es ma compagne. Ma reine. Mon *épouse*.

— Nous ne sommes pas mariés ! lâchai-je.

— Oh si, nous le sommes. Je sais que tu es allée voir Jophiel, et elle a dû te rendre tes souvenirs. Tu te rappelles sûrement notre mariage effectué à la hâte, avec Samaël qui officiait. Nous l'avions fait à ta demande après avoir découvert que tu étais enceinte. Je pensais que c'était stupide, les anges et les démons ne se soucient pas vraiment du mariage, mais tu as insisté. Je suppo-sais que c'était un caprice hérité de toutes tes vies humaines.

Mince. Je m'en souvenais maintenant qu'il avait abordé le sujet. Nous avions fait une cérémonie privée dans son palais en Enfer, et il s'était moqué de ma robe blanche et de mon insistance pour avoir un bouquet de fleurs. J'avais voulu toute une céré-monie humaine parce que j'étais simplement folle de Lucifer et si heureuse de ma grossesse. Vu notre relation interdite et secrète, j'avais voulu la rendre officielle d'une certaine façon, avant la naissance de notre fille. Samaël nous avait marié dans un jardin privé sous la voie lactée et, pendant un court moment, tout avait semblé parfait.

Mais je me rappelle aussi autre chose. J'avais vu Gadrel passer la tête dans le jardin, à la recherche de Samaël, puis s'excuser avec profusion de nous avoir interrompus. C'était là qu'il m'avait retrouvée. Et seulement quelques semaines plus tard, il me tuait... avec ma fille.

Je ne pouvais même pas répondre à Lucifer, car le souvenir de notre mariage ne fit que raviver ma douleur. Ce qui avait été autrefois un jour joyeux ne faisait que me remémorer tout ce que j'avais perdu. L'air chiffonné, je me détournai en recouvrant mes yeux de mes mains pour tenter d'empêcher les larmes de couler.

Les bras de Lucifer m'enveloppèrent, m'attirant tout contre lui.

— Alors tu t'en souviens.

— Une partie de moi souhaite que ce ne soit pas le cas. Notre fille...

La souffrance revint, et c'en fut trop. Je ne parvenais pas à respirer. J'écrasai mon visage sur son épaule, rêvant de sa puissance familière.

— Je sais... dit-il à voix basse. Je comprends.

Oui, il était le seul qui pouvait vraiment comprendre. Jophiel avait pris ses souvenirs à lui aussi, et il ne les avait récupérés que quelques jours auparavant. La douleur était encore vive pour lui aussi, c'était pour ça qu'il m'avait avertie que je pourrais ne pas vouloir recouvrer la mémoire.

J'attrapai le devant de son costume.

— J'aurais dû t'écouter et rester dans le flou.

Ses mains me caressèrent doucement le dos tandis qu'il me tenait fermement.

— Non, il vaut mieux que tu saches. Même si c'est difficile, il valait mieux savoir. Je savais que tu voudrais te remémorer. Tu as toujours voulu connaître la vérité.

La vérité... La vérité n'amenait que de la souffrance. Mais elle apportait également de la clarté. Je pris une profonde respiration et levai les yeux vers Lucifer, brûlante de détermination.

— Adam. Il nous a pris notre fille. Il doit payer.

Lucifer grogna en guise de réponse, sa poitrine grondant de toute la force de sa rage.

— Mes gens sont en train de chercher Adam en ce moment. Maintenant que la malédiction a été brisée, nous pouvons le battre une bonne fois pour toute.

Je fis oui de la tête, me concentrant sur la colère pour surmonter ma peine. La vengeance ne ramènerait pas ce qui a été perdu, mais elle aiderait. Et tant qu'Adam était libre, il continuerait à essayer de nous tourmenter, nous et tout ce que nous aimons. J'allais tuer cet enfoiré, une bonne fois pour toute, même si c'était la dernière chose que je devais faire.

— Adam a pris tout ce que j'avais des milliers de fois mais cette nuit-là, j'ai cru qu'il m'avait brisé pour de bon, déclara Lucifer, la voix distante en se rappelant ses propres souvenirs. Tu as disparu et laissé derrière toi une traînée de sang. Je savais que quelque chose n'allait pas. J'ai réussi à te pister jusqu'à Jophiel, mais il était déjà trop tard.

Ses mains se resserrèrent, me plaquant encore plus contre lui.

— Je connais la souffrance après t'avoir vue tant de fois mourir, mais ça... c'était différent. C'était insupportable. J'arrivais à peine à réfléchir, si bien que Jophiel a été capable de me maîtriser et de me faire oublier. Peut-être ne me suis-je pas beaucoup débattu. Peut-être qu'oublier semblait préférable.

Je sentis la profondeur de sa peine, comparable à la mienne, même s'il était doué pour ne rien montrer.

— Je voulais la même chose. Ça semblait plus facile d'oublier à ce moment-là.

— Mais maintenant la douleur est de retour, aussi brute, et tu as envie de tout détruire, finit-il pour moi.

L'émotion me serra la gorge. Il me connaissait si bien après des centaines de vies vécues ensemble, et ce qu'importe le corps dans lequel je me trouvais.

— Oui.

Il prit mon visage dans ses mains, son regard intense posé sur moi.

— Alors retourne à Las Vegas avec moi en tant que ma reine des ténèbres, et ensemble, nous brûlerons ce monde et le ferons renaître de ses cendres.

Je m'éloignai de lui et jetai un œil à la boutique qui avait tant compté pour moi. Tout ce que je voulais désormais, c'était qu'Adam paye. Je n'obtiendrais pas justice si je restais là dans la vie d'Hannah. Je ne trouverais pas non plus la paix, si une telle chose était possible. Mais laisser cet endroit derrière moi était plus difficile que prévu. Ces cinq dernières années, ça avait été ma vie. Réelle ou non, c'était tout ce que j'avais toujours connu… jusqu'à ce que je rencontre Lucifer.

Je me tournai vers lui, ma décision prise.

— Je t'accompagne, mais ce n'est pas parce que je reviens que je t'ai pardonné. Si tu veux que je sois ta reine, tu dois commencer à me traiter comme ton égale. Tu ne peux pas continuer à prendre des décisions qui bouleversent tout mon monde sans m'en parler au préalable.

Il plissa des yeux.

— Je t'ai déjà expliqué pourquoi je devais te tuer de cette manière. Tu es libre d'être en colère contre moi pour les prochaines décennies, mais je ne regrette pas.

— Mais tu ne m'as pas laissé le choix ! Tout comme Jophiel,

tu as ignoré mes choix et pris le contrôle de la situation. Je sais que tu avais tes raisons, mais je ne peux quand même pas accepter que c'était le seul moyen, et je ne suis pas sûre de pouvoir l'accepter un jour. Tu m'as *tuée*, Lucifer. De tes propres mains.

Il me regarda d'un air mauvais, la mâchoire serrée, mais après un instant, il dit :

— J'imagine que je suis juste trop habitué à prendre toutes les décisions moi-même après avoir régné sur les démons des milliers d'années, et la plupart du temps sans toi à mes côtés. Je ferai de mon mieux pour en parler avec toi à l'avenir.

Ce n'était pas une excuse, mais c'était un début. Il reconnaissait qu'il avait un peu merdé au moins. Je n'étais pas certaine que Lucifer puisse encore changer maintenant, mais c'était ma moitié. Notre amour était inéluctable, et je ne pouvais pas lui échapper même si je le voulais. Ce qui signifiait que je devais trouver un moyen de vivre avec lui. Plus important encore, je *voulais* trouver un moyen. Je ne pouvais concevoir ma vie sans lui.

— Qu'est-ce que tu vas faire pour l'échoppe ? demanda-t-il.

— La fermer, j'imagine. Elle n'a jamais vraiment été à moi de toute façon. C'était Jophiel la vraie propriétaire.

Il posa une main sur mon épaule de manière possessive.

— J'enverrai quelqu'un s'en occuper. Mes gens s'en chargeront.

J'acquiesçai et parcourus le lieu du regard pour ce qui serait sûrement la dernière fois, et tout ce que je ressentis fut un vide douloureux tout au fond de moi.

— Je suis prête.

9

———

LUCIFER

Hannah resta silencieuse tout le long du trajet jusqu'à la maison de son amie Brandy. Je ne pouvais pas lui en vouloir. Elle avait enduré beaucoup de choses ces derniers jours, mais à présent, elle allait revenir à la maison à Vegas, là où était sa place, et ensemble nous surmonterions tout ça. Il était clair qu'Hannah avait besoin de temps, et j'avais tout le temps possible. Nous avions l'éternité, après tout.

Mais d'abord, elle souhaitait dire au revoir à son amie et récupérer ses affaires. Nous laissâmes la limousine derrière nous et nous approchâmes de la porte d'entrée de la petite maison pittoresque. Zel nous attendait dans la Lamborghini. Je devrais probablement envoyer un chèque à Jophiel pour la voiture, étant donné que ma compagne se l'était appropriée. Ou, si Hannah préférait, je lui en achèterais une de chaque couleur différente si ça la rendait heureuse. Je lui devais bien ça.

— Oh, dit Brandy lorsqu'elle ouvrit la porte et m'aperçut.

Elle ne recula pas, mais ses yeux s'écarquillèrent quand elle se rendit compte que le diable se tenait sur son porche. Nous nous étions déjà rencontrés, quand je l'avais secourue dans un motel abandonné au milieu du désert, où elle avait été retenue captive par des métamorphes. Inutile de dire que je lui avais fait une forte impression.

— Je crois que tu connais Lucifer, dit Hannah en faisant signe vers moi.

Je pris la main de Brandy et l'embrassai. Elle ne sembla que plus choquée, à mon grand amusement.

— C'est un plaisir de te revoir. Tu sembles t'être bien remise de ton enlèvement.

— Merci encore de nous avoir sauvés.

Brandy se recula et nous autorisa à entrer.

— Je vous en prie, entrez.

Je suivis Hannah à l'intérieur et examinai le salon meublé, qui avait à l'évidence connu des jours meilleurs. Un tapis légèrement retroussé. Un canapé aux bras usés par le temps. Un coussin aux bords effilochés. Mais le plus choquant, c'était Asmodée qui se tenait au milieu de la pièce dans son costume noir, et donnait la curieuse impression de se trouver chez lui.

— Je retourne à Las Vegas, dit Hannah à Brandy. Je suis venue prendre mes affaires.

Brandy me lança un rapide coup d'œil et acquiesça.

— Je vais t'aider à faire tes valises.

Elles montèrent toutes les deux les escaliers, me laissant seul avec Asmodée. Celui-ci s'éclaircit la gorge.

— Mon seigneur, dit-il en s'inclinant légèrement.

Je l'étudiai de la tête aux pieds, remarquant à quel point il avait changé. Il ne rayonnait plus de sa sensualité d'incube, ce pouvoir inné qui attirait les gens à lui et leur donnait envie de lui arracher ses vêtements. D'après mes sens, il était entièrement humain.

— C'est donc vrai, dis-je. Tu as abandonné ton immortalité.

L'ancien démon hocha la tête, ses cheveux noirs capturant la lumière.

— Oui. Je me suis arrangé pour céder mes devoirs de Lilim à mon assistant Himéros. Tout devrait continuer normalement, mon seigneur.

Je tendis la main vers lui.

— Je suis triste de te perdre. Tu es l'un des rares en qui j'avais confiance, et l'un de mes rares amis aussi. Je ne te souhaite que le meilleur.

Il me serra chaleureusement la main et sembla soulagé de mes paroles.

— Merci, Lucifer. Ça signifie beaucoup pour moi.

— Ça valait le coup ? demandai-je à voix basse. D'abandonner tous tes pouvoirs et ton immortalité ?

Asmodée regarda en direction des escaliers que Brandy avait montés.

— Ça valait le coup. Je le referais un million de fois pour ma compagne.

Je comprenais tout à fait. J'aurais fait la même chose pour ma femme s'il avait fallu.

— Prends bien soin d'elle. Hannah l'aime beaucoup.

Asmodée se redressa davantage en bombant un peu le torse.

— Je le ferai. J'ai prévu d'amener Brandy et son fils à Disney World bientôt. Puis je vais nous acheter une grande maison sur la plage et les gâter à foison, annonça-t-il avant que son regard se radoucisse. Brandy a traversé beaucoup d'épreuves. Son fils aussi. Je vais la traiter comme une reine et leur donner à tous les deux la vie qu'ils méritent.

— Bien, répondis-je. Tu as certainement l'argent pour ça mais s'il te plaît, fais-moi savoir si tu as besoin de quoi que ce soit.

Pendant des décennies, Asmodée s'était occupé de mes clubs de strip-tease sous mon commandement pour aider les Lilim.

Même s'il léguait maintenant cette responsabilité, il avait été généreusement remercié de son travail au fil des ans.

Asmodée hésita.

— En fait, il y a quelque chose. Je me demandais si vous pouviez m'accorder une dernière faveur pour toutes mes années de loyaux services.

Ça n'annonçait rien de bon, mais j'avais toujours accordé des faveurs, en général en échange d'autres services.

— De quoi s'agit-il ?

— La mère de Brandy a un cancer en phase terminale. Les médecins humains ne peuvent rien faire. Pourriez-vous demander à l'un des anges de la guérir ? Je sais que vous avez des alliés parmi les Malakim maintenant.

J'agrippai son épaule et acquiesçai fermement.

— Ce sera fait.

— Merci, mon seigneur, dit-il, ses épaules s'affaissant sous l'effet du soulagement. Vous êtes un bon roi, et ce fut un honneur de vous servir.

Hannah descendit ensuite les escaliers, un sac à chaque bras.

— Je crois que j'ai tout ce qu'il me faut.

Brandy revint aussi avec son fils et la vieille femme frêle qui devait être sa mère. Hannah les regarda, les yeux remplis de tristesse, et je lui pris les sacs des mains, en plus de ceux que Brandy portait.

Hannah hocha la tête en guise de remerciements, puis se tourna vers les autres.

— Alors on y est. Merci de m'avoir laissée vivre ici avec vous ces dernières années. Je suis désolée de partir aussi précipitamment.

Brandy secoua la tête et prit la main d'Hannah.

— Non, merci de m'avoir aidée avec la maison, Jack et tout le reste. Ce ne sera plus pareil sans toi ici. Promets-nous que tu viendras nous voir parfois.

— Je vous le promets. Et vous devez tous venir nous voir à Las Vegas.

— Oui, mon hôtel serait ravi de recevoir votre famille quand vous le voulez, dis-je. À mes frais, bien sûr.

Le visage de Donna s'éclaira.

— Ça donne envie.

Brandy me fusilla du regard.

— Oui. Mais écoute-moi bien. Tu ferais mieux de ne pas blesser Hannah. Je me fiche que tu sois le diable, je te botterai le cul.

Je levai un sourcil face à son tempérament de feu. Nous savions tous comment ça finirait, mais je devais accorder à Brandy son courage et sa loyauté envers Hannah.

— C'est noté. Et maintenant, nous devons vraiment y aller.

Hannah fit oui de la tête, puis prit tout le monde longuement dans ses bras avant de dire une dernière fois au revoir. Je serrai une dernière fois la main d'Asmodée, puis pris les sacs d'Hannah et l'accompagnai dehors.

— Vous en avez mis du temps, dit Zel, appuyée contre la Lamborghini.

Notre chauffeur sortit précipitamment, prit les sacs d'Hannah et les déposa dans la limousine. C'était un jeune vampire, avide de servir, mais je ne pus m'empêcher de me demander s'il était vraiment loyal ou s'il espionnait juste pour son archdémon, Baal. À notre retour, je devrais aller voir les archdémons et trouver qui parmi eux m'était fidèle.

En menant Hannah vers la limousine, les cheveux sur ma nuque se hérissèrent, à l'instant exact où Zel brandit ses poignards. Le ciel était nuageux et la pluie menaçait de tomber, une chose rare et précieuse en Californie du sud, mais il s'assombrit davantage quand une large forme vola au-dessus des maisons voisines.

— Quelque chose arrive. Monte dans la voiture.

Je poussai Hannah vers la limousine en scrutant le ciel vers la menace.

La forme s'approcha suffisamment pour que je puisse l'identifier. De grandes ailes aux écailles rouge foncé. Des yeux de reptiles noirs. Des serres et des crocs immenses. Un putain de dragon. Ici, dans un quartier résidentiel au beau milieu de la journée, quand tout le monde pouvait le voir. La désobéissance pure et simple me rendit furieux, et je propageai rapidement mes ténèbres dans la zone, pour nous camoufler des voisins qui pourraient jeter un œil par les fenêtres.

— Qu'est-ce qui se passe ? demanda Hannah.

Je me rendis compte qu'elle était la seule à ne pas pouvoir voir au travers des ombres troubles. Les démons étaient habitués à vivre dans la pénombre perpétuelle de l'Enfer, mais en tant qu'ange, Hannah était faite pour la terre de lumière.

Zel se mit à l'action, déployant ses ailes obscures et s'élançant dans les airs vers le dragon. Je me maintins sur la défensive devant Hannah, qui avait naturellement ignoré mon ordre de monter dans la voiture.

Le dragon s'en prit immédiatement à Zel avec ses serres, même s'il semblait avoir assez de jugeote pour ne pas cracher du feu. S'il incendiait le quartier de Brandy, il serait rapidement témoin des profondeurs de ma rage, juste avant que je mette un terme à son existence.

Zel réussit à attraper le bout d'une aile du dragon avec son poignard nimbé de lumière, ce qui fit rugir la bête assez fort pour faire trembler les fenêtres des maisons avoisinantes. J'espérai que les habitants prendraient cela pour un tremblement de terre ou un gros camion, mais il fallait que ça s'arrête rapidement pour éviter d'attirer les soupçons. La dernière chose dont je voulais m'occuper, c'était d'un groupe d'humains trop curieux qui se pointerait avec des questions.

Le dragon répliqua en frappant fortement Zel dans le dos. Elle s'écroula sur un toit pas loin, puis roula et s'écrasa dans l'herbe, faisant voler du gravier. Bon sang de bonsoir.

— On ne peut pas l'aider ? demanda Hannah.

Je remarquai qu'elle brillait à nouveau, telle un phare au milieu d'une tempête. Le dragon la remarqua lui aussi, et se dirigea sur nous.

— Elle va bien, dis-je. Concentre-toi sur la maîtrise de tes pouvoirs. Je m'occupe de ça.

Je devais prendre le contrôle de la situation, rapidement. Tandis que le dragon rentrait ses ailes et fonçait sur nous, je sortis mes tentacules de ténèbres et les enroulai autour de la bête. Elle essaya de s'en libérer et réussit à sortir une aile, mais Zel apparut soudain à côté et la distraya suffisamment pour que je la recouvre complètement de mes ombres. Des ombres que la forte lumière d'Hannah consumait cependant. Elle ne se rendait même pas compte qu'elle le faisait.

Le dragon se tortilla et virevolta, mais il ne pouvait échapper aux anneaux sombres enveloppés autour de lui. Son élan le fit atterrir au milieu de la route. Il atterrit si brusquement que des fissures et des crevasses apparurent sur le bitume. Zel se posa à côté de lui, les poignards brandis, et le dragon pesta contre elle, le regard haineux.

Je me tins devant le dragon, les yeux baissés sur la bête capturée. La fureur affluait dans mes veines et je laissai les ombres menaçantes tournoyer autour de moi alors qu'un feu de l'enfer bleu vif étincelait dans mes paumes.

— Tu oses m'attaquer, moi et ma compagne, au milieu d'une zone habitée par des humains en plein jour. Explique-toi.

— Je cherche à me venger ! rugit le dragon, ses crocs dégoulinant de venin. Tu as tué mon père !

Ah, bien sûr. Ce devait être l'aîné des fils de Mammon, Valefar. Je l'avais rencontré quelques fois, mais jamais sous sa forme de dragon. Non sans effort, je serrai les poings pour éteindre le feu, en me rappelant les paroles de Samaël qui parlait de faire la paix avec les dragons restants. Je supposai qu'il avait raison. Ce n'était pas pour rien que je le gardais comme conseiller, après tout.

— Tu as raison. J'ai bien tué ton père. Mammon a comploté contre moi et a essayé de me renverser. Il m'a attaqué chez moi. Je me devais de punir une telle rébellion, dis-je en levant une main avant qu'il ne réplique. Que tu le veuilles ou non, je suis ton roi, et tu es désormais l'archdémon des dragons. Il en reste peu, ce qui veut dire que tu as le choix. Tu peux t'incliner devant moi et me jurer fidélité, ou tu peux me déclarer la guerre, comme l'a fait ton père. Tu sais comment ça a fini pour lui, continuai-je en lui laissant le temps de digérer mes dires. Je ne veux pas éteindre l'espèce des dragons, mais je le ferai si c'est nécessaire.

Le dragon gronda mais ensuite, ses yeux reptiliens se fermèrent et je sentis qu'il laissait tomber le combat. Je fis signe à Zel de reculer. Elle me fit les gros yeux mais rangea ses poignards et s'écarta. Hannah avait réussi à contrôler sa lumière maintenant, et la rue était silencieuse, l'endroit anormalement sombre.

Valefar se redressa sur ses serres et secoua ses ailes, son regard toujours posé sur moi.

— On n'en a pas terminé.

D'un lent coup d'ailes, il s'éleva dans les cieux et disparut de notre champ de vision, au-dessus des rangées de maisons. J'attendis qu'il soit parti pour retirer la pénombre et permettre au soleil de briller sur les rues au travers des nuages.

Hannah lâcha un long soupir quand les ténèbres s'évanouirent, comme soulagée de voir à nouveau la lumière.

— Tu le laisses partir ?

Je lissai le devant de mon costume et haussai les épaules.

— Il a besoin de s'affirmer et de devenir le chef de son espèce. S'il ne le fait pas, on s'en occupera.

J'aidai Hannah à entrer dans la limousine pour qu'on puisse prendre notre jet privé jusqu'à Las Vegas. Mais tandis qu'elle se glissait sur les sièges en cuir noir, son visage était troublé.

— Qu'y a-t-il ?

— Mes pouvoirs. J'ai du mal à les contrôler. Je pense que c'est à cause de mes souvenirs si nombreux dans ma tête, c'est dur de les aligner et de les trier tous.

Elle pencha la tête en arrière sur le siège en cuir, l'air épuisée.

— Jophiel m'a proposé de m'aider à me souvenir comment les manier, mais je ne veux plus rien recevoir d'elle.

— Je connais quelques anges qui pourraient t'aider. Ceux qui t'ont aidée à ressusciter. Je m'occupe de tout.

Je posai une main possessive sur son genou et même si elle se raidit, elle ne s'écarta pas. On progressait un peu.

Je lui apporterais tout ce dont elle avait besoin. Si elle voulait que je me rende dans les profondeurs de l'Enfer ou jusqu'aux cieux du Paradis, alors qu'il en soit ainsi.

Je ferais n'importe quoi pour reconquérir le cœur d'Hannah.

10

HANNAH

Rentrer au penthouse, c'était comme retourner dans les profondeurs sombres du monde surnaturel. Lucifer souhaitait que je sois à nouveau sa reine, la Perséphone de Hadès, mais comment pouvais-je régner à ses côtés quand je ne pouvais lui pardonner ? Ou quand il ne me traitait pas comme son égale.

Et les démons, accepteraient-ils qu'un ange soit leur reine ?

Je me rendis dans la chambre d'amis, incapable de partager ma couche avec Lucifer pour l'instant. Je fus contente de voir qu'on avait fait monter mes valises, et que mes plantes ici allaient toujours aussi bien. Étrangement, cet endroit ressemblait plus à chez moi que tous les autres lieux que j'avais visités ces derniers jours, surtout une fois mes possessions ramenées de chez Brandy déballées. Les coussins verts aidèrent grandement à rehausser les autres meubles blancs. Sur la table de nuit, j'ajoutai une photo de moi, Brandy et Jack au zoo de San Diego, qui me faisait sourire à chaque fois que je la regardais.

Quand je revins dans la pièce principale du penthouse, qui avait été restaurée dans sa gloire originelle, y compris le bar détruit, les cinq personnes qui étaient présentes quand j'avais été ressuscitée s'y trouvaient, assis dans la pièce sur les canapés en cuir et les tabourets de bar noirs. Je regardai Lucifer, attendant qu'il me présente correctement, mais mes yeux se posèrent alors sur l'homme aux cheveux sombres à côté de lui et j'inspirai avec difficulté.

Kassiel.

Mon fils.

Le reconnaître me frappa si fortement que je fus choquée de ne pas l'avoir deviné plus tôt. De brèves bribes rapides de son enfance éclairèrent mon esprit comme un flash de caméra, toutes provenant de ma vie de Lénore au dix-neuvième siècle. Il ressemblait tant à son père, enfant ou maintenant. Il portait même un costume noir ajusté similaire.

Je m'avançai vers lui, mon cœur prêt à éclater du besoin de le retrouver après toutes ses longues années.

— Kassiel...

— Bonjour, mère.

Il me fit un sourire chaleureux, mais sa voix semblait sur la réserve, et son accent anglais ne faisait que l'accentuer. Je m'approchai et le pris dans mes bras, et voilà que je pleurais encore mais pour une fois, c'étaient des larmes de joie. Je me fichais que les autres personnes dans la pièce nous regardent. Tout ce que je savais, c'était que j'avais retrouvé mon fils après des décennies séparés, et je voulais savourer chaque seconde avec lui.

Je touchai son visage alors qu'il me regardait, m'émerveillant de constater à quel point il n'avait pas changé après plus d'un siècle, même s'il semblait pourtant différent. Plus vieux. Plus sage. Bon sang, j'avais raté tant de moments de sa vie.

— Je suis tellement heureuse de te voir, dis-je, incapable de contenir mon grand sourire. Je veux savoir tout ce qui t'est arrivé pendant mon absence.

— On rattrapera le temps perdu plus tard, c'est promis.

Kassiel serra ma main et recula, puis fit signe à la brune pulpeuse assise sur le canapé.

— Laisse-moi te présenter ma compagne, Olivia.

On ne pouvait détourner les yeux de sa beauté, ses yeux vert clair, sa peau presque luminescente et ses boucles d'un riche brun foncé. Avant, sa beauté m'aurait intimidée, et je faillis m'écarter, comme je l'aurais fait en humaine, mais je me souvins ensuite que j'étais un ange. Plus que ça, j'étais Ève et Perséphone, et bien plus. D'un autre côté, j'étais la mère de Kassiel. Si quelqu'un devait être intimidé, c'était elle. Je restai à ma place et la saluai d'un signe de la tête.

— C'est un honneur de vous rencontrer, dit Olivia en se levant.

— Olivia est la seule à être à la fois une succube et un ange hybride, expliqua Lucifer. Elle sert de porte-parole officiel entre les anges et les démons, et travaille avec l'Archange Gabriel et moi pour maintenir la paix. J'ai pensé qu'elle te serait utile pour trouver ton équilibre entre les deux mondes.

— Ce serait fort appréciable.

Je possédais tant de souvenirs de la guerre entre les anges et les démons, une guerre où j'avais combattu sur les deux fronts. Maintenant que nous étions en paix, l'entente entre les deux espèces était encore froissée, et je me retrouvais au milieu en tant qu'ange entouré de démons.

— J'ai demandé aux autres compagnons d'Olivia de nous rejoindre aussi, dit Lucifer. En tant qu'anges, ils peuvent répondre à tes questions et travailler avec toi pour que tu contrôles tes pouvoirs.

Il fit signe vers un homme sérieux au regard froid et calculateur et aux cheveux noirs chatoyants.

— Bastien en particulier, devrait être capable de t'aider. C'est aussi un Ofanim.

Bastien inclina la tête en guise de réponse.

— Je vous aiderai comme je le peux.

— Merci, répondis-je.

Lucifer se tourna vers le bel homme au teint mat assis au bar, qui m'asséna d'un sourire charmeur, les yeux étincelants.

— Voici Marcus. C'est lui qui t'a fait renaître. J'ai prévu de l'envoyer guérir la mère de Brandy.

Je m'avançai et serrai légèrement la main de Marcus.

— Merci d'avoir utilisé tes pouvoirs pour me ramener, et de le faire pour aider mon amie. Je te dois tellement.

— C'est mon travail, dit-il avec un rapide clin d'œil.

Lucifer fit signe vers la dernière personne dans la pièce, un homme large d'épaules et musclé, aux cheveux dorés et à la mâchoire carrée.

— Callan est le fils de Jophiel. Ton neveu.

Mes yeux s'écarquillèrent en examinant Callan de plus près. Il ressemblait un peu à Jophiel, même si je soupçonnais qu'il avait beaucoup pris de son père aussi. Il se tenait près de la fenêtre à contempler Las Vegas, comme s'il essayait de garder le plus de distance possible avec Lucifer, et je me demandai s'il s'était passé quelque chose entre eux.

— J'ai hâte de faire ta connaissance. Ma relation avec ma sœur est... hésitai-je, à la recherche du terme diplomate. Tendue. Mais j'espère que ça ne nous empêchera pas d'être une famille.

— Moi aussi j'ai une relation tendue avec ma mère. Ce n'est pas facile de l'aimer, grogna Callan.

— Oui, acquiesçai-je avec un léger sourire. Jophiel m'a aussi dit qu'elle avait un autre fils.

La mâchoire de Callan se contracta.

— Oui. Ekariel. Il a été enlevé enfant et retenu en otage pendant des années par une secte humaine déterminée à décimer tous les êtres surnaturels. Il prend en ce moment des cours à la

Faculté des Séraphins pour rattraper tout ce qu'il a raté pendant sa captivité.

Quelle chose horrible. Jophiel avait mentionné la même chose, mais c'était arrivé après qu'on m'avait faite humaine. Peut-être devrais-je aussi prendre des cours avec lui, j'avais à l'évidence beaucoup de choses à rattraper moi aussi.

— J'espère le rencontrer un jour.

— Je devrais me mettre en route pour guérir votre amie, annonça Marcus.

Marcus posa son verre et se leva. Il se pencha en avant et embrassa Olivia sur la joue.

— Je reviens le plus vite possible.

J'observai leur échange de près. Olivia était-elle avec ces quatres hommes ? Et ça ne les... gênait pas ? Y compris mon fils ? Comme c'était intéressant. J'imaginai que si elle était moitié succube, une seule personne ne suffisait pas à satisfaire ses besoins, mais d'après mes vagues souvenirs, je n'avais jamais vu de Lilim avec de véritables compagnons auparavant. Ils avaient tendance à ne pas s'attacher, autant que je m'en souvienne. Ceci dit, Asmodée avait abandonné ses pouvoirs d'incubes et son immortalité pour être avec Brandy, donc je supposais que tout était possible.

— Nous devrions y aller nous aussi, dit Olivia.

— Nous commencerons l'entraînement demain après un peu de repos, me dit Bastien.

— Merci.

Je déglutis, tentant de garder le contrôle de mes émotions, bien que ce soit difficile. Je regardai à nouveau les personnes dans la pièce, y compris mon neveu et mon fils, et me rappelai tout ce qu'ils avaient fait pour moi. Je ne serais pas là sans eux.

— Je ne peux vous remercier assez.

Une fois que tout le monde fut parti, je me tournai pour faire face à Lucifer.

— Pourquoi tu ne m'as rien dit au sujet de Kassiel ?

Il lâcha un soupir de frustration en contournant le bar.

— Comme je l'ai dit avant, je te donnais petit à petit des informations sur nos vies antérieures pour éviter que ce ne soit trop dur à supporter. Quand tu es entrée dans mon penthouse et m'a demandé de retrouver ton amie, je ne pouvais pas vraiment te dire : « Hey, je sais qu'on vient de se rencontrer mais on a trois fils. »

Trois... C'est vrai.

Je m'en souvenais maintenant. Dans les coins reculés de mon esprit, je savais que j'avais eu des enfants, mais la sensation s'exacerbait maintenant, et avec elle vinrent d'autres noms : Belial et Damien.

— Où sont-ils en ce moment ? demandai-je.

Belial était l'aîné, né lors de ma vie originelle en tant qu'Ève. Damien était le second, quand j'étais Perséphone, et Kassiel le cadet. Ils avaient des siècles d'écart, mais c'était plutôt normal vu qu'il était difficile et rare que les immortels aient des enfants.

Lucifer prit un air renfrogné.

— Je ne les ai pas vus depuis des années.

— Pourquoi ?

Je m'assis sur le tabouret de bar et observait le liquide ambré se déverser dans son verre.

— J'en veux un moi aussi.

Lucifer arqua l'un de ses sourcils sombres parfaits, chaque centimètre de lui égal au beau diable qu'il était.

— Je croyais que tu ne buvais pas.

— Ça, c'était quand je pensais que mes parents avaient été tués par un chauffeur saoul.

Dès qu'il me servit un verre, je le vidai et le posai, sentant la brûlure dans ma gorge. Non pas que ça me ferait de l'effet maintenant que j'étais à nouveau un ange. Mais s'il y avait bien une occasion pour boire, c'était maintenant.

Lucifer semblait amusé et me servit un autre verre.

— Damien vit au royaume des fées et me sert d'espion à la cour du grand roi Obéron. Nous faisons croire que nous sommes brouillés pour qu'Obéron lui fasse confiance, mais il me fait secrètement des rapports.

— Ça a l'air dangereux.

Mes poils se hérissèrent un peu, et je me demandai comment il pouvait mettre notre fils dans une situation aussi dangereuse.

Il haussa une épaule avec désinvolture.

— C'était son idée. Damien sait se gérer. On s'en est assuré.

Je contemplai mon verre et me répétai que mes fils n'étaient plus des enfants, mais des hommes anciens et puissants à part entière. C'était étrange de prendre conscience que mes propres enfants étaient plus vieux que moi, du moins dans ce corps.

— Et Belial...

Lucifer finit son whisky et posa avec force le verre sur le comptoir.

— Je ne sais pas où se trouve Belial. Nous ne nous sommes pas vus depuis des siècles.

Des siècles ? Comment était-ce possible ? Je me remémorai vaguement la relation complexe que mon fils aîné avait toujours eu avec Lucifer, bien que les détails soient encore flous. J'espérais en connaître davantage rapidement.

— Et Kassiel ? Qu'est-ce qu'il a fait toutes ces années ?

— Il a servi quelque temps comme espion parmi les anges, dit Lucifer, se gonflant presque de fierté pour notre fils. Il m'a récemment aidé à démanteler une société secrète d'anges, déterminée à renvoyer tous les démons en Enfer pour toujours.

Un sourire éclaira mon visage à l'écoute des accomplissements de notre fils, mais il s'effaça ensuite quand je me souvins qu'il y aurait dû y avoir un quatrième enfant : notre première et unique fille. Je détournai rapidement les yeux avant que les émotions ne m'assaillent à nouveau.

Lucifer contourna lentement le bar pour m'entourer d'un bras et m'attirer contre lui.

— Je sais. Je la pleure moi aussi.

Je le laissai me réconforter, posant ma tête contre son torse tandis que je pensais à la petite fille que nous aurions dû avoir. La douleur me hantait comme si c'était hier. Quand je levai les yeux vers Lucifer, je sentis qu'il ressentait la même peine, même s'il était bien plus doué pour la cacher.

Incapable de m'en empêcher, je touchai sa joue, effleurant lentement sa barbe naissante. La légère caresse sembla embraser quelque chose en lui, parce que ses yeux se mirent à étinceler juste avant qu'il baisse la tête et presse ses lèvres contre les miennes. Un feu ardent me parcourut alors que sa bouche me réclamait, me rappelant qu'il était mon âme sœur et que nous étions faits pour être ensemble. Que j'étais à lui, pour toujours et à jamais.

Mon corps me suppliait de m'abandonner à lui, de me perdre en lui, mais je réussis malgré tout à m'écarter. Nos regards se croisèrent, j'avais le souffle coupé, mes veines palpitant de désir. Les lèvres de Lucifer étaient entrouvertes, me réclamant presque un autre baiser. Je dus faire appel à toute ma volonté pour ne pas réduire à néant l'espace qui nous séparait. Notre lien était fort, et nous attirait en permanence. Nous avions traversé tant de choses ensemble qu'il nous était naturel de chercher du réconfort l'un auprès de l'autre. Mais je n'étais pas prête à être avec lui. Pas tout de suite. Il devait encore répondre à de nombreuses questions, et je devais encore comprendre qui j'étais, avec et sans Lucifer.

— Je vais me coucher, dis-je.

— Oui, gronda Lucifer. Avec moi.

Je détestais à quel point il était sexy quand il était arrogant et exigeant. Et je détestais à quel point je voulais désespérément lui obéir. Mais je ne le ferais pas. Je refusais de le faire.

— Hors de question.

Le regard qu'il me lança était absolument furieux.

— Je suis tenté de te balancer sur mon épaule et de te porter jusqu'au lit, mais je vais te laisser te reposer. Mais c'est tout. Une nuit.

À ces mots, la chaleur s'accumula entre mes cuisses, malgré mes objections.

— Et demain ?

Les ténèbres l'entourèrent tandis qu'il arborait un sourire diabolique.

— Et demain, je te rappellerai que tu es *à moi*.

11

HANNAH

Le jour suivant, Bastien me rejoignit juste après le petit-déjeuner pour débuter ma formation. Je lui suggérai d'aller sur le balcon vu le beau temps. On ne croirait jamais qu'on était en novembre à Las Vegas, avec ce ciel d'un bleu parfait et cette brise chaude. Tel un oiseau, mon côté angélique avait envie de déployer mes ailes et lisser mes plumes au soleil, mais je me retins.

Nous nous assîmes à une table près de la piscine à débordements, avec vue sur le célèbre Strip en dessous. Les yeux perçants de Bastien se concentrèrent sur moi, et j'eus l'impression que rien ne leur échappait.

— Nous allons commencer par vous apprendre les auras, dit-il. Étant donné votre statut, vous devez être capable de déceler la vérité.

J'acquiesçai, avide de savoir, ou plutôt de me souvenir.

— Je peux déjà deviner quand quelqu'un ment. Même quand j'étais humaine, je ressentais des... choses. Comme un instinct. Je ne savais simplement pas ce que c'était alors.

— C'étaient vos pouvoirs d'Ofanim qui transparaissaient malgré leur suppression. Vous devez maintenant le faire délibérément. Voir les auras nous permet de connaître la nature d'une personne même si elle ne parle pas. Vous vous souvenez comment les voir ?

Je passai en revue mes souvenirs, mais rien ne me vint. Je pris une profonde inspiration et fermai les yeux, mais je secouai la tête quand la frustration s'insinua dans chacun de mes nerfs.

— Non, je n'ai pas l'air de me souvenir de mes capacités.

— C'est compréhensible après ce que vous avez traversé, les souvenirs perdus puis récupérés.

Sa voix était calme et monotone, comme un professeur qui donnait un cours.

— Quand je regarde l'aura d'une personne, c'est comme si, à la place de l'odorat ou du goût, il y avait un autre sens. Vous devez juste l'activer.

— Mais comment ?

— C'est comme étudier la lumière autour de nous d'une différente manière, et la faire plier à sa volonté.

Je n'étais pas sûre de ce que cela voulait dire mais je réessayai. Rien ne fonctionnait. J'étais comme bloquée.

Après quelques échecs, il se rassit et se frotta le menton en m'évaluant.

— Je pense que nous pourrions utiliser un petit tour qu'on enseigne aux nouveaux Ofanim à la Faculté des Séraphins, même si je trouve ça un peu stupide.

— Je suis ouverte à tout à ce stade, dis-je.

Il poussa un soupir, comme si l'idée le répugnait.

— Très bien. D'abord, fermez les yeux. Puis imaginez-vous avec des lunettes de soleil, qui épousent parfaitement la forme de votre visage.

— Des lunettes de soleil ? répétai-je avec un rire.

Je suivis cependant ses instructions, imaginant des lunettes noires dans un style un peu rétro, le genre qu'on porterait à la piscine en sirotant une margarita.

— Oui. Maintenant, tenez-les dans vos mains et faites semblant de les mettre. Imaginez le verre devant vos yeux et à quel point il change votre manière de voir le monde.

Il parlait lentement, et je m'exécutai.

— Quand vous ouvrez les yeux, vous verrez désormais le monde à travers le verre de la vérité.

Ça paraissait ridicule, et je m'apprêtai à me moquer, mais quand j'ouvris les yeux, tout avait changé. On aurait dit que mes yeux s'étaient détendus derrière les verres imaginaires, me permettant de *déceler* vraiment.

L'aura éclatante de Bastien circulait autour de son corps, dont la couleur bleu glacé prédominait, pareille à une matinée d'hiver gelée. Un anneau de lumière blanc brillait sur les bords. D'autres couleurs tournoyaient aussi dans l'aura, mais aucune trace de pénombre.

— C'est magnifique, murmurai-je.

— Oui, la plupart le sont. Vous voyez l'éclat vif autour de mon aura ? Ça prouve que je suis un ange.

Je hochai lentement la tête quand ça me revint.

— Les démons ont un halo sombre.

— En effet. Et vous vous rappelez la signification des autres couleurs ?

— Elles donnent un aperçu de la personnalité. La tienne est principalement bleue.

Plus je me rappelais, plus je parlais vite.

— Tu es calme et prévenant. Intellectuel. Mais il y a une pointe de rouge aussi : tu es amoureux.

Il s'éclaircit la gorge et détourna les yeux.

— Très bien. Maintenant, je veux que vous me disiez si je mens, uniquement en regardant mon aura. Le brocoli est ce que je préfère manger.

Son aura ne changea pas, elle se contenta simplement de faire tournoyer d'intenses et magnifiques couleurs, et je ne pus m'empêcher de rire.

— C'est vrai. Mais sérieusement ? Les brocolis ?

— On peut les utiliser pour tout, dit-il en haussant légèrement les épaules. Je suis droitier.

— Vrai aussi.

— J'ai grandi en Géorgie.

Son aura se troubla et faiblit en parlant, et je faillis presque bondir de ma chaise.

— Faux !

— Bonne réponse, acquiesça-t-il avec le plus léger des sourires.

Le succès m'encourageait, et nous continuâmes ainsi quelques minutes, avant que Bastien ne décide de passer à autre chose. Comme j'avais des difficultés à contrôler mes jets de lumière, nous travaillâmes sur ça ensuite. Mes émotions semblaient les déclencher, et Bastien m'aida à me rappeler comment faire venir la lumière quand je le voulais, et comment contenir mes pouvoirs quand je ne le voulais pas.

Nous continuâmes jusqu'au déjeuner, et quand Bastien se leva pour partir, j'étais déjà bien partie pour contrôler mes pouvoirs d'Ofanim et j'avais bien plus confiance en mes capacités d'ange. Il promit de revenir demain et de m'aider à me souvenir d'autres pouvoirs d'Ofanim, et je me surpris à avoir hâte d'y être.

Une fois ma séance avec Bastien terminée, je reçus un message d'Olivia qui me demandait de la rejoindre au Ambrosia Cafe, l'un des restaurants de l'hôtel, et descendis déjeuner avec elle. Je n'avais pas vu Lucifer de toute la journée, mais ça m'arrangeait bien pour l'instant, même si mon pouls s'accélérait à la pensée de ce qui pouvait arriver ce soir.

Olivia était aussi belle qu'hier, même en jean décontracté et en t-shirt noir, et son charme inné de succube fit tourner les têtes tandis qu'elle m'attendait devant le restaurant. Elle me salua chaleureusement, puis le serveur nous plaça dans un box privé dans le coin qui, me semblait-il, était réservé aux invités de marque. Comme la femme du propriétaire.

— Merci pour l'invitation à déjeuner, dis-je après nous être assises et avoir commandé de la nourriture.

Depuis l'autre côté de la table, Olivia me sourit.

— J'ai pensé que vous aimeriez discuter du fait de se retrouver entre le monde des anges et celui des démons. Kassiel m'a un peu raconté ce que vous avez traversé, et on dirait que vous avez besoin d'un ami qui sait ce que c'est de se retrouver au milieu.

— J'adorerais ça. C'est ma première vie d'ange, et je ne suis pas sûre que les démons apprécient que la compagne de Lucifer en soit un. D'autant plus qu'en tant qu'Haniel, je me trouvais dans l'autre camp pendant la guerre.

Je jouai distraitement avec ma fourchette en repensant à toutes mes vies.

— Cependant, j'ai aussi combattu pour le camp des démons en tant que Déchue, et passé de nombreuses vies aux côtés de Lucifer en Enfer. Mais je ne suis pas certaine que les démons le verront ainsi.

— Je comprends. Les anges et les démons ont mis quelque

temps à m'accepter moi aussi. Même maintenant, je suis constamment tiraillée entre les deux camps, ma place n'a jamais vraiment été chez l'un ou chez l'autre. Ma fidélité change tout le temps, parce que c'est l'essence de mon être. Moitié ange. Moitié démon. Et d'une certaine façon, vous aussi. Vous avez beau être en ce moment dans le corps d'un ange, vous vous souvenez d'avoir été d'autres personnes dans le passé.

— Oui, tout à fait.

Je lâchai un long soupir, me sentant un peu plus légère.

— C'est agréable de parler avec quelqu'un qui comprend.

— Vous et moi sommes sûrement les seules à pouvoir comprendre, dit-elle avec un rire. Je l'admets, je suis ravie de vous avoir rencontrée, comme ça je peux vider mon sac, même si c'est égoïste.

Ça me fit rire.

— Lucifer a dit que tu faisais la liaison entre les anges et les démons.

Sa bouche se tordit un peu avant de parler.

— Oui, j'essaie de maintenir la paix entre eux, mais ça requiert beaucoup de temps et d'efforts pour surmonter ces milliers d'années de haine. Les deux côtés pensent que les méchants sont les autres, mais nous espérons changer ça.

— Oui, je me souviens de cet aspect de cette vie. Avant que j'apprenne qui j'étais, j'étais convaincue que les démons étaient méchants et que Lucifer était, eh bien... le diable. Dans tous les sens du terme. Ce n'est que lorsque je l'ai rencontré et me suis souvenue de mes anciennes vies que j'ai remarqué à quel point je me trompais. Je me suis rendu compte que j'avais pensé la même chose des anges quand j'étais une Déchue. J'ai conseillé vivement à Lucifer de mettre fin à la guerre, mais je suis morte avant de pouvoir le voir.

Le regard d'Olivia s'adoucit.

— Mais c'est arrivé. Lucifer et Michaël ont signé les Accords de la Terre il y a plus de trente ans. Je suis sûre que vous avez quelque chose à voir avec le changement d'opinion de Lucifer sur les anges.

— Peut-être, dis-je, pile quand le serveur nous apporta des salades élaborées et des gressins. Je me rappelle aussi vaguement l'époque où j'étais Perséphone et pendant laquelle j'ai régné un temps sur l'Enfer avec Lucifer, et le reste du temps sur le royaume des fées. C'était difficile aussi mais au moins, les démons et les fées n'étaient pas en guerre.

— Non, les fées ont toujours réussi à rester neutres, même si d'après moi, elles essayent vraiment de manipuler les deux camps à leur propre avantage. Je ne serais pas surprise que le grand roi ait prévu de déménager sur Terre un jour.

Olivia fit une pause et ses joues rosirent.

— Je suis désolée. J'espère que je ne vous ai pas offensée, vu que vous étiez une fée autrefois.

J'agitai la main.

— C'était il y a longtemps et tu n'as pas tort à propos des fées. Même au sein de leurs cours, les complots y sont légendaires. Disons juste que je ne me suis pas trop débattue quand Hadès m'a capturée et emmenée dans ses enfers.

— Ça ne m'étonne pas. Je veux dire, qui pourrait résister à Lucifer ? Ou à son fils, d'ailleurs ?

Elle plaqua ensuite une main sur sa bouche, le regard horrifié.

— Oh merde, je suis tellement désolée. J'avais complètement oublié que vous étiez la mère de Kassiel. Vous ne lui ressemblez tellement pas dans cette vie et euh, waouh je dis vraiment n'importe quoi, non...

Je m'identifiai beaucoup à son embarras et sa maladresse, qui ne me firent que l'apprécier davantage.

— Ce n'est pas grave. Vraiment. En fait, peut-être pourrais-tu me parler de Kassiel. Comment vous êtes-vous rencontrés ? Ah, et j'aimerais aussi que tu me tutoies.

Elle sembla rassurée, puis se mit à raconter comme elle avait fait semblant de n'être qu'un ange pour entrer à La Faculté des Séraphins, l'école où les anges étaient formés, pour retrouver son frère disparu. Là-bas, elle avait rencontré les amis de son frère : Callan, Bastien, Marcus et Kassiel, qui était l'un des professeurs à l'époque. Elle expliqua que Kassiel y avait été envoyé sous-couverture par Lucifer, où il prétendait lui aussi être un ange. Ils avaient retrouvé tous ensemble le frère d'Olivia dans le royaume des fées et avaient mis au jour une grande conspiration d'anges qui essayaient de renvoyer les démons en Enfer, menés par l'ancien Archange Azraël, qui était à présent enfermé à la prison Penumbra. Captivée, je l'écoutais décrire comment mon fils avait contribué à démanteler la société secrète d'Azraël, et comment Lucifer avait orchestré leur libération quand ils avaient tous été envoyés à Penumbra. Mon cœur se gonfla encore plus de fierté pour mon fils... et pour ma moitié. En dépit d'avoir été autrefois l'ennemi juré des anges, Lucifer les avait aidés à de nombreuses occasions ces dernières années, et travaillait désormais directement avec l'Archange Gabriel, le père d'Olivia, pour assurer la paix dans les deux camps.

— Merci de m'avoir raconté cette histoire, dis-je alors que nous finissions notre repas. J'ignorais tout cela.

— C'est pour ça que nous étions heureux d'aider Lucifer quand il nous a demandé de te ressusciter, et pourquoi nous avons hâte de te rappeler ton côté angélique maintenant. Nous lui devons beaucoup, et nous voulons aussi nous assurer que les traités entre les anges et les démons soient respectés, dit-elle d'une voix douce. Jusqu'à récemment, je n'avais même pas le droit d'exister, mais je peux à présent avoir une position privilégiée dans les deux sociétés, et des amants anges et Déchus. Je me battrai coûte que coûte pour maintenir cette paix.

Mes sourcils se levèrent.

— Je peux t'en demander plus à ce sujet ?

— À propos de mes quatre compagnons ? précisa Olivia en riant. Bien sûr. Je suis surprise que tu ne l'aies pas fait plus tôt, surtout quand Kassiel est l'un d'entre eux.

Mes joues rougirent.

— Désolée, c'est si flagrant ?

— Non, à ta place, je voudrais savoir moi aussi.

Elle croisa mon regard et baissa la voix.

— En tant que Lilim, je dois me nourrir de l'énergie sexuelle de plusieurs personnes pour survivre. J'ai essayé une fois de le faire avec moins de personnes, et ça finissait par les épuiser. Quatre semble être le chiffre parfait pour nous garder tous en bonne santé et heureux, et s'ils ne se plaignent pas, ce n'est certainement pas moi qui vais le faire.

J'étudiai ses paroles alors que nous sortions du restaurant.

— Tu connais Asmodée ? Il est récemment tombé amoureux d'une amie à moi humaine et a abandonné son immortalité pour être avec elle.

Elle sourit, mais il y avait une pointe de tristesse dans ses yeux.

— Oui, c'est mon demi-frère en fait. Maman... Lilith, m'a dit qu'elle l'avait rendu humain, et je n'arrivais pas à y croire au début. J'avais prévu d'aller le voir une fois que nous aurions fini de t'aider. Je déteste savoir qu'il va vieillir et mourir, soupira-t-elle, la voix rêveuse. Mais c'est plutôt romantique qu'il abandonne tout pour être avec elle. Et honnêtement, c'est sûrement bien moins fatiguant que de gérer quatre compagnons. Parfois, ça me demande beaucoup.

Je ris doucement.

— Je ne peux même pas imaginer. Un seul Lucifer, c'est déjà bien assez pour moi.

Plus qu'assez... et je pressentais qu'il allait me le prouver ce soir.

HANNAH

Après mon déjeuner avec Olivia, je retournai au penthouse et trouvai mon neveu devant la porte, l'air tout droit sorti d'une bande dessinée avec sa forte carrure, ses bras musclés et ses yeux d'un bleu froid.

— Bonjour Callan, dis-je avec un sourire.

J'étais avide d'en savoir plus sur ma famille. Elle s'avérait bien plus grande que ce que j'avais pensé.

Il entoura ses bras musclés autour de moi pour m'enlacer avec maladresse, son souffle apparemment prisonnier de sa poitrine pendant ce moment d'hésitation.

— Je ne sais pas trop comment t'appeler. Tante Haniel ?

Je me demandai si je ne devais pas garder mon ancien prénom, quand je me rendis compte que la vie d'Hannah était un mensonge. Mais je me dis aussi que je n'étais plus vraiment Haniel. Ça ne semblait pas approprié de prendre ce nom, vu que je n'avais pas été cette personne au cours des quarante dernières années. Je ne savais plus vraiment qui j'étais, mais Brandy et sa famille me connaissaient sous le nom d'Hannah, alors je décidai de le conserver. Je devais désormais récupérer ce nom du personnage que Jophiel avait créé et prendre le contrôle de cette nouvelle et dernière vie.

— Hannah, c'est très bien, répondis-je. Parfois, selon les souvenirs qui me viennent, je ne me sens pas plus vieille que toi.

Il hocha la tête.

— Je suis là pour te former à la technique de combat des anges.

— Ça serait super.

Je savais déjà comment me battre bien sûr. J'avais abattu des gargouilles avec l'épée de Lucifer et vaincu Gadrel aussi. Mais ça tenait plus de l'instinct ou d'une mémoire musculaire, et je redoutais de ne pas pouvoir y avoir recours quand j'en aurais le plus besoin. J'avais combattu dans de nombreuses batailles dans mes vies antérieures et avec de la chance, un peu de pratique réveillerait mes souvenirs. J'en avais besoin si je voulais repartir à la poursuite d'Adam.

Penser à son renversement me provoqua une vive adrénaline.

— Où devrions-nous faire ça ?

— Lucifer a préparé une pièce pour nous au quatrième étage.

Je roulai des épaules.

— Super. Laisse-moi enfiler des vêtements adaptés, et je te retrouve là-bas.

J'enfilai rapidement un legging et un débardeur de sport, avant de prendre l'ascenseur jusqu'au quatrième étage. Quand j'arrivai, Callan était déjà là, et il me conduisit le long d'un couloir jusqu'à une pièce vide, conçue manifestement pour s'entraîner. Les murs et le sol étaient légèrement capitonnés, les plafonds inhabituellement hauts et les miroirs alignés sur les murs. Quand Callan ferma la porte, je me rendis également compte que la pièce était insonorisée.

Callan se tourna vers moi avec un sourire satisfait.

— Plein d'espace pour qu'on puisse se battre en utilisant nos ailes. On travaillera aussi ça, ainsi que les armes et les pouvoirs d'ange. Pour l'instant, voyons ce dont tu te souviens.

Dès que je tournai la tête, il était déjà là, ses poings énormes dirigés vers mon visage. Je me baissai et me déplaçai avant même qu'un cri ne m'échappe, mes muscles réagissant instinctivement. À sa prochaine attaque, j'étais prête cette fois-ci, et j'utilisai son élan contre lui pour le contourner et le frapper par derrière.

— On dirait que tu n'as pas tout oublié, dit-il.

— Moins que je pensais.

Je ne pus m'empêcher de rire, mon sang déjà en ébullition à cause de l'effort physique... et de l'excitation. On aurait dit que mon corps et mon âme se réveillaient, se rappelaient qui j'étais : une guerrière. J'avais fait couler le sang sur d'innombrables champs de bataille depuis la nuit des temps. Bien sûr, j'étais un peu rouillée après quarante ans d'intermède, et j'avais besoin de renforcer certains de mes muscles, mais tout me revenait.

Callan se jeta sur moi à nouveau, et nous nous mîmes à nous battre sérieusement. Mon dos heurta le tapis plus de fois que je ne pus les compter, mais je continuai à me relever. Cet homme était un combattant hors-pair, et j'avais tellement peu de pratique qu'il m'était impossible de le vaincre. Pas encore en tout cas.

Nous nous arrêtâmes tous les deux quand la porte s'ouvrit et que Zel entra, son visage vert de rage.

— Qu'est-ce que tu fabriques bordel de merde ?

Je pris les devants.

— Ne t'inquiète pas Zel. Il m'entraîne.

Après avoir jeté à Callan un regard mauvais, elle tourna sa colère contre moi.

— C'est moi qui devrais t'entraîner. Pas un *ange*, répliqua-t-elle en crachant presque ce dernier mot. Je t'ai connue dans la plupart de tes vies antérieures. J'ai combattu à tes côtés pendant des siècles. Je connais tes forces et tes faiblesses.

Ces mots résonnèrent de vérité en moi, et je me souvins de nous deux sur un champ de bataille au Paradis, observant le carnage que nous avions provoqué chez les anges. Azazel se tenait à ma droite, ma sombre vengeresse et ma protectrice la plus féroce. Mais à ma gauche se tenait une autre femme aux cheveux roux, à la fois magnifique et meurtrière. Celle que j'avais cru voir dans d'autres souvenirs. Je cherchai son nom, mais il m'échappait. Qui était-elle ? Que lui était-il arrivé ?

La voix bourrue de Callan mit fin au souvenir.

— Hannah a besoin d'un *ange* pour l'entraîner au combat *angélique*. Pas d'un démon.

— Déchue, rectifia Zel. Tu as oublié que moi aussi, j'ai été un ange autrefois. Plus longtemps que toute ton existence.

Elle s'avança et parla entre ses dents, la frustration s'échappant d'elle par si grosses vagues que je pouvais presque les voir.

— J'ai des milliers d'années. J'ai combattu pendant la guerre, qui s'est terminée avant ta naissance. Il n'y a rien que je ne puisse pas lui enseigner.

Callan croisa les bras, et je dus lui reconnaître qu'il fixait Zel sans reculer. Il leva le menton en signe de défi.

— Voyons ce que tu vaux, Déchue.

J'eus à peine le temps de m'écarter avant que les deux s'y mettent. C'était un beau combat équilibré ; tous les deux se défendaient et attaquaient, se baissaient et zigzaguaient. Leurs ailes sortirent rapidement, celles de Zel noires comme la nuit et celles de Callan d'une blancheur éclatante. Leurs mouvements devinrent si rapides que j'eus du mal à suivre.

Zel gronda quand Callan l'envoya valser dans les airs, mais elle se remit rapidement, et fonça sur lui avec une rapidité à laquelle il ne s'attendait pas, avant d'utiliser son poids pour le plaquer au sol. Il se tordit et les propulsa dans les airs, puis lui fit une cravate. Elle le poussa et le placarda par la taille une dernière fois avant qu'ils ne se séparent.

Zel le regarda, ses ailes sombres battant lentement derrière pour la maintenir stable.

— Pas mal, fils de Michaël. Je comprends pourquoi ils voulaient que tu diriges l'Armée des Anges. Pourquoi as-tu refusé ?

— Je suis tombé amoureux d'un demi-démon, répondit sèchement Callan en essuyant la sueur sur ses sourcils. Mes priorités ont changé.

Je levai les mains avant qu'ils se remettent à se battre et les interpellai :

— Ça suffit !

Ils baissèrent les yeux vers moi comme s'ils avaient oublié ma présence, puis ils atterrirent au sol et rangèrent leurs ailes.

— Je vois que vous pouvez tous les deux m'apprendre beaucoup, dis-je en les regardant tour à tour. J'aimerais que vous m'entraîniez tous les deux.

Ils se regardèrent avec circonspection avant de retourner leur attention sur moi.

— Très bien, dirent-ils à l'unisson, mais je n'étais pas certaine qu'ils soient très unis.

Nous pouvions essayer toutefois. Après tout, c'était mon destin de ne pas prendre parti entre les anges et les démons, comme Olivia. Ce serait mon premier essai.

Quand je rentrai au penthouse, tout ce que je souhaitais, c'était prendre une longue douche et manger un morceau. À la place, je vis Lucifer assis à son piano, en train de jouer une sombre mélodie qui me poussa à m'attarder dans l'entrée pour mieux l'apprécier.

Il leva les yeux vers moi et s'arrêta, les doigts légèrement posés sur les touches. Il avait enlevé sa veste de costume et son col était déboutonné comme après une longue et rude journée de travail. Mes yeux furent attirés par ce bout de peau nue, mourant d'envie d'y presser mes lèvres.

— Viens là.

Son ordre tranchant résonna dans la pièce silencieuse. La chaleur monta en flèche entre mes cuisses, et je me surpris à m'avancer vers lui comme si je rêvais, incapable de m'arrêter. Je retins mon souffle en m'approchant. L'anticipation affolait les battements de mon cœur, en particulier à sa façon de me regarder, comme s'il allait me dévorer à tout moment.

Quand j'arrivai devant lui en face du piano, je devins soudainement très consciente de mon apparence dans mes vêtements de sport serrés, mes cheveux ébouriffés par l'entraînement, mes joues rosies par l'effort... et le désir maintenant.

— Je suis toute transpirante, dis-je doucement. J'ai besoin de prendre une douche.

C'était une piètre objection et nous le savions tous les deux.

— Pas encore.

Ses mains saisirent mon bras, puis m'attirèrent vers lui et m'installèrent sur ses genoux, mon dos contre son torse. Ma respiration s'accéléra face au contact physique soudain, et à sa façon de décaler mes cheveux et de poser sa bouche dans mon cou pour y déposer un baiser enfiévré. Ses mains glissèrent le long de mon corps, pour sentir chaque centimètre de moi au travers des vêtements serrés, en passant par mes seins, mes hanches et mes cuisses.

Il agrippa ensuite mon legging et le baissa sans ménagements, le déchirant sûrement à plusieurs endroits. Son autre main tenait mon sein, le pouce passant sur mon téton tendu, un moyen efficace de me maintenir immobile. Le diable me tenait à sa merci et s'assurait que je sache qu'il n'y avait pas d'échappatoire. Pas ce soir.

Il déchira ensuite ma culotte, m'arrachant un cri. Lucifer me força à écarter les jambes, ses mains brusques et exigeantes, jusqu'à ce qu'il remarque à quel point j'étais déjà trempée de désir. Je ne pus que m'appuyer contre lui et gémir tandis que ses doigts s'inséraient facilement dans mon sexe. Il me menait complètement à la baguette avec le va-et-vient de ses doigts et le pétrissage de mes seins. Il me provoquait de petits sursauts de plaisir chaque fois que son pouce effleurait mon clitoris.

Je fermai les yeux et m'abandonnai au moment. Je balayai toute la souffrance et l'angoisse des ces derniers jours et consentis à ce qu'il me touche. Bon sang, j'avais tellement besoin de ça. J'avais tellement besoin de *lui*.

Il fit venir mon orgasme rapidement et silencieusement. Mes hanches effectuèrent une ruade désespérée contre ses doigts alors qu'il m'arrachait mes dernières secondes de plaisir. Je sentis son membre durci contre mes fesses à travers le tissu de son pantalon, et me demandai s'il le libérerait maintenant et me prendrait ainsi, assise sur ses genoux. Ou peut-être me pencherait-il contre le piano. Ou me plaquerait-il contre la rigidité du sol en marbre. Je me fichais de la manière, vraiment. Je le voulais juste déjà en moi.

— Peu importe la haine que tu ressens pour moi, tu es à moi, Hannah, dit Lucifer, sa bouche contre mon oreille. Chaque centimètre de toi. Pour toujours et à jamais.

Ses mains passèrent sur mon entrejambe, comme s'il la revendiquait de droit.

Puis, il me laissa.

Je me relevai, les genoux un peu flageolants, et me tournai pour le regarder avec un air confus. Il se leva et attarda son regard vorace sur mon corps à moitié nu, brûlant d'envie qu'il continue. Il le savait lui aussi. Je le devinais par le vilain sourire qu'il m'assénait.

— Va prendre ta douche, dit-il en m'embrassant sur la joue. J'ai du travail, mais je te verrai demain.

Il ajusta ses manchettes de chemise et s'éloigna. Juste comme ça.

M'abandonnant à mon désir frustré.

13

LUCIFER

Je pris la main d'Hannah alors que nous passions une porte qui menait à l'extérieur, sur les terres du Celestial.

— On va où ? demanda Hannah en soufflant.

— Tu le verras bien assez tôt.

Je voyais qu'elle m'en voulait pour hier soir, mais j'adorais voir Hannah s'enflammer, et je préférais qu'elle m'en veuille plutôt qu'elle soit triste.

D'un autre côté, elle ne m'en voulait pas vraiment. Elle avait faim. De moi.

Exactement l'état dans lequel je voulais qu'elle soit.

Nous passâmes devant les diverses zones de baignade et autres espaces récréatifs de l'hôtel, et j'entendis le bruit de mes clients s'amuser autour de nous tandis que le soleil ardent fouettait ma peau. Nous finîmes par arriver devant une zone clôturée, et j'utilisai une clé pour ouvrir la barrière. Hannah me lança un regard confus, avant d'avancer sur la parcelle vide de l'autre côté. Un terrain plat s'étalait devant nous, en grande partie boueux et garni de quelques tristes mauvaises herbes, ainsi que quelques déchets et virevoltants flottant dans la brise.

J'écartai les bras.

— Voici mon cadeau.

Elle inclina légèrement la tête.

— Euh, merci ?

Je ris face à son air perplexe.

— J'ai acheté ce terrain il y a quelques mois pour ajouter une autre zone de baignade au Celestial, mais j'ai décidé qu'on avait assez de piscines. Je pense qu'on aurait bien besoin d'un jardin.

— Un jardin ? répéta Hannah en se redressant immédiatement.

— Ton jardin.

Elle inspira un grand coup.

— Vraiment ?

— Je veux que tu le conçoives. Un jardin immense et impressionnant, le genre de jardin où les gens peuvent se promener des heures durant. Un coin de répit au milieu du désert.

J'observai son visage alors qu'elle parcourait le terrain du regard, ses yeux bleus excités.

— Je sais que tu as dû laisser ta boutique de fleuriste derrière toi, mais ici, tu pourras encore travailler les plantes et cette fois-ci, tu peux créer quelque chose qui n'appartient qu'à toi.

Elle jeta ses bras autour de moi, ce qui était la meilleure réaction que j'aurais pu espérer.

— Merci. Je pense que c'est le plus beau cadeau qu'on m'ait fait.

— Je ne sais pas, je t'ai fait des cadeaux plutôt impressionnants au fils des ans, dis-je avec un sourire avant de m'emparer de sa bouche pour l'embrasser.

Elle passa ses bras autour de mon cou et se pressa contre moi, avec un peu d'insistance. Elle en voulait plus après hier soir, même si elle essayait de réprimer son désir. Ma queue tendit mon pantalon également, me suppliant de la prendre ici dans la boue, comme un animal. Mais j'étais un homme patient.

— Comment as-tu deviné ? demanda-t-elle en levant les yeux vers moi, toujours dans mes bras.

— Deviné quoi ?

— Que ma boutique me manquait déjà et que je me demandais comment combler ce vide dans ma vie.

Je caressai lentement sa lèvre inférieure de mon pouce.

— Parce que je te connais mieux que moi-même. Tu as toujours adoré les jardins, et ce depuis que je t'ai sortie de l'Éden quand tu étais Ève.

Ce souvenir me fit sourire.

— Quand tu étais Perséphone, tu avais le pouvoir de faire pousser les plantes et de les plier à ta volonté. Tu as transformé notre palais froid et stérile en Enfer en une maison pleine de vie et de couleurs. Je savais que si tu pouvais faire ça, tu serais aussi capable de faire des miracles sur ce bout de terre.

Elle se tourna dans mes bras, s'appuyant contre moi en examinant la parcelle.

— On peut l'appeler le Jardin de Perséphone.

— Parfait.

Je n'avais jamais compris la botanique et ne m'étais jamais soucié des plantes et des fleurs non plus, mais j'avais toujours adoré la façon dont son visage s'éclairait quand elle en était entourée.

— Tu peux déjà l'imaginer, n'est-ce pas ?

— Oui, même si j'ai envie de m'asseoir et de noter des idées avant de commencer. J'ai hâte.

— J'enverrai quelqu'un faire les mesures du terrain pour que tu travailles dessus. Le Celestial a une équipe de paysagistes donc tout ce dont tu as besoin, c'est de leur dire ce que tu veux, et ils travailleront avec toi sur ce projet.

— Merci. J'aime vraiment ce projet.

Elle posa la tête contre mon torse, me laissant la tenir tout contre moi.

— Et moi je t'aime.

Elle ne me le dit pas en retour, mais ce n'était pas grave. Une partie d'elle était toujours en colère contre moi. Peut-être serait-elle toujours en colère. Mais une autre partie revenait vers moi.

H annah passa le reste de la journée à s'entraîner avec les anges, ce qui ne me gênait pas vu que j'avais des affaires à régler. Les gens de Samaël étaient toujours à la recherche de Gadrel, pendant que nos autres espions recherchaient des informations sur les archdémons. D'après le rapport d'aujourd'hui, j'appris que Valefar était retourné à Hong Kong et s'était déclaré archdémon des dragons. Mes espions disaient qu'il n'avait pas prévu de se liguer contre moi à l'heure actuelle, et j'espérais qu'il avait pris mon conseil au sérieux. Sinon, nous serions prêts à partir en guerre contre les dragons. Une guerre que nous gagnerions sans aucun doute.

Dans la soirée, Hannah me rejoignit au penthouse pour le dîner. Il y avait une douzaine de restaurants au Celestial, et j'en possédais encore plus sur le Strip, mais Hannah adorait quand je cuisinais pour elle. D'un autre côté, je voulais qu'on soit seuls pour ce que j'avais prévu.

Elle prit une autre bouchée avec un doux soupir.

— Tu ne me récupéreras pas en cuisinant. Même si c'est le meilleur steak que j'ai jamais mangé.

La regarder savourer le repas que j'avais préparé avait le même effet que des préliminaires.

— Nous savons tous les deux que je n'ai pas besoin de te récupérer. Je suis ton destin. Tu es ma destinée.

Je baissai la voix en rivant mes yeux sur elle.

— Dans nombre de nos vies, tu as essayé de me résister, mais ça n'a jamais marché. Tu finis toujours par succomber. Comme tu le feras maintenant.

Hannah secoua la tête mais n'argumenta pas. Comment le pouvait-elle ? Elle avait déjà succombé.

Un petit sourire suffisant sur les lèvres, je découpai un autre morceau de filet mignon, que j'avais cuit dans une sauce au poivre. En accompagnement, il y avait des pommes de terre rôties agrémentées de quelques oignons, et des brocolis à l'ail.

— Comment se passe ton entraînement pour l'instant ? Je n'ai pas eu le temps de te le demander hier soir. J'avais... autre chose en tête.

La chaleur me monta aux joues au souvenir de nos retrouvailles au piano.

— Ça se passe bien. Je commence à me rappeler, et j'arrive de plus en plus à contrôler mes pouvoirs.

— Bien, dis-je en prenant une gorgée de vin rouge. Je voulais te demander, tu voudrais que je t'appelle comment ? Hannah ? Haniel ? Ève, peut-être ?

— Je garde Hannah. Je n'ai plus l'impression d'être Haniel après tout ce temps.

Elle baissa les yeux sur son assiette.

— Bien sûr, Hannah a été créée par Jophiel, donc ce n'est pas vraiment celle que je suis non plus. Pour être honnête, je ne sais plus vraiment qui je suis.

— Tu sais qui tu es. Tu l'as toujours su, au fond de toi. Peu importe le nom que tu prends, ta véritable âme ne change jamais.

Je tendis la main sur la table pour prendre la sienne.

— Je t'ai trouvée des centaines de fois et ton âme était à

chaque fois la même. Jophiel t'a peut-être créé une fausse vie, mais ton vrai toi s'insinue toujours dans tous les aspects de ta vie. Ton affinité avec les plantes et les fleurs. Ton amour pour les livres et l'Histoire. Ton dévouement envers l'honnêteté et la vérité. Dans chaque vie, depuis Ève, tu avais une lumière en toi qui embellissait le monde et les autres autour de toi. Perdre tes souvenirs ne pourrait jamais enlever ça.

Elle expira et serra ma main.

— Je suppose que tu as raison. Si seulement je ne me sentais pas aussi perdue tout le temps, pas à ma place. Est-ce que je suis un ange ? Une Déchue ? Je suis du côté des anges ou des démons ?

— Tu es du côté de la paix, tu l'as toujours été.

Je fis une pause en réfléchissant à comment formuler les choses.

— Quand Jophiel m'a redonné mes souvenirs, ça a comblé de nombreux trous de mon passé. Tu te souviens quand tu es venue me voir en tant qu'Haniel, et à quel point tu me détestais ? Mais nous avons ensuite eu de longues conversations sur la guerre, et à quel point elle était en train de détruire les anges et les démons. Nous avons tous les deux remarqué qu'il fallait que ça s'arrête, ou les deux espèces s'éteindraient. Tu m'as convaincu de ravaler ma fierté et d'essayer de mettre fin à la guerre pour le bien de mon peuple, même si je ne pensais pas que ce soit possible. Tu m'as incité à travailler avec Michaël pour essayer de conclure à une trêve. Et je l'ai fait. Même après qu'on m'a séparé de toi, qu'on m'a effacé les souvenirs, j'ai mis fin à la guerre.

Je m'avançai alors qu'elle était pendue à mes paroles.

— Jophiel a peut-être été capable d'effacer mes souvenirs de toi, mais pas à quel point tu m'avais influencé. Tu m'as changé, Hannah. Une partie de toi était toujours avec moi, même si je n'arrivais pas à m'en rappeler.

Cela arracha un sourire à ma tendre compagne.

— Je suis toujours impressionnée que tu aies réussi à mettre fin à la guerre. Je sais à quel point ça a dû être difficile. Et d'après ce qu'Olivia m'a dit, tu t'efforces à préserver la paix aussi.

Je m'installai confortablement et pris mon verre de vin, faisant tournoyer le sombre liquide.

— J'ai fait ce que je pouvais pour protéger mon peuple, et la paix a été bénéfique des deux côtés. Même si ce fut douloureux de laisser l'Enfer derrière, notre population réaugmente maintenant que nous vivons sur Terre. Pour une raison que j'ignore, les immortels ont plus facilement des enfants dans ce royaume. Ce simple bénéfice prouve que nous devons maintenir la paix.

La tristesse se dessina sur les sourcils d'Hannah à la mention des enfants, mais son regard se fit ensuite déterminé.

— Alors ce sera mon objectif pour le reste de ma vie de... préserver la paix. Après m'être occupé d'Adam. Tu sais où il a pu partir, ou quels sont ces projets ?

— J'ai des soupçons, mais nous ne l'avons pas encore trouvé.

J'observai l'expression d'Hannah, me demandant si elle était prête à entendre ça, avant de décider qu'il n'y aurait plus de secrets entre nous.

— Les anciens journaux qu'il a pris étaient des compte-rendus de Samaël sur les choses qui nous sont arrivées à l'époque, quand tu étais Ève et que je venais juste de quitter le Paradis pour régner sur l'Enfer. Ils contiennent des informations concernant la malédiction, et d'autres choses... Y compris l'endroit où se trouvent les quatre Cavaliers de l'Apocalypse et comment les libérer.

— Les quatre Cavaliers de l'Apocalypse ? Ils existent aussi ?

Hannah était bouche bée, et sa fourchette pendait inutilement de ses doigts. Elle prononça *aussi* comme si elle commen çait à peine à croire aux anges et aux démons, et je me demandais si ça n'avait pas été une erreur de lui dire ça.

— Malheureusement, oui. Tu te souviens des Anciens Dieux ?

Elle fouilla dans sa mémoire, le regard vide.

— Pas beaucoup. Ce sont des êtres anciens et puissants qui ont créé toutes les espèces et les différents royaumes. Mais je ne me souviens pas de ce qui leur est arrivé.

— Leurs enfants, les anges, les démons, les humains et les fées, se sont rebellés contre eux, comme les enfants finissent toujours par faire. C'était la première guerre où j'avais combattu, quand j'étais un ange. Les Anciens Dieux finirent par se retirer dans un autre royaume nommé le Chaos. Tous sauf quatre : Pestilence, Guerre, Famine et Mort.

Ce dernier me tordit la bouche de dégoût.

— Mort... murmura Hannah. C'est lui qui nous a maudits.

Même si je détestais discuter de ça, j'étais ravi qu'elle se souvienne enfin de sa vie d'Ève, même si ce n'étaient que de petites bribes.

— Oui. Mon père.

Ses yeux s'écarquillèrent.

— Mort est ton père ?

— En effet.

Parler de mon père requérait un autre verre de vin, décidai-je, avant de nous en verser un.

— On l'appelle Mort, la faucheuse, Thanatos, et bien d'autres noms à travers l'Histoire. Adam était toujours son humain préféré, et je le décevais toujours. Il répétait que je ressemblais trop à ma mère, Aurore. Il a pensé que c'était amusant de te maudire dans le but de me tourmenter pour l'éternité.

— Mais maintenant tu as brisé la malédiction.

Je levai mon verre à ça.

— Oui. Une fois de plus, je l'ai battu.

Elle haussa un sourcil.

— Une fois de plus ?

— Après les départ des Anciens Dieux, les quatre Cavaliers se sont mis à détruire les royaumes de la Terre, du Paradis, de l'Enfer et des fées pour nous punir de notre rébellion. Un groupe d'entre nous, de toutes espèces confondues, s'est battu et les a vaincus. Comme c'est impossible de vraiment tuer un Ancien Dieu, nous avons enterré les quatre Cavaliers dans des lieux secrets dans les quatre royaumes. Toi, moi, l'Archange Michaël et le grand roi Obéron avons utilisé notre sang pour sceller leurs tombes. Je crois qu'Adam et les archdémons prévoient de les libérer, finis-je en prenant un air renfrogné et en terminant mon vin.

— Pourquoi ? demanda-t-elle. Pourquoi ne serait-ce que l'envisager ?

Je lui fis un sourire en coin.

— Ils savent que c'est la seule manière de me battre. Aucun des archdémons n'est assez fort. Ils ont besoin du pouvoir des quatre Cavaliers pour me renverser.

Elle prit un morceau de pomme de terre, le mâcha doucement, puis demanda :

— Si les quatre Cavaliers sont libérés, est-ce que c'est le début de l'Apocalypse ? Comme dans la Bible ?

— Sans doute. Ils ont presque détruit les quatre royaumes avant que nous réussissions à les arrêter. Je ne peux imaginer la destruction qu'ils sèmeraient après des milliers d'années dans une tombe.

Ma mâchoire se contracta.

— Et même si les autres Cavaliers sont libérés, il est hors de question que mon père puisse arpenter les mondes à nouveau.

— Que pouvons-nous faire pour l'arrêter ? demanda Hannah, le visage pâle.

— Les Cavaliers doivent être libérés dans l'ordre où on les a scellés, comme le dit la Bible. Ça veut dire que Pestilence est le premier. J'ai déjà envoyé des gens à sa localisation pour voir si Adam ou les archdémons s'y rendaient. Quand ils bougeront, nous serons prêts à les arrêter.

Elle hocha la tête, même si je voyais que notre discussion lui pesait lourdement. Ça faisait beaucoup sur ses épaules, mais je voulais qu'elle sache tout désormais. Pas de secrets. Pas de mensonges. Pas de raison de nous séparer.

À un moment donné dans notre conversation, nous terminâmes notre repas, et je me levai et tendis la main par-dessus la table pour l'offrir à Hannah.

— Viens avec moi.

Ses doigts délicats entrelacèrent à contrecœur les miens.

— Où ça ?

— Allons voler.

HANNAH

Je traînais des pieds alors que Lucifer me conduisait au bord du balcon qui surplombait le Strip. La pensée de voler me rendait nerveuse étrangement. Peut-être parce que je contemplais le bord du bâtiment et que je me souvenais comment j'avais failli mourir en chutant. Mes ailes auraient été fort pratiques à ce moment-là, pensai-je avec amertume.

Ou peut-être parce qu'étendre mes ailes et les utiliser pour voler signifiait que j'acceptais la vérité à mon sujet. Pas humaine, mais ange. Une créature dont je ne croyais même pas en l'existence quelques semaines auparavant.

— Tu as volé depuis la dernière fois ? demanda Lucifer comme s'il savait exactement ce qu'il se passait dans ma tête.

— Non, répondis-je en secouant la tête et en reculant doucement. Je ne peux pas.

Il m'attira gentiment vers le bord du balcon.

— Plus tu attends, plus ce sera difficile.

Je déglutis, car je savais qu'il avait raison. Chaque fois que j'éviterais de voler, la tâche deviendrait de plus en plus intimidante. Je devais me lancer et le faire, mais c'était plus facile à dire qu'à faire.

— Fais-moi confiance, dit Lucifer. Je ne laisserai rien de mal t'arriver.

— Sauf me tuer ? questionnai-je sans pouvoir m'en empêcher.

— Ça a fonctionné finalement, non ? Si je n'avais pas fait ça, tu n'aurais pas tes pouvoirs ou tes ailes en cet instant.

Son sourire satisfait et arrogant me donna envie de le frapper.

— Tu savais que ça arriverait ? demandai-je en le regardant avec le plus grand sérieux. Tu avais recouvré la mémoire à ce moment-là. Tu savais que j'étais un ange, en réalité.

— Je soupçonnais que ta renaissance te ramènerait en ange, oui, mais il m'était impossible de m'en assurer. Je me suis dit que ce serait un bonus en plus de la malédiction brisée.

— Je ne digère toujours pas, marmonnai-je en secouant la tête.

Les ailes de Lucifer se déployèrent derrière lui, si noires que la nuit semblait claire à côté. La zone autour de nous s'assombrit légèrement, comme si les ombres étaient attirées par son pouvoir. Dans son costume trois-pièces et avec ses ailes étendues, il respirait le danger et la virilité comme aucun homme, sur Terre ou ailleurs. On ne doutait pas en le regardant qu'il était le monstre mentionné dans toutes les histoires sinistres à travers l'Histoire. Le diable en personne.

— Je crois que c'est à ton tour de me montrer les tiennes, déclara-t-il.

Je me rendis compte que je le fixais.

Après un moment d'hésitation, je sortis mes ailes, mes plumes argentées se déployant dans mon dos, impatientes d'être libérées. Ça me fit du bien de les faire apparaître, comme enlever un soutien-gorge à la fin d'une journée.

— Magnifique, dit Lucifer en effleurant une de mes plumes. Regarde comme tu illumines la nuit. Mon étoile lumineuse.

Son toucher provoqua un frisson en moi. Chez les anges, toucher les ailes de quelqu'un était un acte intime qu'on autorisait seulement dans le cercle familial ou amoureux. Ça, je m'en souvenais, mais je ne le rejetai pas. Pas quand il me regardait comme si j'étais tout son univers.

Je détournai les yeux de lui et les baissai sur les lumières éclatantes du Strip. Je pouvais le faire. J'en étais capable. J'avais déjà volé une fois, sans même me rendre compte que je le faisais. Qu'est-ce qui pourrait être plus difficile maintenant ?

Lucifer prit ma main et attira mon attention sur lui. Sa confiance silencieuse me donna de la force, et je hochai la tête pour dire que j'étais prête. Ensemble, nous nous envolâmes du balcon, étendant nos ailes de toute leur envergure. Même si j'avais le cœur serré, la poigne ferme de Lucifer m'empêchait de paniquer. Le vent se prit dans mes plumes et me maintint dans les airs, puis l'instinct prit le dessus et je battis des ailes pour m'élever.

Un rire s'échappa de ma poitrine tandis que nous nous mettions à planer au-dessus du Strip, observant les voitures et les casinos en dessous. Lucifer m'avait fait survoler la ville auparavant, mais il avait alors dû me porter. Désormais, je pouvais voler toute seule. La sensation était étrange et pourtant si familière et, comme le combat, ça me revint facilement. Mon corps se remémorait, même si mon esprit luttait.

Lucifer vola à mes côtés et, quelque part au-dessus du Strip, nous nous mîmes à jouer au chat et à la souris. Je le pourchassais et vice versa. Nous rîmes en effectuant des boucles au-dessus du plus haut casino, ses ténèbres nous maintenant hors de vue.

Puis, Lucifer m'attrapa, me prit dans ses bras et me tint fermement contre son torse. Mon pouls battait si rapidement qu'il semblait battre pour nous deux. Je repris mon souffle en le regardant, noyée dans ses yeux verts espiègles, ces yeux que j'avais aimés d'aussi loin que je me souvienne.

Lentement, si lentement que des années auraient pu défiler, Lucifer baissa la tête. Sa bouche trouva la mienne et la chaleur me vint par vague pendant qu'il effleurait mes lèvres avec sa langue, réclamant de pénétrer ma bouche. J'inspirai fortement quand il parvint à entrer et qu'il m'embrassa avec fougue, ses bras serrés autour de moi et ses ailes noires battant doucement pour nous garder dans les airs.

Quand il leva la tête, son regard de braise me fit suffoquer de désir. Soudain, il se précipita et me porta dans les airs vers le Celestial à une vitesse qu'un mortel ne pourrait reproduire. Le vent picotait ma peau échauffée alors que nous volions dans la nuit. Quand nous atteignîmes le penthouse, Lucifer sortit des tentacules de ténèbres et ouvrit avec fracas la porte coulissante de sa chambre.

Nous nous posâmes à l'intérieur et il me reposa au sol. Avant même de pouvoir protester, il saisit ma robe noire et me l'arracha. J'avais délibérément choisi celle-ci parce qu'elle pouvait être facilement retirée, et que je ne portais rien en dessous. Le sourire arrogant et satisfait sur ses lèvres me dit qu'il savait lui aussi pourquoi je l'avais choisie.

Ça ne servait à rien de le cacher. Je le désirais. Désespérément. La nuit dernière avait été un délicieux hors-d'œuvre, mais j'étais à présent prête pour le plat principal.

Son regard explora mon corps nu alors que je me tenais devant lui, et mes tétons se durcirent en guise de réponse. Ensuite, il s'avança vers moi, me faisant reculer d'un pas, puis d'un autre, jusqu'à ce que mon dos heurte le mur. Exactement là où il voulait que je sois.

Il prit mon menton et m'embrassa avec ardeur, me tenant en

place pendant qu'il séduisait ma bouche de fond en comble. Puis ses lèvres se mouvèrent sur ma peau, dans mon cou, provoquant mes épaules, puis mes seins. Il s'y attarda, les lécha et les suça jusqu'à m'en faire gémir, avant de continuer son chemin vers le bas. Vers mon ventre. Mes hanches. Le triangle entre mes jambes.

Il encouragea mes jambes à s'écarter davantage, avant que sa bouche trouve mon vagin et le réclame d'un léger coup de langue. Avec un petit gémissement, je m'appuyai contre le mur, les genoux tout à coup faibles.

Il leva les yeux vers moi et croisa mon regard.

— Admets-le. C'est là que tu veux que je sois. À genoux. À tes pieds. Ma langue dans ta chatte.

— Oui, criai-je en enfonçant mes doigts dans ses cheveux sombres épais et en attirant son visage entre mes cuisses.

Il me hissa, passant mes jambes autour de ses épaules pour lui donner un meilleur accès tandis qu'il dévorait minutieusement mon sexe comme un homme affamé. Il me baisa avec sa bouche et suçota mon clitoris. Je n'arrivais à rien faire d'autre que me tenir et chevaucher son visage, mes hanches effectuant des va-et-vient sauvages. Mon orgasme me submergea tel un raz-de-marée, et je criai son nom pendant que mon plaisir atteignait des sommets.

Puis, il se leva et me descendit en un mouvement fluide. Il me prit dans ses bras et enroula mes jambes autour de ses hanches. Son pénis me pénétra avec vigueur et rapidité, et l'invasion soudaine m'arracha un cri. Il me pressa contre le mur, les mains de chaque côté de ma tête, et je m'accrochai à ses épaules. Ses coups de reins claquèrent contre moi, me percutèrent contre le mur et sa verge s'enfonça profondément à un rythme infatigable. Il me baisa comme s'il ne voulait plus faire qu'un avec moi, comme s'il ne pouvait pas s'arrêter tant qu'il ne m'aurait pas marquée, à l'extérieur comme à l'intérieur. Il avait besoin de ça autant que moi, réalisai-je, de cette connexion, cette confirmation que nous étions toujours des âmes sœurs, peu importe ce qu'il se passait entre nous. Je sentis ce lien vibrer, invisible et pourtant si puissant qu'on ne pouvait le nier. Alors je reculai la tête et m'abandonnai complètement à Lucifer.

Ma chatte se contracta autour de son membre quand je jouis, puis il lâcha un grognement guttural et s'enfonça profondément en moi. Je sentis sa semence chaude me remplir et il m'embrassa avec frénésie alors que nous tremblions, libérés. Je le tins contre moi et lui rendis son baiser, pressant mes cuisses sur ses hanches pour qu'il reste encore là.

Je reposai ma tête contre le mur et soupirai.

— Ça ne veut pas dire que je te pardonne.

Lucifer me porta jusqu'au lit et m'y déposa.

— Tu n'as pas besoin de me pardonner. Mais à partir de maintenant, tu dormiras dans *mon* lit.

Mes poils se hérissèrent à ces paroles.

— J'ai ma propre chambre.

— L'autre chambre sera toujours à toi et tu pourras en faire ce que tu veux. Mais alors, chaque nuit, tu me reviendras. Nous savons tous les deux que tu dors mieux avec moi, de toute façon.

Il me retourna sur le ventre, et me pénétra à nouveau par derrière, ses mains sévères sur mes fesses et sa queue déjà dure à nouveau. Il se pencha et me susurra à l'oreille :

— Tu peux me détester. Tu peux lutter. Tu peux me punir. Mais tu le feras à mes côtés. En tant que reine. Ma reine.

Toutes les protestations que j'avais pu émettre furent perdues au fur et à mesure des ses coups de rein, qui durèrent toute la nuit.

15

HANNAH

Avec un soupir, je me laissai tomber dans mon fauteuil favori dans la bibliothèque. C'était mon endroit préféré pour me relaxer au penthouse et, après cet entraînement, j'avais bien besoin d'une pause. J'avais combattu Azazel et Callan en même temps pour la première fois, et ils m'avaient botté le cul. Cependant, nous savions tous que le combat n'était pas vraiment équitable, du moins pas encore. Un jour, je les défierais tous les deux et les battrais, j'en étais certaine. Hélas, ce n'était assurément pas pour aujourd'hui.

Je me déplaçai en gémissant. Si seulement ma guérison angélique pouvait accélérer. L'enthousiasme de Zel m'avait fait heurter le plafond avec force. Si j'avais été humaine, je me serais sûrement cassé quelque chose. J'aurais au moins gagné un joli bleu, mais vu que j'étais un ange, je ne ressentais qu'un inconfort temporaire pendant que mon corps se guérissait tout seul. L'un des meilleurs aspects de l'immortalité, à n'en pas douter !

Ça faisait une semaine que j'étais revenue à Las Vegas, et Zel et Callan devaient à présent redoubler d'efforts pendant nos sessions de combat. Mon autre entraînement se passait tout aussi bien. Olivia m'aidait à me remémorer les différents aspects de l'histoire et la culture des anges et des démons, tout en me tenant au courant des changements qu'il y avait eu ces quarante dernières années. Bastien m'apprenait à maîtriser mes pouvoirs, et je fatiguais tout le monde en leur lisant leur aura dès que je les voyais. Celle de Lucifer m'intriguait en particulier, vu que l'halo autour de lui était noir comme la nuit, à l'exception de quelques traces de lumière qui transparaissaient.

Après cette nuit passée avec Lucifer, je transformai la chambre d'amis en bureau et espace personnel. Durant mon temps libre, je me mis à dessiner des plans pour le Jardin de Perséphone. Chaque fois que je me penchais dessus, mon excitation grandissait, et j'avais hâte de commencer à commander les plantes et de m'y mettre pour de vrai. Mon vrai moi revenait à la surface, et je me sentais plus entière que je ne l'avais senti depuis des années, sûrement depuis la dernière fois que Jophiel avait effacé ma mémoire. J'étais Haniel, mélangée à Lénore, Perséphone, Ève et d'autres. Une nouvelle Hannah, que j'avais moi-même créée.

Je me levai et arpentai la pièce, passant mon doigt sur les reliures de nombreux livres, mais aucun ne m'attirait aujourd'hui. Je fis halte devant l'épée que j'avais décrochée du mur et utilisée contre les gargouilles qui avaient envahi cet endroit il n'y avait pas si longtemps de ça. La mémoire musculaire s'était déclenchée cette nuit-là, et je m'étais battue et les avais vaincues comme si j'avais été née pour le faire. J'ignorais alors que j'étais en effet née pour le faire.

L'épée semblait m'appeler alors que je la regardais. Je la décrochai du mur, appréciant son poids, le savoir-faire et l'équilibre parfait quand je la tenais, tellement habituée à l'avoir eue dans les mains tous ces siècles passés. L'Étoile du Matin. L'épée de Lucifer quand il était un ange.

J'équilibrai son poids et adoptai une position de combat. Quelque chose m'y encourageait à l'orée de mes pensées et j'étudiai l'épée, tournant ma main pour qu'elle luise et réfléchisse les lumières de la pièce. D'une volonté mentale, un besoin simple, elle rayonna de ténèbres : la seule épée existante infusée de lumière et de ténèbres.

Elle correspondait aux pouvoirs de Lucifer. Seul lui pouvait la brandir. Lucifer... et moi.

Je m'entraînai avec l'épée. Je fendis l'air, fis les exercices habituels et me rappelai ce que ça faisait de se battre avec elle. Je perdis la notion du temps, jusqu'à ce que Kassiel entre dans la pièce.

Mon plus jeune fils s'arrêta net, me contemplant avec un air choqué.

— Kassiel ! Je suis contente de te revoir.

J'abaissai la lame et lui souris. Je ne l'avais pas vu depuis notre première rencontre, et j'avais hâte de lui reparler, mais il avait l'air méfiant. Comme s'il ne souhaitait pas me voir.

— Est-ce que ça va ?

— Oui, désolé. Ça fait juste bizarre de te voir dans ce corps, tenir l'épée que ma mère brandissait contre les anges.

Il passa la main dans ses cheveux presque noirs.

— Je ne t'ai connue qu'en Lénore, et même si père m'a parlé de la malédiction et de ta réincarnation, je ne l'ai jamais vécu personnellement. Je ne t'ai jamais rencontrée quand tu étais Haniel. Jusqu'à maintenant, en tout cas.

Mon cœur se brisa un peu à ces mots. J'étais fondamentalement une étrangère qui lui disait que j'étais sa mère. Il ne m'avait pas connue pendant plus d'un siècle. Comment pourrais-je lui en vouloir d'être hésitant ? J'avais vécu les quarante dernières années sans souvenir de mes enfants, donc je ne me sentais pas vraiment comme une mère non plus. J'enrageai silencieusement contre la malédiction, et contre Adam, et contre Jophiel. Ils ne m'avaient pas seulement tenue à l'écart de Lucifer. Ils m'avaient également tenue à l'écart de mes fils.

Je voulus toucher Kassiel, mais je m'en empêchai. Il ne semblait pas encore prêt pour ça. Je soupirai et posai l'Étoile du Matin.

— Quand j'étais Haniel, je voulais te voir, plus que tout, mais ma relation avec Lucifer devait être gardée secrète à cette époque. Nous avions prévu de te le dire mais ensuite, Adam m'a trouvée.

— Je comprends.

Il sourit, mais sembla un peu se forcer.

Je m'assis dans l'un des fauteuils et lui fis signe de me rejoindre, dans l'espoir qu'il me laisse passer quelques instants avec lui pour essayer de renouer les liens.

— Comment vas-tu ? Quoi de neuf ? Je suis désolée d'avoir manqué tant d'années.

— Ce n'est pas ta faute.

Kassiel s'assit lentement dans l'autre fauteuil, ses gestes gracieux. Tous les aspects de lui me rappelaient son père.

— Après la mort de... ta mort, j'ai changé d'avis sur la guerre. J'ai imploré père de faire une trêve avec les anges, mais il n'était pas encore prêt à écouter. La guerre a continué plusieurs années après ça, mais je n'ai jamais cessé de travailler pour y mettre fin, même quand j'étais un espion au service de Lucifer.

Je laissai Kassiel parler, souhaitant en savoir plus, et écouter simplement sa voix. Mon amour pour mon fils était si écrasant qu'on aurait dit qu'il allait sortir de ma poitrine. Comment avais-je pu vivre ces dernières quarantes années sans ce sentiment ? Et comment les mères vivaient-elles avec tous les jours sans devenir folles ? Ou peut-être étions-nous tous un peu fous, mais c'était sans importance, car ça en valait la peine. Tout en valait la peine.

— Récemment, je suis devenu professeur à la Faculté des Séraphins pour accomplir une mission pour Lucifer, et avec Olivia et les autres, j'ai aidé à contenir un complot contre les démons.

— Oui, Olivia m'a raconté. Je suis si fière de toi.

Je pris la main de Kassiel et à mon soulagement, il ne s'écarta pas.

— Et toi ? demanda-t-il, l'air plus à l'aise maintenant. Raconte-moi cette vie. Lucifer m'a fait un rapide résumé, mais je veux l'entendre de toi.

Je sortis un rire triste.

— Il n'y a pas grand-chose à dire.

Nous passâmes l'heure suivante à parler de nos vies, prenant des nouvelles comme de vieux amis. Je fus ravie d'apprendre que Kassiel partageait mon amour pour la lecture et l'Histoire. En fait, il avait été professeur d'histoire angélique à la Faculté des Séraphins, ce qui nous amusa grandement tous les deux. Je lui parlai de ma boutique de fleuriste, et ce que Jophiel m'avait fait, et il me raconta à quel point lui et Callan s'étaient détestés pendant longtemps. Bien sûr, ils ignoraient alors qu'ils étaient cousins.

— Et tes frères ? demandai-je, avide de recevoir des nouvelles de mes fils. Tu les vois souvent ?

Kassiel bougea sur son siège, l'air à nouveau mal à l'aise.

— Pas très souvent. Je vois Damien dès qu'on en a l'occasion, mais il est au royaume des fées et les étrangers n'y sont pas les bienvenus. Et Belial... Je ne lui ai pas parlé depuis des années. D'après ce qu'on dit, il travaille comme barman à la Nouvelle-Orléans et fait profil bas. Probablement pour le mieux.

Je fronçai un peu les sourcils à ça. Je commençais à prendre conscience que ma famille était plus grande que je l'avais imaginé quand j'étais Hannah, mais je sentais que certains avaient pris leur distance et étaient comme des étrangers, un effet secondaire de la malédiction peut-être. Cependant, avec la perte de ma fille si récente dans mon esprit et la promesse d'une longue vie ininterrompue devant moi, je voulais à tout prix reprendre contact avec tous mes fils et les réunir à nouveau.

Après la tombée de la nuit, je décidai de me baigner un peu dans la piscine à débordement. Là, sur la terrasse, elle m'avait tentée avec ses eaux fraîches, mais pour de multiples raisons, je ne m'y étais pas encore baignée. Lors de ma journée shopping avec Lucifer, qui semblait très loin maintenant, il m'avait acheté de petits bikinis légers que ma pudeur aurait sûrement refusé de porter, mais j'en portais en cet instant un sans complexe. Savoir qui j'étais vraiment avait le don de renforcer l'image que j'avais de moi.

Lucifer sortit sur la terrasse, deux boissons qui avaient l'air fruitées et sympas dans les mains, surmontées de petits parapluies.

— J'ai pensé que tu aimerais un petit rafraîchissement.

Je nageai jusqu'au bord et pris le verre qu'il me tendait.

— Merci.

— Tu le mérites. Tu as travaillé dur avec les anges toute la semaine.

Un sourire coquin passa sur ses lèvres.

— Et je t'ai fait travailler dur ensuite.

Je l'éclaboussai un peu en levant les yeux au ciel, même si ses dires embrasaient toute ma peau. Il se contenta de rire et de reculer pour éviter l'eau, puis il se mit à déboutonner sa chemise. Alors qu'il révélait, centimètre par centimètre, sa peau parfaite et ses muscles saillants, j'eus du mal à me concentrer sur ce qu'il me disait.

— Demain, j'ai prévu de rendre visite à deux archdémons : Baal et Lilith. C'est une mission diplomatique pour savoir si les Lilim et les vampires conspirent avec les autres démons contre moi.

Je bus une gorgée, au goût d'alcool et d'ananas.

— C'est probablement une bonne idée.

Il déboutonna ensuite son pantalon, mais son regard resta posé sur moi tout ce temps.

— J'aimerais que tu m'accompagnes.

— Je ne suis pas sûre de t'être très utile.

Après tout, j'étais toujours en train de trouver ma place au sein du monde des démons, et je n'étais pas certaine que ça joue en sa faveur s'il se pointait avec un ange à son bras.

— Tu n'es peut-être pas sûre, mais moi je le suis. Je suis plus fort quand tu es à mes côtés. J'ai toujours apprécié tes conseils et ta sagesse.

Son pantalon tomba au sol, ne le laissant qu'en boxer noir serré qui ne cachait en rien son impressionnant paquet.

— Nous sommes un duo. Lumineux et sombre, vrai et faux, le jour et la nuit. Pour l'éternité.

Il plongea dans la piscine, là où l'eau semblait couler le long de l'hôtel. C'était un luxe de le voir, avec son torse encadré par ses épaules carrées, et son ventre tendu. Il plongea sous l'eau et sa silhouette ondoya sous la surface tandis qu'il nageait vers moi.

Il apparut devant moi, secouant sa tête et ses cheveux foncés qui luisaient sous les étoiles. De l'eau ruisselait sur ses larges épaules et son torse, et je ne pouvais détourner les yeux de son corps. Tout chez Lucifer m'appelait, et je ne pouvais lui résister.

— Alors ?

Sa voix riche résonna dans mon oreille, et sa peau humide

caressa la mienne.

J'inspirai un grand coup pendant que la ruée de désir me prenait par surprise. De quoi parlions-nous déjà ? Ah oui, d'aller voir les archdémons.

— D'accord, je viendrai avec toi.

Il s'approcha davantage et se tint à ma hanche.

— Bien. J'ai besoin que tu sois avec moi, Hannah. Et j'ai envie de toi. Tout de suite.

Le désir se propagea en moi, et le feu dans les yeux de Lucifer ne fit que l'attiser. Il leva mon menton, puis écrasa sa bouche contre la mienne. Je me pressai contre lui. Mon état d'urgence fit vibrer un autre battement de cœur, qui envoya des vagues de désir insatiable dans mon être. Il inspira avec difficulté quand ma langue toucha sa lèvre et s'enfonça dans sa bouche, effleurant la chair délicate qui s'y trouvait.

Il m'enlaça et me plaqua contre lui. Le haut de mon bikini se desserra jusqu'à tomber.

— Oups, murmura-t-il contre ma bouche.

— Quoi, seigneur et maître de l'Enfer, que faites-vous ? demandai-je.

— J'ai besoin de toi... J'ai envie de toi... De te posséder.

Il desserra les nœuds de chaque côté de mon bas de bikini.

Ses yeux s'assombrirent de désir alors que ses mains glissèrent de mes fesses à ma joue gauche qu'il pétrissa légèrement. Je ne pus que fondre sous son toucher et respirer lourdement.

— Touche-moi, Hannah, ordonna-t-il en baissant la tête pour embrasser mon cou.

Il me fit de doux baisers torrides la bouche ouverte, brûlant ma peau pour me faire sienne.

Je tremblai et l'eau ondula autour de nous. Je glissai ma main entre nos corps. Mon bikini s'éloigna davantage, mais je m'en fichais. Je touchai les abdos de Lucifer, sillonnant entre les crêtes et les arêtes. Il inspira, loin d'être indifférent à mon toucher. Je fis une pause, à l'écoute du rythme saccadé de son souffle, et il grogna de mécontentement.

— Ne t'arrête pas.

Il poussa mes hanches vers lui, et la bosse dure de son boxer heurta mon ventre. Je levai la tête pour lui donner un meilleur accès à mon cou. Sa langue sillonna oisivement ma clavicule.

Je promenai mes doigts le long de l'élastique, les glissant dessous alors qu'il mordillait ma peau. Sa main glissa jusqu'à ma cuisse, et j'écartai automatiquement les jambes car mon corps en voulait plus. Je gémis avant d'écraser ma bouche contre la sienne et d'attraper sa queue à travers le tissu fin.

Il gémit et répondit en posant sa main sur mon entrejambe et en effleurant brièvement mon clitoris avant de recouvrir mon sexe de sa paume. Il s'éloigna et me regarda dans les yeux.

— À moi. Il a toujours été à moi.

Je hochai la tête, espérant que mon désespoir ne se voie pas sur mon visage. Je pouvais à peine tenir en place. Je descendis contre lui, et abaissai son boxer sur ses cuisses, libérant son membre glorieux.

— Ta fierté est à nouveau exposée, dis-je.

Il rit en baissant les yeux entre nous.

— Je ferais mieux de m'en occuper.

Il s'empara de mes lèvres et me hissa contre lui. L'eau me faisait flotter et m'aida à enrouler mes jambes autour de ses hanches. Je m'écrasai contre lui, en m'appuyant un peu. Une chaleur vive brûla dans ses yeux quand il se pressa contre mon entrée. Puis, il me pénétra d'un coup de rein, le mouvement si rapide et inattendu qu'il me coupa le souffle.

Je descendis à nouveau, lâchant un soupir alors que mon corps s'étirait autour de lui. Il gémit et s'enfonça profondément, me remplissant entièrement avant de prendre un rythme régulier pour atteindre tous les bons endroits. Le clapotis de l'eau autour de nous était étrangement érotique, bougeant au rythme de nos corps qui se joignaient dans cette danse ancienne et primitive.

Lucifer se pencha en avant et porta mes fesses d'une seule main pour s'agripper au bord de la piscine derrière moi. Quelque chose dans ce changement modifia son angle de position et je gémis, la chaleur s'accumulant dans mon ventre.

Mes petits cris se transformèrent en halètements rapides, le suivant plus irrégulier que le précédent. Je tentai de me préparer à l'assaut de sensations qui grandissaient en moi, jusqu'à ce que je ne puisse plus me battre. Je fixai mes cuisses autour de lui et fondis dans ses bras. J'avais l'impression d'être l'eau de la piscine qui descendait en cascade contre les rebords du bâtiment. Je chevauchai mon orgasme aussi longtemps que je le pus, jusqu'à ce que les pulsations de mon corps fassent jouir Lucifer également.

Lucifer lâcha sa tête et la posa contre mon front.

— Tu ne me pardonnes toujours pas ?

— Non, répliquai-je même si je n'y mettais pas beaucoup de conviction.

Je n'étais pas sûre que le pardon soit possible, mais j'avais arrêté de le détester, et ma colère s'était estompée. Je comprenais mieux pourquoi il m'avait tuée, et une partie de moi lui en était secrètement reconnaissante. Il avait rétabli mon vrai moi et brisé la malédiction, nous donnant la possibilité d'être vraiment heureux pour la première fois de toutes nos vies.

Lucifer sourit en remontant doucement ses mains sur mes bras.

— Tu me pardonneras. Tu pourras me tuer à ton tour si ça te fait du bien.

Je le rejetai avec un rire.

— Ne me tente pas, ou je pourrai te prendre au mot.

16

LUCIFER

Je sortis de la limousine garée devant la belle demeure de Baal au nord de New York. Le soleil se cachait derrière le manoir sombre et gothique, qui était impressionnant à la lumière du crépuscule. Les tourelles montaient haut vers les étoiles émergentes, les portes en fer forgé étaient envoûtantes mais peu avenantes. C'était exactement ce qu'on pouvait attendre d'un roi des vampires, le genre d'endroit où pouvait se perdre une âme. Je ne serais pas du tout surpris de trouver un cimetière au fond et un clocher rempli de chauve-souris non loin.

Je resserrai mes manchettes de chemise et scrutai l'endroit, puis j'aidai Hannah à sortir de la limousine. Elle portait une longue robe de soirée argentée, avec une parure d'émeraudes que je lui avais achetée lors de notre première journée shopping. Ça me faisait plaisir de la voir enfin sur elle, car c'était un signe qu'elle avait accepté son statut de reine.

Elle leva les yeux vers le manoir et se mordit nerveusement la lèvre. Cependant, j'avais complètement foi en elle. Elle avait toujours eu de la diplomatie et un sens aigu des affaires dans ces nombreuses vies où elle avait été ma reine. Ce n'étaient pas des qualités qu'elle perdrait juste parce qu'elle devait encore établir certains liens entre ses souvenirs.

Un beau vampire en costume nous ouvrit la porte et nous fit signe d'entrer en s'inclinant bien bas. Un autre vampire en costume apporta nos sacs de la limousine, puis les emmena rapidement dans notre chambre d'amis. Je devais reconnaître l'hospitalité des vieux vampires au moins.

Lilith s'avança dans l'entrée pour nous accueillir. Elle portait une longue robe de soirée couleur sang, fendue jusqu'à la cuisse, ses courbes séduisantes, comme d'habitude.

— Bienvenue ! Je suis ravie de votre visite. Ça me fait plaisir de vous voir.

Elle se dirigea d'abord vers Hannah et l'embrassa sur les joues. Ma compagne sourit chaleureusement et dit :

— Merci de nous avoir invités chez vous. C'est très joli.

Lilith rit à ça en se dirigeant vers moi.

— Ce n'est pas chez moi, mais j'apprécie quand même le compliment.

Je me penchai pour recevoir ses deux bises et touchai brièvement son épaule.

— Lilith. Je suis surprise de te voir en ménage avec Baal. Tu n'es jamais restée très longtemps dans un endroit.

— Je ne reste que pour Léna. Elle avait besoin de nous après qu'elle et Ekariel ont été sauvés de cette horrible secte.

Lilith frissonna légèrement et je sentis les profondeurs de sa souffrance dans sa voix. Elle avait passé des années à chercher sa fille, qui avait disparu enfant, mais quand elle l'avait retrouvée, la fille était en piteux état après tant de temps retenue en captivité. Baal avait même démissionné de son poste de directeur à la Faculté de l'Enfer pour prendre soin d'elle.

— Comment va-t-elle maintenant ?

Je pris la main d'Hannah dans la mienne, me rappelant qu'elle était à côté de moi, et sa présence m'apporta de la force.

— Mieux. Elle ne crie plus la nuit. C'est une petite victoire.

Lilith nous conduisit le long d'un couloir, à peine moins somptueux que le grand hall d'entrée.

— Je suis content de l'apprendre.

Je sentis que l'ambiance devait s'alléger, et lui adressai un sourire diabolique.

— Et dis-moi, as-tu ravivé la flamme avec Baal pendant ton séjour ?

Le rire doux de Lilith résonna dans le couloir.

— Naturellement. Je dois me nourrir.

Je levai un sourcil.

— Et Gabriel ?

— L'Archange vient me voir de temps en temps.

— Je le savais.

Je me penchai vers Hannah et baissai la voix comme pour lui dire un secret.

— Lilith et Gabriel ont eu une idylle secrète il y a quelques années, qui a donné naissance à Olivia. On dirait qu'ils se sont remis ensemble.

Une lueur d'amusement dansa dans les yeux d'Hannah.

— C'est scandaleux. Je me demande combien il y a eu de relations secrètes au fil des ans entre les anges et les démons.

— Oh, un tas, répondit Lilith en faisant un clin d'œil à Hannah. Gabriel n'était pas mon premier ange, mais nous, les succubes, aimons tester une variété de plaisir.

— Si tu fréquentes Baal et Gabriel, ça signifie que tu n'as besoin que d'une ou deux personnes de plus pour te satisfaire, arguai-je. Pourrais-je suggérer Samaël parmi les élus ?

— Samaël m'en veut d'avoir accordé à Asmodée qu'il devienne mortel, soupira Lilith.

Je haussai les épaules, bon enfant.

— Il s'en remettra.

— Il ne comprend pas que pour moi aussi, ça a été difficile. Je ne veux pas voir mon fils vieillir et mourir.

Lilith s'attarda sur le carrelage subtil devant une impressionnante véranda. Les fenêtres blindées étaient sombres à cette heure du jour et l'air était imprégné de senteurs florales et fruitées.

— Mais au final, je ne souhaite que le bonheur d'Asmodée, et je me dois de respecter ses décisions.

— Pour ce que ça vaut, il a l'air très heureux avec Brandy et sa famille, déclara Hannah.

— Ah, qu'est-ce que nous ne ferions pas pour nos enfants, dit Lilith avec un sourire triste.

Nous passâmes une dernière porte et atterrîmes dans un imposant jardin. Des sentiers sillonnaient entre des buissons arrivés à maturité, éclairés par de petites lumières féeriques, ainsi que des bougies suspendues à des jarres ici et là. Des fleurs qui fleurissaient la nuit emplissaient l'air d'odeurs sucrées, et de minuscules fleurs blanches descendaient en cascade le long d'un kiosque.

Hannah serra fortement ma main en parcourant l'endroit du regard.

— C'est extraordinaire.

Lilith sourit furtivement, reconnaissante, avant de nous diriger vers le kiosque, où une table et quatre chaises avaient été dressées, et où du vin éclairé par des chandelles nous attendait. Nous nous assîmes autour de la table, et je nous servis un verre de vin.

— Comment allez-vous, Hannah ? demanda Lilith. Je vois que vous êtes devenue un ange depuis notre dernière rencontre, mais je ne vous en tiendrais pas rigueur, promis.

Hannah rougit.

— Oui, ça m'a surprise, mais je suis en train de trouver ma place.

Lilith se pencha en avant et posa sa main sur celle d'Hannah.

— Je n'ai aucun doute que vous la trouverez. Je crois que vous avez découvert que votre fils et ma fille sont ensemble maintenant. Ça fait presque de nous une famille.

— Oui, Kassiel et Olivia semble bien se compléter, dit Hannah avant de se mordre la lèvre. J'espère me rapprocher de mes fils. Ça fait trop longtemps que je ne les ai pas vus, j'ai l'impression de ne plus les connaître. Et qu'ils ne me connaissent plus non plus.

— Je comprends, avoua Lilith. Je n'ai renoué avec mes filles que depuis récemment, après des années séparées.

Elle fit une pause comme si elle cherchait les bons mots, son regard lointain vers la pénombre au-delà du kiosque.

— Ça vous prendra quelques temps et ça sera difficile, mais ça vaudra aussi le coup.

Avant qu'Hannah puisse répliquer, Baal sortit de la maison, attirant notre attention. Il ressemblait à un vampire d'un vieux film avec ses longs cheveux noirs, ses yeux bleu froid et ses pommettes saillantes.

— Soyez les bienvenus chez moi, dit-il avec un accent britannique protocolaire.

Avec un grand sourire, il fit un grand geste qui incluait la maison et les jardins.

— Je suis ravi que vous soyez là.

— Et nous te remercions pour ton hospitalité, Baal, dis-je en hochant la tête.

En s'asseyant, il fit un autre geste et un homme en smoking nous apporta un chariot chargé de plats, comme s'il avait attendu derrière un rhododendron depuis tout ce temps. Les arômes de la nourriture bien cuisinée prirent le dessus sur les délicates senteurs florales, et le serveur nous servit une macédoine de légumes parfaits et un steak, avant de partir silencieusement.

Lorsque nous fûmes seuls à nouveau, les assiettes remplies de nourriture délicieuse, je m'éclaircis la gorge.

— Ça ne sert à rien de faire semblant. Aussi beaux que soient ce faste et ces cérémonies, je suis ici pour savoir si vous êtes impliqués avec les autres archdémons dans un complot pour me renverser. Je sais que tu as longtemps nourri l'envie de prendre ma place de roi des démons.

Baal lâcha un rire bas.

— Ah, Lucifer. J'apprécie à quel point vous allez droit au but. Oui, par le passé j'ai planifié une rébellion contre vous, mais plus maintenant. Votre fils a secouru ma fille. Je ne l'oublie pas.

Son regard se posa sur Lilith, indéniablement plein d'amour.

— D'autre part, Lilith ne me le pardonnerait jamais.

— Et je ne me rebellerais jamais contre mes plus chers et mes plus vieux amis, rétorqua Lilith en regardant tour à tour Hannah et moi.

Je jetai un œil à Hannah et elle acquiesça pour confirmer qu'ils disaient la vérité. J'essayai de ne pas montrer mon soulagement. Si j'avais eu à combattre les vampires et les Lilim, en plus des autres démons, je pourrais en vérité perdre la bataille. Il y avait peu de chances, mais pourquoi s'y risquer ?

— J'apprécie votre honnêteté et votre loyauté, dis-je. Que savez-vous de leur insurrection ?

Lilith prit une longue gorgée de vin.

— Nous savons que tous les autres archdémons se sont retournés contre vous. Nous pensons que Némésis est leur meneuse.

— Némésis ? répéta Hannah. L'archdémon des diablotins ?

— Oui, elle a toujours été du genre jalouse, déclara Lilith.

Avide de pouvoir. Vous saviez qu'elle avait essayé de séduire Lucifer de nombreuses fois au fil des années ?

— Et qu'elle a toujours échoué, fis-je sèchement.

Némésis m'avait toujours agacé, mais je n'avais jamais pensé qu'elle tomberait aussi bas au point d'organiser une révolte.

— Pourquoi tu ne me l'as pas dit avant ?

Lilith et Baal échangèrent des regards, avant que Lilith se retourne sur moi, baissant la voix pour confesser :

— Ils ont menacé de faire du mal à nos enfants si nous vous aidions. Nous prenons un gros risque en vous le disant. Mais je ne peux plus me taire.

— Nous avons refusé de les rejoindre... mais nous ne pouvons pas non plus vous aider, dit Baal.

Je tapotai mon verre de vin avec mes doigts en les regardant tous les deux. Je comprenais leur crainte, mais je savais aussi ce qui allait arriver.

— Ils prévoient de libérer les quatre Cavaliers de l'Apocalypse.

— Non, dit Lilith presque en criant.

— C'est... fâcheux.

Baal avait toujours été un maître de l'euphémisme.

— Je suppose que tu ne souhaites pas croiser Famine autant que je ne souhaite pas voir Mort, lâchai-je à Baal.

Le problème devenait familial et nous le savions tous les deux.

— Vous avez raison, dit-il. Je préférerais ne voir aucun de nos parents fouler le sol de ce monde. Mais j'ai les mains liées.

— Et si... prononça Hannah à côté de moi, la voix basse et pensive.

— Je t'en prie.

Je connaissais cette voix. C'était un ton qui m'avait aidé bien des fois par le passé. Elle me regarda.

— Et si Baal prétendait rejoindre les autres archdémons ? Il pourra te rapporter des informations.

— En tant qu'espion.

Je posai légèrement ma main sur celle d'Hannah, ravi qu'elle prenne la parole, avant de river mon regard sur Baal.

— Ils y croiront, car tu as toujours fait preuve de franchise dans ta volonté de prendre mon trône.

Baal mâcha sa nourriture et sirota son vin, et nous l'imitâmes, lui donnant le temps de la réflexion. Après quelques instants, il posa son verre et hocha une fois de la tête.

— Je le ferai. Mais vous me devrez une faveur, Lucifer.

— Je vais le regretter, c'est ça ? dis-je avec un rire sombre et bas.

Je détestais devoir des faveurs à quiconque, et préférais largement quand le pouvoir penchait dans ma direction. Cependant, cette faveur en vaudrait la peine.

— Marché conclu.

17

HANNAH

— **H**annah, ça vous dirait de vous promener avec moi ? demanda Lilith alors que Lucifer et Baal continuaient à parler de leur plan.

Baal avait mis un temps infini à se décider après que Lucifer prononça le mot *espion*, et je pressentais qu'ils allaient étudier chaque détail pendant des heures.

Je me levai.

— Avec plaisir.

Lilith et moi prîmes le chemin sinueux le plus proche. Le minuscule gravier blanc craquait sous nos pieds. Le jardin était une gigantesque oasis de plantes et de fleurs, dont je reconnus la plupart du premier coup, et j'avais hâte d'en explorer davantage. D'un autre côté, je me sentais bien plus chez moi ici au milieu de la verdure que n'importe où ailleurs.

Nous errâmes sur plusieurs chemins un moment avant que Lilith parle.

— J'aimerais que nous soyons à nouveau amies et que nous nous tutoyons, dit-elle tandis que je m'arrêtais pour admirer une onagre particulièrement jolie. Comme dans l'ancien temps.

Elle fit semblant d'être distraite par le feuillage doux et massif d'un saule pleureur, mais elle n'avait jamais eu un grand amour pour la nature, de ce que je me souvenais. Ou du moins, une nature qui n'impliquait pas des humains nus en tout cas.

J'effleurai les pétales délicats en essayant de réfléchir à une réponse polie avant de la regarder.

— Je suis toujours en train de trier mes souvenirs recouvrés. Tu étais la première femme d'Adam, c'est ça ?

Elle contempla le sentier continuant dans le jardin qui semblait infini.

— Oui. J'ai été forcée d'épouser Adam contre ma volonté, quand j'étais humaine. Mais je ne l'aimais pas, et j'ai vu les ténèbres dans son cœur. J'ai fui, tout comme toi.

— Tu étais autrefois humaine ? demandai-je.

Elle grimaça un peu à ce souvenir.

— Il y a longtemps, oui. Et comme toi, j'ai été maudite. On m'a transformée en succube pour avoir quitté Adam. Les Anciens Dieux l'adoraient. Sûrement parce qu'il était aussi horrible qu'eux.

— D'où le nom de Lilim pour ton espèce, concluai-je.

— Oui mais, s'il te plaît, ne pense pas que tous les Lilim descendent de moi, dit-elle en lâchant un rire délicat. Ils en ont créé beaucoup après moi. Je n'étais que la première.

Penchée sur le parterre, je me redressai en examinant ses paroles, qui résonnaient de vérité.

— Je me souviens petit à petit des choses, mais j'ai des difficultés à trier tous mes souvenirs.

— Dans ce cas, il y quelque chose que tu devrais probablement savoir à propos de moi avant de le découvrir par toi-même et de te faire de fausses idées.

Elle sembla hésiter en touchant mon bras pour attirer toute mon attention.

— J'ai couché avec Lucifer. Il y a des lustres. Après ma rencontre avec Adam, avant que Lucifer ne te rencontre en tant qu'Ève, quand j'étais devenue succube et pouvais à peine contrôler ma nouvelle faim. Ça ne voulait rien dire, toutefois. Un simple batifolage pour aider à apaiser ma soif insatiable. Dès qu'il t'a rencontrée, il ne s'est plus intéressé à personne.

Ça ne voulait rien dire. N'était-ce pas ce qu'ils disaient tous ? Cependant, Lilith disait la vérité. Même si je ressentis un bref sentiment de jalousie, je ne pouvais pas être en colère contre quelque chose qui s'était passé si longtemps auparavant, avant même que Lucifer me rencontre.

Elle poursuivit sans que je n'eus le temps de répondre.

— Au début, j'étais jalouse de toi, et à quel point il n'avait d'yeux que pour toi, mais tu es rapidement devenue l'une de mes plus proches amis. Et d'autre part, nous savons toutes les deux que Lucifer n'est pas du genre à partager.

— Non, ça c'est sûr, confirmai-je en inclinant la tête. Ta fille m'a dit à quel point ça pouvait être difficile de satisfaire une succube.

Le visage de Lilith se fendit d'un large sourire. Peut-être s'attendait-elle à une réaction moins bonne que celle-ci.

— N'est-elle pas adorable ? Je viens juste de renouer les liens avec Olivia. Je suis fière de la femme qu'elle est devenue.

Elle passa doucement ses doigts sur le pétale d'une fleur.

— J'ai dû abandonner Olivia quand elle était enfant. C'était pour sa propre sécurité vu qu'elle était la seule hybride mi-ange mi-démon. Une telle espèce était interdite à cette époque-là. Ça a été la chose la plus difficile que j'ai eu à faire.

— Comment as-tu fait pour reprendre contact avec elle ? demandai-je.

Elle sourit et remua ses cheveux foncés.

— J'ai été casse-pieds. Je suis apparue dans sa vie un jour, et puis j'ai continué d'apparaître. C'est tout ce que tu as à faire.

— Les embêter jusqu'à ce qu'ils nous aiment en retour ? résumai-je avec un rire. Je me demande si ça marcherait avec Belial. Je sais que lui et Lucifer se sont brouillés.

— Il vaut mieux que tu te rappelles cette histoire toute seule, je pense.

Lilith m'attira vers elle en me prenant le bras et en me conduisant vers un autre sentier. La lumière du kiosque luisait doucement au bout et de temps à autre, la brise nous amenait un éclat de rire masculin.

— Mais même si Belial et Lucifer se sont éloignés, ça ne veut pas dire qu'ils ne peuvent pas se réconcilier. Il n'est jamais trop tard tant que les deux sont en vie.

Nous émergeâmes des jardins, de retour au kiosque. Mais avant de retourner voir nos hommes, elle s'arrêta et me regarda dans les yeux.

— Si tu veux que ton fils fasse à nouveau partie de ta vie, tu devras prendre ton courage à deux mains.

Prendre mon courage à deux mains... Mon souffle se coinça dans ma gorge. Elle avait raison. Je devais retrouver Belial, et arranger les choses avec lui.

Je devais me rendre à la Nouvelle-Orléans.

Lucifer ferma la porte de la chambre d'amis dans un cliquetis silencieux et je contemplai les lieux. Un énorme lit à baldaquin en bois était suspendu avec des coussins diaphanes. Un feu brûlait dans une cheminée dans un coin, avec deux petits fauteuils devant. Tous les meubles semblaient avoir été confectionnés avec amour, et j'eus l'impression qu'ils avaient tous une histoire incroyable. Des coussins et des plaids étaient habilement éparpillés sur le lit et les fauteuils, et je voulais m'y allonger rien que pour témoigner du confort.

— Tu as été brillante ce soir. Je savais que tu n'aurais pas de problème à reprendre ta place de reine.

Lucifer desserra sa cravate, et le bruit du tissu emplit la chambre. Ses doigts étaient rapides dans ce geste masculin.

Je m'assis dans un des fauteuils devant l'âtre et tripotai le doux plaid qui se trouvait sur un bras.

— Je suis contente d'avoir pu aidé à ma manière. Mais il y a quelque chose dont j'aimerais te parler.

Ses sourcils s'affaissèrent.

— Qu'y a-t-il ?

— Je veux qu'on aille voir Belial.

Lucifer secoua la tête.

— Ce n'est pas une bonne idée en ce moment, avec tout ce qui se passe avec les archdémons. Une fois que les choses se seront calmées, on pourra aller le voir.

— Non.

Je me levai, déterminée à présent. Ma voix se fit ferme en prenant le contrôle de la situation.

— Je ne veux pas attendre. Et si Adam me tue pour toujours cette fois-ci ? Et si je ne réussis pas à revoir mes fils ?

— Adam ne te... commença-t-il, puis il pinça les lèvres et son regard se fit noir.

— On ne peut pas en être sûrs.

Lucifer se dirigea vers la grande fenêtre qui donnait sur le jardin et posa ses mains sur le rebord en regardant dehors. Il avait le dos tendu, les muscles contractés et crispés contre sa chemise. Après un moment, il soupira et se retourna vers moi.

— Très bien. Mais il vaut mieux que tu y ailles seule.

— Qu'est-ce qui s'est passé entre toi et Belial ?

Les souvenirs de ma vie d'Ève et de mes premières vies étaient ceux auxquels j'avais le plus de mal à accéder et les plus effacés par le temps, contrairement à mes vies plus récentes comme Lénore. Je me souvenais de Belial, mais seulement par bribes et tourments d'émotion : l'amour, la fierté, la déception, la culpabilité et la tristesse.

Lucifer prit un air renfrogné.

— Il s'est rebellé contre nous, comme finissent par le faire tous les enfants.

Quelque chose était arrivé, quelque chose dont personne ne voulait me parler, mais qui avait clairement scinder notre famille en deux. Je n'allais pas tolérer cela.

— Tu devrais venir avec moi.

— Ce n'est pas une bonne idée. Je ne t'empêcherai pas d'y aller, mais tu auras plus de chance si tu parles seule à Belial. Emmène juste Azazel avec toi. Et l'Étoile du Matin.

J'attrapai ma brosse et me mis à me brosser lentement les cheveux en étudiant ses dires.

— Merci.

Il s'assit au bord du lit et retroussa ses manches qui révélèrent ses avant-bras virils.

— De quoi ?

Je reposai ma brosse dans mon vanity et rivai mon regard sur lui.

— De respecter ma volonté. De me traiter comme ton égale.

Il inclina légèrement la tête.

— Je fais de mon mieux.

Je me levai et défis ma robe, la descendant sur mes épaules.

— Je sais.

— D'un autre côté, tu sais ce que je préfère dans l'idée que tu voyages seule ?

Les yeux de Lucifer étincelèrent de malice.

— Non quoi ?

Je laissai ma robe tomber au sol, révélant une fine combinaison, et rien d'autre.

— Se dire au revoir.

Il tendit les bras vers moi alors que je m'approchais du lit. Sans hésitation, je glissai ma main dans la sienne et il me tira pour que je m'étende sur lui.

— Mmm...

Il posa ses lèvres dans mon cou et retira de mon épaule l'une des fines bretelles de ma combinaison.

— Je crois que ça pourrait bien être un très long au revoir.

Je me détendis entièrement sous son toucher. Sa bouche sillonna ma peau et l'enflamma. Je tendis le cou pour lui donner un meilleur accès.

— Promets-moi juste que tu me reviendras, dit-il. Je ne veux plus te perdre.

Ses paroles me saisirent et s'ancrèrent profondément dans mon âme. Il nous retourna, d'un mouvement si rapide qu'il se retrouva au-dessus de moi avant même que je ne remarque le changement de position.

— Je reviendrai toujours.

Je touchai son visage, submergée par l'émotion. Au fond de lui, il devait craindre que je parte pour ne jamais revenir. Je me demandai s'il avait toujours ressenti cette peur, si, à chaque fois qu'il avait vu Adam me tuer, il s'était demandé si j'allais revenir à la vie.

J'enroulai mes doigts autour de ses cheveux au bas de sa tête et l'attirai vers moi. Je me redressai pour rencontrer sa bouche et capturer ses lèvres pour un baiser intense. Sa langue caressa la mienne. J'avais envie de lui, alors j'ouvris la bouche et cambrai le dos pour serrer mon corps contre le sien, à la recherche de son toucher.

Il gémit en explorant ma bouche, et mes mains empoignèrent davantage ses cheveux alors qu'il se déhanchait contre moi, permettant à la bosse dans son pantalon d'atteindre le bon endroit. Des vagues de chaleur m'engloutirent, et je posai ma main libre sur ses fesses en l'étreignant, à la recherche d'un orgasme rapide même si j'étais presque ensevelie sous le besoin de le sentir en moi.

Sa main s'aventura sur le côté de mon corps, frôlant le tissu glissant qui le séparait de ma peau.

— Je l'aime beaucoup, mais il faut l'enlever.

Je défis un bouton de sa chemise.

— Tu as raison. Les habits nous bloquent la route.

Il se redressa et la retira, puis la jeta à travers la pièce. Son pantalon disparut également, me laissant avec un diable nu dressé au-dessus de moi. Ses yeux étaient rouges tandis qu'il me regardait sous ses paupières lourdes, la luxure évidente dans son regard, mais quelque chose d'autre transparaissait aussi des profondeurs de ce brasier : l'amour.

Il attrapa l'ourlet de mon sous-vêtement avec un sourire sournois, mais je lui pris la main avant qu'il ne puisse continuer.

— Ne le déchire pas ! C'est le seul que j'ai.

Cet homme avait déjà déchiré bien trop de vêtements.

Il plaqua ma main sur le lit et me coinça sous lui, son corps au-dessus de moi et ses lèvres marquant mon cou.

— Quand on sera de retour, je t'achèterai toute une penderie de lingerie rien que pour le plaisir de la déchirer toutes les nuits.

Ses mots envoyèrent une vague de sombre impatience en moi. Alors qu'il relevait la combinaison sur mes hanches, le tissu caressa doucement ma peau et un frisson me parcourut. Il descendit pour m'embrasser au-dessus du genou, puis encore au milieu de ma cuisse. En levant le sous-vêtement, il embrassa la peau qui se révélait à lui, puis s'arrêta.

— Alors, à quel point je devrais te faire crier mon nom ? murmura-t-il en passant ses mains sur ma peau. Suffisamment fort pour que tout le monde dans cette maison sache ce que je te fais ?

Je pinçai les lèvres, les joues rouges.

— Je suis sûre que les gens de cette maison ont entendu bien pire avec Lilith.

Il écarta mes cuisses.

— Oui. Je vais te faire crier.

Il embrassa l'intérieur de ma cuisse, aspirant délicatement la peau fine avant de se déplacer plus haut. Encore plus haut. Mes mains étaient revenues dans ses cheveux et il gémit doucement quand je pétris son crâne. Au début, la seule chose dont j'avais conscience, c'était l'air chaud de sa respiration, qui fut rapidement suivi par sa langue toute aussi chaude. Je resserrai ma poigne sur ses cheveux pendant que je la sentais s'insinuer entre les replis de mon sexe.

Ses doigts décrivirent des cercles autour de mon clitoris et je levai mes hanches du lit, essayant de trouver le meilleur angle pour l'attirer plus près de là où j'en avais le plus besoin. Il baissa ensuite la tête, et me donna un petit coup de langue sur le clitoris. Je me tendis et essayai avec ma main d'étouffer un cri inattendu. Il aspira mon clitoris dans sa bouche, et j'haletai des sons dénués de sens à l'effleurement de ses dents.

— Lucifer !

Son nom était une bouffée d'air frais, et j'enfonçai davantage sa tête qui mordillait à peine mon clitoris puis l'apaisait de sa langue. Pendant ce temps-là, ses doigts exploraient mon entrée.

Puis, il échangea ses doigts avec sa bouche. Sa langue plongea en moi et ses doigts roulèrent sur mon clitoris avec une lenteur qui me maintenait au bord de... quelque chose. Je cherchai, à la poursuite de la sensation insaisissable de finalité, mais elle m'échappait toujours de peu. Il trempa encore sa langue en moi, et je serrai les cuisses autour de lui. J'avais envie de plus, cependant.

— Lucifer, je te veux en moi.

Je repoussai mes bretelles de mes épaules et exposai mes seins comme pour l'attirer plus haut.

Je pensai qu'il allait sûrement ignorer mes mots, mais il se mit à remonter lentement sur mon corps, vénérant chaque bout de peau qui passait par sa bouche. Il embrassa mes deux seins, aspira mes tétons et leur donna des coups de langue avant de s'allonger sur moi, sa queue dure blottie entre mes cuisses. Puis, il s'arrêta.

Avec impatience, j'employai ma nouvelle force angélique pour nous faire rouler et me retrouver au-dessus de lui. Je baissai le regard sur mon âme sœur, ma fatalité, et empoignai la base de son membre.

— Maintenant, je prends ce que je veux.

Il mit les mains derrière la tête et me sourit.

— Je suis à toi.

Doucement, je m'empalai sur sa verge, appréciant chaque centimètre qu'elle étirait. Mon corps se contracta, puis se détendit. Le sentir en moi ravivait les souvenirs de toutes les fois où nous avions fait ça auparavant.

Je me mis à bouger sans réfléchir, me balançant au-dessus de Lucifer, sa queue enfoncée le plus profondément possible. Mon clitoris se frotta contre lui, et ses mains agrippèrent mes hanches et accélérèrent mon mouvement. Oui, c'était exactement ce dont j'avais besoin, d'avoir le contrôle. De prendre ce que je désirais de lui.

En changeant de rythme, je me penchai en avant, m'appuyai contre le lit, les bras de chaque côté de sa tête, et continuai à me déhancher. La position me permit de me lever, le laissant presque sortir de moi, puis me pénétrer à nouveau et pousser mon corps sur son sexe aussi fort que je le pouvais.

Mais ce n'était pas suffisant. Je cambrai le dos et le chevauchai avec vigueur et rapidité, me pressant contre lui tandis qu'il se tenait à mes hanches et me laissait abuser de sa queue. Je réclamai toujours plus et il obéit sans la moindre hésitation.

Il provoqua mes tétons avec ses doigts, et je jouis, avec des ruades sauvages et des cris de plaisir quand l'orgasme me secoua. Je ne doutais pas que tout le monde dans la maison savait exactement ce que nous faisions, et je m'en fichais.

En m'asseyant, à bout de souffle, Lucifer saisit mes hanches et roula sur moi en un seul mouvement souple, sans jamais faire sortir son sexe de moi. Connectés. Comme si nous étions faits l'un pour l'autre.

Lucifer se mit à bouger les hanches.

— Je suis à toi, Hannah. Je serai à toi pour toujours.

Cependant, ses mouvements étaient trop lents.

— Encore, supplai-je.

— Je veux profiter, lâcha-t-il.

— Il y en aura d'autres.

— Et j'en profiterai à chaque fois, répondit-il avant de s'emparer de ma bouche et de plonger sa langue entre mes lèvres.

Il avala mes cris de plaisir et son corps adopta un rythme qui me convenait.

Lucifer fit des va-et-vient, me procurant du plaisir à chaque coup de rein. Il s'engouffra davantage, sans jamais quitter mon regard. Ses muscles se déplaçaient et se mouvaient sous mes mains. Il ralentissait et accélérait, s'inclinait pile sur l'endroit où j'avais besoin de lui, connaissant si bien mon corps.

— Lucifer, murmurai-je. Je suis à toi.

En gémissant, il s'introduisit encore plus en profondeur et y resta pendant que le second orgasme m'assaillait. Je criai son nom à nouveau, les muscles soudain tendus, et verrouillai mon corps autour de lui. Cet orgasme venait de loin, des émotions et de la libération. J'enlaçai le diable, et l'attirai tout contre moi.

Rien n'avait semblé si parfait depuis longtemps. Je ne m'étais pas sentie aussi entière depuis des années. Mon cœur le connaissait, il savait qu'il était le morceau d'âme qu'il me manquait. Le morceau manquant qui m'avait toujours maintenue éveillée la nuit. Ma moitié.

Il pressa ses lèvres à la base de ma gorge et parcourut mon cou. Sa queue remua en moi, comme si elle était prête pour un autre tour.

Mon être continuait à pulser et palpiter, et je ris.

— Ça suffit.

— Jamais.

Son ton se voulait amusant, mais son regard était sérieux.

— Ça ne suffira jamais, Hannah. Pas pour moi.

18

HANNAH

Une voiture nous attendait directement sur la piste quand le jet privé de Lucifer atterrit à la Nouvelle-Orléans. Je descendis les marches de l'avion sous le soleil et la chaleur de novembre. Je m'arrêtai et regardai le ciel, ma nature angélique absorbant la lumière éclatante. Les anges avaient besoin de lumière pour alimenter leurs pouvoirs alors que les démons et les Déchus avaient besoin des ténèbres. D'où la réaction d'Azazel en sortant de l'avion, qui baissa la tête, mit ses lunettes de soleil et grommela dans un souffle.

Le conducteur regardait droit devant lui quand nous nous glissâmes sur les sièges en cuir couleur crème. Je fouillai dans mon sac pour trouver l'adresse du bar où j'espérais trouver Belial. Kassiel me l'avait donnée plus tôt, en m'avertissant que Belial pourrait ne pas m'offrir un accueil chaleureux.

Je transmis le papier par-dessus l'épaule du chauffeur.

— Allez-y tout de suite, s'il vous plaît.

Zel leva un sourcil.

— Nous devrions aller à l'hôtel d'abord.

— Non, coupai-je, irritée qu'on questionne mes décisions. On va d'abord au bar.

Zel leva les bras en guise de soumission et je me détournai d'elle pour regarder par la fenêtre. Je n'étais pas vraiment en colère contre elle, juste angoissée par le voyage, surtout maintenant que nous étions arrivées. J'essayai d'ignorer ma nervosité grondante et me concentrai sur le paysage de la Nouvelle-Orléans : de vieux bâtiments pleins de charme, des tramways colorés longeant la route, les gens s'arrêtant pour danser sur le trottoir. Un autre jour, ça m'aurait semblé incroyable. Mais j'allais voir mon fils, et on aurait dit que c'était la première fois.

J'essuyai mes mains moites sur les côtés de mon pantalon. Ça aurait pu être plus facile si Zel avait été du genre bavarde, mais alors que je risquais un regard vers elle, celle-ci regardait par sa fenêtre, les lèvres pincées. Sûrement furieuse que je ne tienne pas compte de sa décision, même si c'était quelque chose à laquelle elle devrait s'habituer désormais. Après tout, je n'étais plus Hannah, l'humaine incapable. C'était moi son chef à présent.

— Tu es déjà allée à la Nouvelle-Orléans ? demandai-je.

Elle se tourna vers moi et me regarda comme si j'étais idiote.

— Évidemment.

D'accord... nous aurions sûrement besoin de parler de son comportement à un moment donné.

La limousine finit par se garer devant une rangée de bâtiments. J'hésitai, la main sur la poignée, comme si j'attendais une sorte de signe avant de sortir de la voiture.

— Veuillez déposer nos affaires à l'hôtel, s'il vous plaît, commandai-je au chauffeur. Nous marcherons.

Je sortis de la voiture, et m'assurai de prendre l'Étoile du Matin et de l'attacher dans mon dos. Non pas que je m'attende à l'utiliser, mais Lucifer avait insisté pour que je la prenne au cas où un archdémon envoyait ses sbires à mes trousses. Je me sentais plus confiante avec elle. J'inspirai un grand coup et jetai un œil à la rangée de bâtiments de la rue étroite. Nombre d'entre eux semblaient entassés les uns sur les autres, avec des balcons à tous les deuxièmes étages, décorés de dessins en filigrane sur le fer forgé et certains agrémentés de plantes grimpantes. Je passai un instant à admirer l'architecture, si différente de celle en Californie ou dans le Nevada. Je devais l'admettre cependant, je n'essayais que de retarder les choses.

— Pourquoi suis-je nerveuse ? demandai-je avec un rire gauche. C'est mon fils.

Elle me fusilla du regard.

— Parce que c'est Belial.

Ça ne m'aida pas, mais je continuai. Le bar que nous cherchions était situé au bout de la rue, dans un bâtiment en pierres à deux étages dont chacune des nombreuses petites fenêtres étaient habillées de volets bleus. De gigantesques portes rouges se trouvaient dans un coin, et au-dessus d'elles, étaient accrochés l'enseigne Outcast Bar et le logo à deux ailes noires, qui me rappelait beaucoup la peinture dans le penthouse de Lucifer.

— Je t'attends ici, me dit Zel. Je te laisse un peu seule avec lui. Lui et moi, on a des... problèmes.

Super. Je me retrouvais toute seule alors.

Le bar semblait fermé vu de l'extérieur, mais la porte s'ouvrit quand je tirai dessus. J'entrai dans le bar lugubre et scrutai le lieu du regard, laissant le temps à mes yeux de s'habituer pendant que j'inspirais les senteurs du bois fraîchement verni et de la bière renversée. Il était tôt et le bar était vide, sans barman ou personnel en vue, ce qui me laissa le temps de m'imprégner des rangées de bouteilles aux couleurs chatoyantes disposées contre l'énorme miroir, et des verres propres accrochés sous les étagères, prêts pour les clients de ce soir.

— Bonjour, mère, dit une voix profonde. Ça fait longtemps.

Je virevoltai pour apercevoir un homme musclé et large d'épaules qui sortait d'une pièce, une caisse en bois dans les bras, les manches de son t-shirt retroussées pour exhiber ses gros biceps tatoués. Il avait la mâchoire finement ciselée de son père, des cheveux presque noirs, mes yeux marron foncé et ma peau olive – ou plutôt, ceux d'Ève. Comme tous nos fils, il ressemblait beaucoup à Lucifer, à la différence que Belial avait poussé le côté bad boy à son maximum. Le genre de garçon qu'on s'attendait à voir rouler en Harley et qu'on ne voudrait pas croiser seul dans une petite allée. Néanmoins, ça restait mon fils, et ma poitrine se serra en le voyant.

— Comment sais-tu qui je suis ?

Je m'avançai doucement alors qu'il posait la caisse derrière le bar et attrapait un chiffon pour le mettre à son épaule.

Belial s'appuya contre le mur de glaces et croisa les bras.

— Je t'ai vue des centaines de fois dans des corps différents. Je le devine toujours.

Il me fit signe de m'asseoir au bar, un geste décontracté de la main vers un tabouret en face de lui. La surprise rendait mes mouvements brusques alors que je m'asseyais sur le tabouret de bar et m'ajustais légèrement pour bien positionner l'épée dans mon dos. Je ne m'attendais pas à ce qu'il me reconnaisse. Je m'étais rongé les sangs tout le long du vol pour savoir comment me présenter à lui et au final, ça n'avait servi à rien.

— Tu n'as pas l'air surpris de me voir, dis-je en posant maladroitement les mains sur le bar.

Il haussa une épaule, les bras toujours croisés, ses tatouages exposés.

— Tu finis toujours par venir. Je suis surpris que ça t'ait pris si longtemps.

— Il y a eu des… complications.

Je ne pouvais détourner les yeux de mon fils. Si beau, si fort et si… distant. Fermé. Même si l'envie de le prendre dans mes bras me faisait presque mal, il n'avait clairement pas envie de ça.

Le silence s'étira entre nous. Je ne savais pas trop quoi dire et je passai une minute à parcourir le bar du regard, remarquant qu'il était bien entretenu mais que son ancienneté se faisait également sentir. Comme s'il était ouvert depuis longtemps.

— Ça fait combien de temps que tu travailles ici ?

— Je possède l'endroit depuis de nombreuses années. Tu veux un verre ?

— Oui. N'importe quoi fera l'affaire.

Je doutais d'en sentir le goût tout de suite de toute façon.

Il attrapa un verre, me servit un whisky d'une bouteille qui se trouvait sur la plus haute étagère, puis le glissa vers moi.

— La dernière fois que je t'ai vue, c'était quand tu étais Lénore au début du dix-neuvième siècle. J'avais un autre bar à l'époque. Tu me rendais souvent visite avec Kassiel quand il était enfant. Tu as toujours voulu rassembler la famille, dit-il avec un sourire narquois.

Les choses n'avaient pas beaucoup changé, alors. Je pris une longue lampée de la dose généreuse de whisky qu'il m'avait servie.

— Ça a marché ? demandai-je même si je connaissais la réponse.

Il se servit un shot d'une boisson claire et le descendit, le visage revêche.

— Non.

Cet homme était bien l'un de mes enfants vu son attitude,

même s'il ressemblait davantage à Lucifer qu'à moi. Ils tenaient tous leur mauvais caractère de leur père. Ou c'était ce que je me disais.

— Qu'as-tu fait toutes ces années ? demandai-je en essayant de lui *soutirer* quelque chose, même s'il semblait n'avoir aucun intérêt à me parler.

Il écarta les bras.

— Ce que tu vois. Je possède un bar. Je ne me montre pas. Je reste en dehors du monde surnaturel.

Je me redressai face à cette petite information.

— Pourquoi ?

Belial lâcha un rire sec.

— Parce que je suis le prince exilé.

Je m'apprêtais à ouvrir la bouche pour lui demander ce qui s'était passé, quand les portes rouges sortirent soudainement de leurs gonds, faisant voler des copeaux de bois avec la force du coup. J'eus à peine le temps de me baisser qu'un homme énorme fonça à l'intérieur, ses ailes noires, telles celles des chauve-souris déployées.

Une gargouille.

— Hannah ! Attention !

La voix de Zel résonna dans le bar, alors qu'elle entrait à son tour.

Fait chier. Les gargouilles étaient difficiles à abattre parce que leur peau se transformait en pierre quand elles se battaient. Les lames infusées de lumière étaient l'une des rares choses capables de les blesser. Heureusement que j'avais amené l'Étoile du Matin. Je dégainai l'épée qui se trouvait dans mon dos et celle-ci étincela immédiatement d'une lumière blanche aveuglante, comme si elle réagissait à la présence des démons. Mes ailes s'ouvrirent, bloquant Belial, mon instinct protecteur à son maximum.

Cependant, je n'avais pas à m'inquiéter. Belial sauta sur le bar et jeta un feu bleu éclatant de ses mains, frappant les gargouilles qui passaient la porte. Leur peau de pierre craqua, dans un son qui ressemblait à celui du tonnerre. Ma bouche s'ouvrit béante en le contemplant manier les feux de l'Enfer, la seule personne possédant ce pouvoir à part Lucifer.

Je me ressaisis de ma fière admiration et bondis, mes ailes me soutenant en abattant mon épée. Je fis bon usage de ce que j'avais appris avec Callan et Zel. L'Étoile du Matin luisait en fendant l'épaule d'une gargouille et autour de moi, le tintement des armes de Zel se faisait entendre quand elle repoussait les autres. Les feux de l'Enfer passèrent non loin et l'air était rempli des gémissements gutturaux des gargouilles blessées et mourantes.

Alors que je virevoltais et plantais la lame dans la poitrine d'une gargouille, une autre attrapa mes ailes. Elle tira d'un coup sec, m'arrachant un cri à la douleur soudaine et aiguë. Des tentacules sombres encerclèrent la gargouille, l'éloignèrent de moi et la balancèrent contre le mur de glaces en le brisant et en faisant voler les bouteilles d'alcool. Je supposai que c'était Belial ou Azazel, mais les deux étaient occupés à se battre de l'autre côté de la pièce.

Ce fut à ce moment-là que je me rendis compte que les ombres venaient de moi.

Je fixai les ténèbres qui ondulaient autour de moi. C'était impossible. J'étais un ange, pas une Déchue.

Une femme aux longs cheveux noirs et aux ailes de cuir noir entra dans la salle, entourée d'autres membres de son espèce. Je reconnus Bella, alias Belphégor : l'archdémon des gargouilles.

— Ça suffit, les enfants, ronronna-t-elle avec un doux accent français. C'est l'heure de la sieste.

Elle leva une main et Zel ferma les yeux et tomba à terre,

suivie de Belial. Je brandis l'Étoile du Matin pour défendre mon fils et mon amie, mais les yeux de Belphégor se posèrent sur moi, et je me sentis attirée par le sommeil. Je tentai de le combattre, mais mes genoux faiblirent. Deux gargouilles saisirent mes bras alors qu'un grand épuisement m'assaillait. Je serrai les dents quand mes yeux se fermèrent et que je succombais aux ténèbres.

19

LUCIFER

Quand Hannah prit le jet privé pour aller voir notre fils, j'essayai de me distraire par le travail, assis au bureau de la bibliothèque. Je pressentais qu'Hannah reviendrait déçue, mais je ne pouvais l'empêcher de vouloir reprendre contact avec Belial. Même si je savais que ça ne fonctionnerait jamais. Certaines choses ne pouvaient être réparées.

Je finis par abandonner l'idée de travailler et scrutai ma bibliothèque, observant la grande collection de livres que j'avais amassés au fil des années, en plus des peintures et objets anciens. L'une des mes préférées était la peinture d'Ève tentée par Lucifer, commandée par moi à Michelangelo pendant la Renaissance.

Quelques livres étaient empilés sur l'un des chevets à côté du fauteuil où Hannah aimait s'asseoir, alors je les pris et me mis à les ranger. Quand j'avais fait construire cet hôtel, j'avais spécifiquement demandé qu'on ajoute cette bibliothèque au penthouse, en sachant à quel point ma compagne l'adorerait lorsqu'elle me retrouverait. Et ce fut le cas. J'étais enchanté à chaque fois que je la voyais ici, blottie sous un plaid avec un livre. Je lui avais construit des palaces autrefois dans un effort de l'impressionner, mais me rendis compte plus tard que tout ce qu'elle avait toujours voulu, c'étaient des jardins et des bibliothèques.

Samaël entra dans la bibliothèque, ses sourcils bruns froncés.

— Comment s'est passé votre visite chez Baal et Lilith ?

Son ton était plus acerbe que d'habitude, et je levai les sourcils.

— Quelqu'un s'est encore levé de l'aile gauche ?

Je m'assis à mon bureau et posai les mains dessus pour sentir le vieux bois sous mes paumes.

— La visite s'est bien passée. Il ne peuvent pas vraiment nous aider parce que les autres archdémons ont menacé leurs enfants, mais Baal va me servir d'espion et nous fournir des informations dès qu'il le pourra. Ils m'ont déjà donné le nom de leur meneur : Némésis.

Samaël secoua la tête.

— Tu aurais dû me choisir, moi. Ou Azazel.

Je braquai mon regard furieux sur lui en guise de réponse. Samaël n'était pas vraiment en colère parce que je ne l'avais pas choisi lui ou, en effet, Azazel, en dépit des mots qu'il utilisait pour protester. Alors j'attendis qu'il finisse.

— Tu sais qu'on ne peut pas faire confiance à Baal, ajouta-t-il. Comment peut-on savoir qu'il ne ment pas ?

Je croisai les doigts derrière la tête et m'enfonçai dans le siège.

— Je crois que nous savons tous les deux que tu ne m'en veux ni à moi, ni même à Baal, mais à Lilith.

Son regard s'embrasa, et je refoulai un sourire. Certains jours, c'était si facile de taquiner Samaël que ce n'en était même pas drôle.

— Après tout, ça fait un an qu'elle vit là-bas maintenant. Je ne l'ai jamais vue rester avec le même homme si longtemps.

Samaël serra les poings, ses jointures sous tension sous sa peau olive.

— Je me fiche de ça. Ça fait des siècles que c'est fini entre nous. Mais elle a rendu Asmodée mortel sans m'en parler. Mon fils va vieillir et *mourir*. Il va mourir, Lucifer. Et je ne peux rien y faire.

La peine dans sa voix me rappela ma propre souffrance après avoir perdu un enfant, même si j'essayais grandement de l'enfouir profondément. Je me levai, contournai le bureau pour me retrouver à ses côtés. Je posai la main sur son épaule.

— J'en suis désolé, mon vieil ami. Ça pourrait te faire du bien de voir Lilith pour en parler. Elle est aussi affectée que toi. Ou mieux encore, rends visite à Asmodée et sa compagne. Alors peut-être que tu comprendras sa décision.

Samaël souffla.

— Comme si j'avais le temps, avec cette apocalypse imminente.

— Si elle arrive, rétorquai-je. Aucun signe d'Adam ou de mouvement des archdémons ?

— Pas encore, mais nos gens sont à leur poursuite. J'ai également envoyé des soldats déchus pour garder la tombe de Pestilence.

— Bien.

Pestilence devait être libéré en premier, avant de réveiller les autres. C'était l'une des mesures de sécurité que nous avions prises quand nous avions scellé les tombes des Cavaliers. La destruction qu'un seul d'entre eux pouvait déclencher sur le monde était incommensurable, alors celle des quatre réunis signerait la fin de tout. C'était la raison pour laquelle j'avais laissé Hannah aller voir Belial, même si je savais que ça finirait mal. Et la raison pour laquelle Samaël ne devait pas attendre aussi.

— Tu sais, si les choses se passent mal, tu pourrais regretter de ne pas avoir pris le temps de voir ta famille.

Samaël me fit les gros yeux et croisa les bras.

— Je ne pense pas que Lilith veuille me voir de toute façon.

Je levai un sourcil en m'asseyant sur le bord du bureau.

— Je n'en serais pas si sûr.

On tapa à la porte de la bibliothèque et je dis à la personne d'entrer. Une magnifique Déchue prénommée Einial entra et s'inclina bien bas devant nous, ses longs cheveux blonds dont les pointes bouclaient au-dessus de ses épaules.

— Mon seigneur, murmura-t-elle.

— Ah, bien, dit Samaël. Lucifer, je crois que vous connaissez Einial. Je l'ai choisie pour être ma nouvelle assistante.

Je hochai la tête.

— Bon choix.

Einial avait une centaine d'années et était née Déchue, contrairement à Samaël et Azazel, qui avaient quitté le Paradis des lustres auparavant. Elle avait servi comme espionne pour Samaël pendant des siècles, et était mariée à une femme voluptueuse nommée Anig, une vieille vampire qui se fichait souvent des règles des démons.

Elle tendit à Samaël une enveloppe en papier kraft.

— Le rapport que vous avez demandé sur les allées et venues à la tombe de Pestilence.

— Excellent.

Il ouvrit le dossier, quand mon téléphone m'alerta d'un nouveau message.

Je regardai l'écran. Un courrier indésirable. Bon sang, pourquoi le roi du monde surnaturel recevait encore des courriers indésirables ? Mais alors que je déverrouillais le téléphone pour supprimer le message, je pris conscience de l'heure.

— Hannah n'est pas encore arrivée à l'hôtel ? Elle aurait dû y être depuis des heures.

L'inquiétude s'insinua dans ma poitrine, et je lui téléphonai tout de suite. Elle ne répondit pas. J'essayai ensuite Azazel. Rien.

Samaël attrapa son téléphone après ma seconde tentative d'appeler Azazel.

— J'appelle le pilote.

Deux minutes plus tard, il posa le téléphone sur la table et secoua la tête, le visage ridé par les soucis.

— Il ne les a pas vues, et elles ne sont pas allées à l'hôtel non plus.

Quelque chose n'allait pas. Les archdémons avaient dû partir à sa poursuite. Mon instinct me le disait. Mais pourquoi maintenant ? Pourquoi ne l'ont-ils pas fait quand elle était aller voir Jophiel ou Brandy ?

Belial.

Évidemment.

Je me tournai vers Samaël.

— Enfer et damnation. Ils veulent Belial. Et Hannah les a conduits tout droit à lui.

— Je m'occupe du transport pour la Nouvelle-Orléans tout de suite, déclara Samaël.

— Attendez. Pourquoi est-ce qu'ils veulent Belial ? demanda Einial en fronçant les sourcils.

J'attrapai ma veste de costume, déjà en chemin.

— Parce qu'il est le seul à pouvoir libérer Pestilence.

20

HANNAH

Ma tête se cogna contre quelque chose, et une douleur sourde se répandit dans mon crâne. Je tentai d'ouvrir les yeux, mais j'avais du mal à les bouger ; on aurait presque dit que mes paupières étaient collées ou épinglées. Ma gorge me faisait mal, je déglutis pour qu'elle soit moins sèche, mais l'action me fit un peu grogner. Je bougeais sans discontinuer, mes joues s'écorchant sur une surface poussiéreuse et sableuse tandis que mon corps se balançait. Je gémis doucement.

— Mère ?

Au son de la voix de Belial, je réessayai d'ouvrir les yeux, arrivant finalement à percevoir à travers la fente étroite de mes paupières la pièce basse aux murs de métal. Sauf que, non. Ce n'était pas normal. Toute la pièce bougeait, et le vrombissement bas d'une machine vibra dans tout mon corps.

— Chaud, murmurai-je.

Mince, il faisait si sec et chaud ici. Comme si quelqu'un m'avait laissée cuire au four. Ce n'était pas la météo de la Nouvelle-Orléans. Étions-nous de retour dans le Nevada ?

— Mmm, confirma Belial en grondant.

La mémoire me revint. Le bar. Les gargouilles. Belphégor.

— Zel ?

Je ne parvenais qu'à prononcer un mot, et j'avais la voix rauque. Je tentai de regarder autour de moi, mais mes globes oculaires étaient douloureux.

— Pas ici.

Merci. L'avait-il emmenée autre part ? Et si elle était morte ?

Je grimaçai face à la peur et les douleurs que je ressentis en essayant de m'asseoir. Je ne pouvais rien faire pour Azazel en cet instant. Je devais me concentrer sur moi et mon fils. Ce dont j'avais vraiment besoin, c'était de boire quelque chose pour humidifier ma gorge. Mes cheveux collaient à mon front et des mèches au bas de ma nuque étaient imbibées de sueur. Le sol sous moi s'agita à nouveau, et je râlai quand ma tête heurta le mur de métal.

— Nous sommes dans le désert, déclara Belial. Dans un genre de camion.

— Nevada ? demandai-je.

— Je ne crois pas.

J'avais les bras lourds, et je regardai la raison de leur étrange poids. J'avais les mains ligotées par des menottes en argent, qui avaient l'air anciennes, sauf que je n'étais attachée à rien et qu'aucune corde ne les reliait. Les deux menottes étaient immaculées sauf à un endroit où on pouvait ajouter une chaîne, mais aucune façon de les ouvrir.

— Tu aimes nos nouveaux accessoires ? questionna Belial, le ton empreint d'irritation.

— Qu'est-ce que c'est ?

Elles n'avaient pas l'air si mal. Je tentai de secouer un poignet.

Belial roula sa tête contre la tôle ondulée du camion en mouvement.

— Elles annulent nos pouvoirs.

Je m'arrêtai.

— Pas de pouvoirs ?

Il secoua la tête.

— Et on ne peut pas les enlever. J'ai essayé.

— Merde.

C'était clairement le bon mot pour cette situation, et ma gorge me faisait encore mal. Mais au moins, dans cette position assise, un peu de brise soufflait vers moi. Elle était chaude, mais c'était mieux d'avoir de l'air que d'étouffer de chaleur. J'essayai d'utiliser mes ailes ou n'importe quel pouvoir angélique, mais c'était comme si j'étais à nouveau humaine. Il n'y avait rien.

J'étudiai mon fils alors qu'il s'adossait contre le mur de métal. La sueur plissait son front et ses cheveux foncés pendouillaient. Une déchirure irrégulière trouait son tee-shirt gris. Ses yeux étaient épuisés mais méfiants et alertes. S'il avait été blessé, il avait déjà guéri.

C'était ma faute s'il se retrouvait là. Ça faisait des années qu'il vivait une vie paisible en gérant son bar, et j'avais tout gâché.

— Je suis désolée de t'avoir impliqué dans ça.

Il me fit un sourire en coin.

— Je ne t'en veux pas. Même si ce genre de merde est exactement la raison pour laquelle je me suis tenu à l'écart du monde surnaturel ces derniers siècles.

Je hochai la tête. Je n'avais pas d'autres mots pour exprimer mon regret.

Nous restâmes silencieux un moment, la vitesse du camion semblait régulière, la route plus ou moins lisse et la température constante. Comme rien ne changeait, je décidai qu'il valait mieux en profiter pour continuer à renouer avec mon fils. Nous pourrions ne plus avoir beaucoup de temps, après tout.

— Raconte-moi ce qui s'est passé avec ton père.

Je m'étais fait une idée générale mais mes souvenirs n'étaient pas encore très clairs. Je devais savoir ce qui se dressait entre nous avant de pouvoir recoller les morceaux.

Belial haussa les sourcils, comme surpris par mes mots.

— Il n'y a pas grand-chose à dire.

Je haussai un peu les épaules.

— Dans ce cas, ça ne te prendra pas longtemps de me mettre à jour. Ce n'est pas comme si nous avions autre chose à faire que tuer le temps.

Il inclina la tête et regarda dans le vide, le visage dur. Je pensais qu'il allait ignorer ma demande quand il dit enfin :

— Après ta mort en tant que Perséphone, Damien a décidé de rester au royaume des fées.

Damien. Mon second fils. Mi-fée. Mi-Déchu. Une fois sortie de ce pétrin, j'irais le voir.

— Pourquoi ?

Belial écarta les mains.

— Comment dire ? Nous en voulions à père pour ta mort. Pour *toutes* tes morts. Pour la malédiction. Mais quand tu es morte cette fois-ci, ça nous a vraiment fait mal. Tu as vécu longtemps dans le corps de Perséphone, et on...

Sa voix faiblit et il détourna les yeux.

— On était une vraie famille.

Mon poitrine se tendit à ces paroles.

— Je suis désolée. Ça a été si difficile pour vous les garçons.

Il me jeta un regard exaspéré.

— Je suis âgé de milliers d'années. Je ne suis plus un enfant.

Je devais l'admettre, c'était étrange d'appeler cet homme mon fils, alors qu'il avait des siècles de plus que mon corps actuel. Mais en même temps, je possédais des souvenirs qui remontaient à sa naissance. Je me souvenais vaguement de l'avoir tenu dans mes bras quand il était bébé. Mince, c'était déjà un rebelle alors. Il ne voulait pas dormir. Il refusait de faire ce qu'on lui demandait. Il était trop intelligent et têtu pour son bien. Je fermai les yeux au souvenir d'un bambin aux yeux bruns et aux cheveux foncés qui me jetait des regards de défis qui me faisaient sourire.

Je retournai ce sourire à Belial.

— Demande à n'importe quelle mère. Vous serez toujours des garçons à mes yeux. *Mes* garçons.

Il secoua la tête, la bouche pincée, mais il savait qu'il valait mieux qu'il se taise.

Je lui fis signe de continuer.

— Qu'est-ce qui s'est passé après le départ de Damien pour le royaume des fées ?

— Tu veux la version courte ? demanda Belial avec un sombre sourire. J'ai laissé mon ego s'enflammer et j'ai cru que je pouvais renverser père, déclara-t-il avant de rire sèchement. J'ai monté une rébellion pour prendre le trône de l'Enfer. Comme j'étais le plus vieux des Nephilim, ils me soutenaient, tout comme quelques Déchus et démons. Mais j'ai échoué, et j'ai été banni de l'Enfer. Je fais profil bas sur Terre depuis.

J'acquiesçai lentement de la tête en écoutant.

— Les Néphilim ?

— Les gens comme moi. Mi-humain. Mi-ange ou Déchu.

— C'est vrai. Où étais-je tout ce temps ?

Je luttais contre les souvenirs de cette époque, ils étaient si vagues.

— Tu n'étais pas encore revenue à la vie.

Ça expliquait pourquoi je ne me souvenais pas de cette bataille. Je me rappelais vaguement une dispute avec Lucifer en Enfer à propos de l'exil de Belial, mais elle avait eu lieu des années après les faits. J'avais supplié Lucifer de pardonner à Belial, mais il avait refusé. Il avait dit que bien trop de vies avaient été gaspillées pendant la révolte, et qu'il avait dû faire un exemple. Il n'avait pu laisser notre fils essayer de le vaincre et prendre le trône de l'Enfer sans le punir. D'un autre côté, si ça n'avait pas été notre fils, la personne aurait été punie de mort. Lucifer avait montré sa clémence en le forçant à l'exil. J'avais déclaré que Belial avait été assez puni, mais Lucifer ne changerait pas d'avis tant que Belial ne présentait pas ses excuses en bonnes et dues formes ou ne donnait pas de compensations ce que, naturellement, Belial refusa de faire. Et me voilà maintenant, des siècles plus tard, à encore essayer d'améliorer les choses.

Quels hommes stupides et têtus. Je les adorais mais parfois, ils étaient inutiles sans une femme qui s'assurait que les choses soient faites.

Il y avait autre chose également. Quelque chose que j'avais dit dans cette dispute avec Lucifer concernant la perte de quelque chose... Non. De quelqu'un.

— Tu as perdu quelqu'un que tu aimais pendant le renversement, non ? demandai-je.

— Oui, grogna-t-il en détournant la tête. Tatra. L'une des nombreuses victimes de mon père. Je ne lui ai jamais pardonné pour ça.

— Je suis désolée.

J'avais de la peine pour lui, vraiment. Je savais à quel point c'était dur de perdre la personne qu'on aimait. Mais je comprenais aussi la position de Lucifer. Comme maintenant, Lucifer avait été forcé de protéger son trône. J'avais été malheureuse de perdre Belial, mais j'avais soutenu son châtiment car notre fils devait rendre compte de ses actions.

Je lâchai un léger soupir.

— C'était il y a très longtemps. Tu ne crois pas qu'il est temps de faire avancer les choses entre toi et ton père ?

— Non, répondit-il catégoriquement, et son ton n'invitait à aucune négociation.

Je pinçai les lèvres pour m'empêcher d'argumenter davantage. Je sentais que si je voulais réconcilier la famille, je devais m'y prendre avec précaution pour éviter de faire complètement fuir Belial. D'autre part, nous avions d'abord besoin de nous sortir de cette situation. J'étais sûre que Lucifer était déjà parti à notre recherche, mais je n'allais pas rester là à ne rien faire et attendre que les secours arrivent. S'il y avait un moyen de nous échapper, nous le ferions.

Le camion tourna et rebondit quelques fois avant que le sifflement aigu des freins ne se fasse entendre dans le conteneur où nous nous trouvions. Belial se positionna devant moi pour faire face à la porte, son jean éraflant le sol en se déplaçant. Je ne pouvais voir son visage, mais je m'agrippai à son bras sans serrer alors que nous restions assis en silence, l'attente grandissante.

Après de longues minutes, nous entendîmes le grincement d'un verrou qu'on ouvrait et la porte s'ouvrit brusquement. Je vis rapidement un ciel noir étoilé avant que deux énormes gargouilles à la peau de pierre bondissent dans le conteneur et attrapent Belial. Mon fils cria et se débattit pendant qu'on l'arrachait à moi. Ils le traînèrent dehors et le jetèrent sans ménagement au sol. Puis, ils m'attrapèrent et me firent la même chose sans que je n'aie le temps de réagir.

Nous nous trouvions au beau milieu du désert, la lune éclairant le vaste espace ouvert. Il n'y avait rien d'autre que du sable autour de nous, à l'exception de notre escorte de camions. La pâleur des lieux était étrange et un frisson me parcourut. Le soleil s'était couché et l'air se faisait rapidement plus frais maintenant que nous étions sortis du camion. En tant qu'ange, le froid me gênait plus qu'avant. Si j'avais eu mes pouvoirs, j'aurais pu utiliser la lumière pour me réchauffer, mais les menottes m'en empêchaient. Au moins, Belial irait bien, vu qu'il était à moitié Déchu, il sentirait à peine le froid, comme les autres démons présents ici.

Je parcourus rapidement la zone du regard. Il n'y avait pas moins de trente personnes autour de nous, et la plupart ressemblait à des combattants. Je remarquai Belphégor qui aboyait des ordres, et à côté d'elle, une magnifique femme aux cheveux de flamme : Némésis, l'archdémon des diablotins... et celle qui se cachait derrière la rébellion contre Lucifer. D'après Baal et Lilith en tout cas.

Puis, Gadrel, alias Adam, émergea d'un autre camion, et une peur froide parcourut mon échine, mélangée à une rage extrême. Je le regardai s'approcher sans bouger, la haine s'enroulant fermement autour de moi, telle un serpent qui se préparait à frapper. J'allais tuer ce connard pour tout ce qu'il avait fait subir à moi et à ma famille toutes ces années. Je brûlais d'envie de le détruire, mais quand je voulus me servir de mes pouvoirs, je ne ressentis rien.

Mince. Je ne pouvais rien faire avec un essaim de gargouilles armées autour de moi et mon fils, qui nous gardaient dans la saleté et nous forçaient à nous agenouiller. Adam possédait toute sa force et ses pouvoirs comme il était Déchu, et Belial et moi étions retenus par des menottes qui bloquaient la magie. De plus, je ne savais toujours pas où se trouvait Zel.

— Bonsoir, Ève, dit Adam en me surplombant. Je suis tellement ravi qu'on soit à nouveau réuni.

Dans le corps de Gadrel, il avait les cheveux couleur sable, les yeux bleus, et un visage banal qui dissimulait le monstre qu'il était.

Je lui jetai un regard glacial, même si j'étais terrifiée. Pour moi. Pour mon fils.

— Il n'y a pas de « on ». Tu m'as enlevée. Qu'est-ce que tu veux ?

Le sourire d'Adam s'élargit.

— Pour une fois, ce n'est pas toi que je veux mais ton fils. Même si je te prendrai aussi avec plaisir.

J'observai Belial, vraiment effrayée à présent. Pourquoi le voulait-il ?

Avant de pouvoir demander, certaines gargouilles m'attachèrent les jambes avec d'autres menottes similaires, et mirent des chaînes à mes genoux et mes poignets. Ils firent la même chose à Belial à côté de moi, puis attachèrent les chaînes au camion. Je tentai de me débattre en utilisant ma force angélique, mais le métal était magique et résistait à tous nos efforts. Façonné par les fées, me rappelai-je vaguement.

— Qu'est-ce que tu fais ? demandai-je sans m'attendre à une réponse, mais Adam croisa mon regard, l'air amusé.

Il fit un geste vers certains des soldats, qui montaient des tentes derrière lui.

— Je monte un camp pour la nuit. Nous avons une longue journée devant nous demain.

Je jetai un œil au camion derrière nous. J'aurais presque été plus à l'aise en dormant dans le conteneur verrouillé, loin de l'homme qui vivait pour me tuer. Si seulement j'avais l'Étoile du Matin, mais je ne l'avais pas vue depuis la bataille.

— Tu as tué Zel ?

Je gardai le ton dur et impassible, même si j'avais l'impression qu'on m'arrachait les mots de ma poitrine.

— Non, bien sûr que non, dit Adam, et le pic d'émotions dans sa voix me surprit. Azazel et moi étions amis depuis longtemps. Nous avons combattu côte à côte, nous sommes protégés... Elle a décidé de nous rejoindre dans notre combat contre Lucifer.

À cette dernière phrase, il se redressa et me sourit dans la pénombre.

— Quoi ? lâchai-je en secouant la tête. Jamais elle ne trahirait Lucifer. Ou moi.

— Vois par toi-même.

Il attrapa mon bras et me força à me lever, pour que je puisse voir au-delà du camion. De l'autre côté se tenait Zel, ses cheveux foncés attachés en arrière, ses poignards dans leur fourreau. Elle parlait à un homme aux cheveux verts et aux oreilles poin-tues : une fée, qui m'était étrangement familière, même si je n'ar-rivais pas à la nommer. Quand elle me vit la regarder, elle se rembrunit et s'éloigna.

Adam rit en me rejetant dans la saleté.

— Tu ne sais pas les profondeurs de notre loyauté et de notre camaraderie entre nous. Ou de sa haine secrète pour Lucifer. Je savais qu'il serait facile de la convaincre.

Mon cœur battit la chamade en sachant que Zel était en vie, mais je ne pouvais pas croire qu'elle se retournerait contre nous. Elle avait toujours été loyale. *Toujours.*

Belial se tourna pour scruter l'horizon.

— Est-ce qu'on est là où je pense ?

Adam sembla satisfait que Belial remarque.

— Oui, nous y serons demain. Les sbires de Lucifer y sont déjà, mais ça ne devrait pas être un problème.

Il nous laissa dans le sable et disparut dans l'une des plus grandes tentes. Belphégor le rejoignit quelques secondes plus tard.

— Où sommes-nous ? demandai-je en me tournant vers mon fils pour obtenir des réponses.

Belial rectifia sa posture et posa ses mains sur ses genoux.

— Nous sommes au beau milieu de la Palestine. Près de la Tour de Jéricho.

Il braqua ses yeux sur moi.

— C'est là qu'est scellé Pestilence.

La peur hérissa mon cœur. Lucifer avait raison. Adam et les archdémons prévoyaient de relâcher les quatre Cavaliers, même en sachant qu'ils déclencheraient l'apocalypse. Peut-être était-ce ce qu'ils voulaient.

— Pourquoi ont-ils besoin de nous ici ? Ou plutôt de toi ?

— Ils ont besoin de mon sang pour ouvrir la tombe où Pestilence est actuellement enfermé.

Mes sourcils se froncèrent tandis que je parcourais mon obscure mémoire à la recherche du passé d'Ève.

— Ton sang ? Lucifer a dit que les Cavaliers avaient été scellés par lui, l'Archange Michaël, le roi des fées Obéron et moi-même.

— Oui, toi, quand tu étais Ève.

Belial expira longuement en essayant de se mettre à l'aise sur le sol dur.

— Chaque Cavalier est caché dans un royaume différent. Pestilence est ici sur Terre, Guerre au Paradis, Famine au royaume des fées, et Mort en Enfer. Pour le libérer, les archdé-mons ont besoin de quelqu'un qui possède certains critères, pour-suivit-il en les comptant sur sa main. Premièrement, ils doivent descendre de la lignée des personnes qui ont scellé les tombes. Deuxièmement, ils doivent être nés dans le royaume où le Cava-lier a été mis sous scellé.

— Ça m'a l'air compliqué, murmurai-je.

— C'est le but, dit Belial. Tu ne veux pas que n'importe qui puisse être capable de relâcher les quatre Cavaliers.

— Très juste.

— Donc, pour libérer Pestilence, ils ont besoin d'un humain né sur Terre, du même sang qu'un des quatre originels.

Belial écarta grand les bras.

— Comme tu n'es plus Ève, il ne reste que moi.

Je fis défiler mes souvenirs, oui, Damien était né dans le royaume des fées, et Kassiel en Enfer, mais j'avais eu Belial sur Terre. Je ne savais pas trop combien d'enfants Michaël et Obéron avaient, mais ils étaient sûrement nés au Paradis ou au royaume des fées, pas ici.

Et j'avais conduit Adam et les archdémons tout droit vers mon fils.

La fureur et la peur s'emparèrent de ma gorge, mes mains se secouèrent à la vue de la tente où Adam et Belphégor avaient disparu. Je devais les arrêter, les empêcher de libérer Pestilence et d'utiliser le sang de Belial pour le faire.

Adam m'avait blessée bien trop de fois. Il était hors de question que je le laisse blesser mon fils.

21

HANNAH

Après une nuit inconfortable où Adam se contenta de jeter une couverture sur moi, et seulement dans le but que je ne meure pas prématurément de froid, je m'étais réveillée les muscles raides et commençais déjà à surchauffer sous l'ensoleillement continu du désert. Nos ravisseurs nous donnèrent des barres de céréales et de l'eau, nous laissèrent aller aux toilettes, puis nous remirent dans le camion sans cérémonie. Belial tenta de se débattre, mais Belphégor utilisa ses pouvoirs d'endormissement pour l'assommer. Quant à moi, je décidai de conserver mon énergie. La détermination brûlait mes entrailles quand ils verrouillèrent la porte et nous enfermèrent à l'intérieur.

Le mouvement incessant du camion et le vrombissement bas du véhicule, combinés à la chaleur, me bercèrent presque. Je passai la matinée épuisée et somnolente, recroquevillée à côté de mon fils. Inutile de dire que ce n'étaient pas les retrouvailles auxquelles je m'étais attendu.

Nous nous éveillâmes quand ils nous jetèrent des sandwichs humides, que nous mâchâmes avec appétit. Ils avaient un goût infâme, mais nous avions besoin de prendre des forces.

— La prochaine fois qu'on s'arrête, il faut qu'on essaye de s'échapper, dis-je à Belial une fois que le camion se remit à bouger.

Son rire se fit sévère.

— Bien sûr. Sans armes ni pouvoirs. Contre des douzaines de soldats surnaturels et deux archdémons.

— Il faut qu'on fasse quelque chose, soupirai-je en m'appuyant, sans pouvoir me mettre à l'aise. On ne peut pas les laisser réveiller Pestilence.

Belial se frotta le menton, sa barbe sombre avait poussé pendant sa captivité.

— D'accord. S'ils sont distraits à un moment donné, on en profitera.

— Peut-être que Zel nous aidera, murmurai-je.

Elle ne pouvait pas nous avoir trahis. Je refusais de le croire.

— Azazel ? lâcha Belial avec un rire. Impossible. Elle ne lèverait jamais le petit doigt pour m'aider.

Des heures passèrent avant que le bruit du véhicule ne change, puis s'arrête. Je m'éloignai de Belial, immédiatement sur mes gardes. Des bruits de pas contournèrent le camion. Le métal crissa quand on ouvrit la porte arrière. J'espérais voir apparaître un brin de lumière à l'ouverture, mais je découvris qu'il faisait déjà nuit et que le grand ciel noir au-dessus de nous brillait d'étoiles.

Adam sourit quand les soldats me traînèrent dehors, mais je regardai par-dessus lui, ma poitrine se serrant à la vue d'une ruine étrange et conique, en pierre brute et effritée. Une impression de déjà-vu me vint en contemplant la Tour de Jéricho, puis je me souvins à quoi elle ressemblait autrefois : une belle structure de différentes pierres avec un immense escalier, enviée pour sa hauteur et sa modernité. Désormais, il ne restait plus que de simples ruines. Les êtres humains ne parvenaient pas à garder les belles choses.

Némésis sortit d'un des camions et s'approcha en faisant voler ses cheveux de flamme, ses lèvres rouge rubis retroussées en un sourire maléfique. En s'approchant, je remarquai ses courbes et ses vêtements moulants. Elle n'avait pas beaucoup changé après toutes ces années, le charme restait sa tenue préférée. Elle avait toujours été jalouse de moi, me rappelai-je. Elle détestait le fait que je sois devenue la reine de Lucifer et non pas elle.

Elle et Belphégor s'entretenaient silencieusement, alors que je regardais Zel, qui se tenait derrière, les mains sur les hanches, observant à distance. J'avais la nausée à l'idée qu'elle nous ait trahis, et j'espérais pouvoir lire son aura pour déceler la vérité. Maudites soient ces menottes.

Un garde gargouille me fit avancer et je fus surprise de voir tout notre groupe se mettre en marche. En nous approchant de la Tour, je vis des gens y patrouiller autour et dessus. Une ombre sombre passa au-dessus, cachant la lumière des étoiles, et je crus d'abord qu'il s'agissait d'un corbeau, avant de réaliser que c'était un Déchu aux ailes noires. Ne nous voyaient-ils pas approcher ?

Némésis se tenait au centre de notre groupe, les bras étendus, et je me rendis compte qu'elle était en train d'utiliser ses pouvoirs d'illusion pour nous cacher. Belphégor et certaines gargouilles menaient la charge, et je ne pouvais que les observer, horrifiée, s'approcher des Déchus qui gardaient la Tour.

Avec les pouvoirs de Némésis qui la dissimulait, Belphégor monta jusqu'aux gardes de Lucifer, si près qu'ils auraient pu la sentir, et fit un geste de la main pour les endormir. Elle semblait prendre plaisir de leur état d'inconscience alors qu'ils s'effondraient violemment sur le sable froid du désert. Je me mis à crier pour les avertir, mais on me mit une main sur la bouche. Je me débattis mais ne pus rien faire contre l'attaque, et les menottes à mes poignets me rappelaient constamment mon impuissance. Je me tournai vers Zel, la suppliant du regard, mais elle m'ignora et regarda devant elle, les lèvres pincées. Comment pouvait-elle se tenir là sans rien faire ?

Les soldats qui, supposai-je, étaient tous des diablotins et des gargouilles, se précipitèrent et tuèrent aisément les gardes de Lucifer dans leur sommeil. Ce n'était pas une bataille. C'était une tuerie.

Soudain, Belial s'opposa à ses ravisseurs, tournoyant et frappant, pendant que la majorité des soldats étaient occupée avec les Déchus. Je me mis à combattre les deux gargouilles qui me tenaient moi aussi, mais à peine avais-je réussi à me libérer que j'entendis le rire terrible d'Adam. Je me tournai et vis le visage de Belial face contre terre, une gargouille à la peau de pierre assise sur lui, et l'épée d'Adam à sa gorge. J'inclinai la tête en signe de défaite et laissai les gargouilles s'emparer de moi.

Adam me sourit, savourant ma souffrance, comme il le faisait toujours.

— Tu as toujours été trop indulgente.

Je m'imaginai le tuer de diverses et affreuses façons pour tout ce qu'il avait fait. Il avait tort, je n'étais en aucun cas indulgente.

— La gentillesse et l'empathie ne font pas de moi une personne indulgente. Elles me donnent l'envie de me battre pour ce qui est juste.

Adam leva les yeux au ciel et rengaina son épée, puis se retourna quand Belphégor s'approcha.

— Tout le monde est mort, Bella ?

— Oui. Philomélos a commencé l'excavation, dit-elle. Ça ne devrait plus être très long.

Attendez. Je connaissais ce nom. Je fouillai dans ma mémoire et me rappelai l'homme aux yeux verts que j'avais vu avec Zel hier soir, c'était Philomélos. Une fée de la Cour d'Automne que j'avais connue quand j'étais Perséphone. Il avait un frère jumeau, Plutus... qui s'était avéré être la réincarnation d'Adam. Les deux devaient toujours avoir un lien fort si Philomélos travaillait à présent avec Adam.

— Bien.

Adam baissa la tête et embrassa Belphégor. Le baiser se transforma rapidement en franc roulage de pelles, agrémenté de mains baladeuses et de coups de langue que quiconque extérieur à leur relation n'avait besoin de voir.

— Allons voir mon frère au travail.

Ils se tinrent la main en marchant vers la tour en ruine, et de nombreux soldats les suivirent. Belial et moi devions nous asseoir par terre à côté des camions. Je demandai de l'eau et fus complètement ignorée. Je gelais dans l'air nocturne froid, mais tout le monde s'en fichait. Tout ce que je pouvais entendre, c'était un grondement bas vers la tour.

Puis, le garde à côté de moi tomba inerte, le cou tranché. Azazel tourna, frappa et poignarda avec sa dague infusée de lumière, se débarrassant facilement des autres gardes autour de nous. Ça se passa si vite que j'eus à peine le temps de ciller.

— Zel ! haletai-je avec soulagement. Je savais que tu ne nous trahirais jamais.

Elle secoua ses cheveux foncés en rangeant sa lame.

— Bien sûr que non. Je devais le faire croire à ce salaud pour pouvoir garder un œil sur toi. Tu le crois ça, que Adam pensait que je me rallierais à lui juste parce que j'étais amie avec lui quand il était Gadrel ?

Belial se leva et la regarda avec méfiance.

— Pourtant, tu t'es contentée de rester là sans rien faire quand ils ont massacré tes alliés déchus.

Le visage de Zel se tordit de colère.

— Mon travail est de protéger Hannah. Ne crois pas que leur mort ne sera pas vengée.

— Tu peux nous enlever ça ? demandai-je en tendant les menottes.

Avec, nous ne pouvions utiliser nos ailes, ce qui rendait notre fuite bien plus difficile.

— Je n'ai pas la clé. Adam la garde en sûreté.

Zel fouilla les gardes autour de nous et trouva des clés de voiture. Elle me les jeta.

— Montez dans le camion et allez-vous-en. Je vous protégerai depuis les airs.

— Je ne t'abandonne pas !

Je courus vers le plus proche camion, tenant fermement les clés dans mes mains moites.

Les ailes noires de Zel se déployèrent derrière elle d'un bruit sec.

— Ils viendront par les airs. Quelqu'un doit les retenir.

Elle décolla avant que je puisse la contredire, et Belial attrapa mon bras et me tira jusqu'au camion. Il attrapa une épée en chemin. J'aurais dû penser à ça. Je m'installai sur le siège conducteur et essayai les clés, les mains tremblantes, tandis que Belial se hissait à côté de moi. Le véhicule démarra et j'écrasai l'accélérateur avec mon pied.

Le camion partit, envoyant de la terre dans toutes les directions alors que je me dirigeais vers la route devant nous. Belial descendit la fenêtre et regarda vers la tour, brandissant son épée volée. Je ne distinguai pas Zel, mais j'imaginai qu'elle volait au-dessus de nous, poignards en main.

Mon cœur battit dans ma poitrine en manœuvrant l'énorme volant, en sachant que c'était notre seule chance de nous échapper, et que ça s'annonçait mal. Il n'y avait rien autour de nous hormis des kilomètres de terre, de sable et d'étoiles. Cependant, nous devions essayer.

Le camion fit une embardée sur la route et je lâchai presque un soupir de soulagement, jusqu'à ce que j'aperçoive dans le rétroviseur les silhouettes aux ailes noires qui fonçaient vers nous à une vitesse fulgurante, comme dans un film d'horreur.

Belial les vit aussi, il se tint à la fenêtre et sortit pour se hisser sur le toit du camion. Ma bouche s'ouvrit en le regardant et je ressentis une pointe de fierté malgré le danger. J'avais désespérément envie de le suivre et de le protéger, mais je devais nous garder en mouvement.

Les gargouilles nous atteignirent, et j'entendis le tintement des épées au-dessus de moi, et l'appel d'air d'ailes puissantes. Une gargouille femelle aux cheveux blonds essaya de monter par la fenêtre à côté de moi, et je la frappai au visage, incapable de faire quoi que ce soit d'autre que conduire. Avec sa peau de pierre, ça ne lui fit pas grand-chose, mais alors Zel la détacha et lui trancha la gorge avec sa dague blanche.

Tout à coup, le camion fit un écart et s'arrêta, puis les pneus crissèrent en essayant d'avancer, mais c'était comme si on nous retenait. Je jetai un œil dans le rétroviseur et vis que des tentacules de ténèbres retenaient les roues, provenant des mains d'Adam. Je maintins mon pied sur l'accélérateur et criai de frustration alors que les gargouilles encerclaient le camion.

Puis, Zel s'écrasa sur le pare-brise, le brisant instantanément, et je hurlai. Elle roula et tomba au sol, et j'écrasai la pédale des freins. Où était mon fils ? Allait-il bien ?

Belphégor atterrit devant le camion avec ses ailes noires acérées telles une chauve-souris. Adam se posa à côté d'elle, en tenant Belial, qui semblait évanoui mais sain et sauf. Je ressentis un peu de soulagement dans le fait qu'ils ne tueraient pas Belial, pas encore en tout cas. Ils avaient besoin de lui.

Zel ne fut pas si chanceuse. Alors que les gargouilles ouvraient la porte et me sortaient du camion, ils me jetèrent au sol à côté d'elle. Je ne pouvais dire si elle respirait, mais elle était blessée à l'épaule et saignait abondamment.

— Bien essayé, déclara Adam en posant mon fils inconscient par terre. Mais vous ne pouvez pas vous échapper.

La dernière chose que je vis fut son affreux visage. Puis, le noir se fit.

22

HANNAH

— La tombe n'est pas là.

La voix de Némésis me sortit du sommeil et j'ouvris les yeux. J'étais de retour dans la saleté près de la tombe, entourée d'encore plus de gardes, des chaînes à nouveau attachées à mes menottes. La nuit était tombée et l'air froid piquait ma peau. Belial était assis à côté de moi, déjà réveillé et sur ses gardes, mais assez enchaîné pour qu'il puisse à peine bouger. Zel était toujours inconsciente à côté de lui. Pas morte, heureusement, mais elle saignait toujours, malgré sa guérison rapide d'immortelle.

Je m'assis un peu, remarquant Némésis, Adam, Belphégor et Philomélos qui se tenaient non loin. Mon unique réconfort était qu'ils avaient l'air furieux.

— Comment ça, elle n'est pas là ? cracha Adam avant qu'ils ne se dirigent d'un pas lourd vers la tombe.

— Bon retour parmi nous, me dit Belial à voix basse.

— Je me demande ce qu'ils veulent dire, murmurai-je. Comment ça se fait que la tombe ne soit pas là ?

Il haussa les épaules, apparemment indifférent à notre situation. Ou peut-être était-il aussi épuisé et démoralisé que moi en cet instant. Notre tentative d'évasion avait échoué, et nous n'aurions pas d'autre chance. Les choses s'annonçaient bien mal pour nous, hormis le fait qu'ils ne trouvaient pas la tombe de Pestilence. Ça pourrait nous faire gagner quelques heures. Ça devrait suffire.

J'essayai de donner de l'espoir à Belial.

— Lucifer va venir.

Il eut un sourire en coin.

— C'est censé me réjouir ?

— On s'en sortira. Je te le promets.

Je m'approchai de mon fils et, même si je savais qu'il me rejetterait, je le pris dans mes bras. J'avais prononcé ces mots en partie pour me rassurer moi-même, et je m'attendais à ce qu'il me réponde par une remarque désobligeante.

À ma surprise, Belial me laissa le prendre dans mes bras. Il était immense, tellement plus large que moi que j'avais l'impression d'enlacer un arbre. Cependant, j'inspirai profondément, gravant ce moment dans ma mémoire. Si je mourais ce soir, j'aurais au moins renoué pendant ces quelques secondes.

Adam et les autres revinrent. Ils attirèrent mon attention en aboyant des ordres à leurs soldats. On nous leva, avant de nous traîner devant le groupe, puis de nous plaquer au sol.

Némésis se pencha sur moi, si proche que je sentais son souffle chaud contre mes joues.

— Où est la tombe ?

— Je ne sais pas de quoi tu parles.

Némésis me frappa violemment, faisant siffler mes oreilles. L'impact fut si rapide et surprenant que je ne pus l'éviter.

— J'ai *dit*, où est la tombe ?

Belial se débattit contre les hommes qui le tenaient et cria :

— Ne la touchez pas !

Adam fit reculer Némésis.

— Ne blesse pas ma prise. Je suis le seul à pouvoir le faire.

Sa *prise* ? S'il se rapprochait davantage, je vomirais sur ses chaussures.

Malgré la douleur aiguë du coup, je ris.

— Je n'en ai aucune idée. Ma mémoire est en vrac.

— Peut-être que le fils sait quelque chose, dit Belphégor en s'avançant vers Belial, un couteau dans la main.

— Si vous pensez ça, vous êtes encore plus idiots que ce que je pensais, dit mon fils avec un rire amer. Lucifer m'a banni de l'Enfer il y a des siècles. Je ne sais rien.

— Non, il ne sait pas, confirma Adam. Mais Ève si. Je peux la faire parler.

Adam regarda Belial un moment, puis frappa mon fils dans le ventre. Je sentis sa souffrance au plus profond de moi, et je serrai la poitrine lorsqu'il se plia en deux. Puis, Adam se tourna vers moi, une malveillance authentique dans les yeux.

— Je ne le tuerai pas. Tu le sais. Mais je lui ferai tellement mal qu'il me suppliera de mettre un terme à ses souffrances. À moins que tu me dises où se trouve la tombe.

Je tirai sur mes chaînes, mourant d'envie de rejoindre mon fils.

— Je ne sais vraiment pas ! Je ne mens pas. Je ne me souviens de rien, je le jure.

— Alors tu ferais mieux de te rappeler rapidement.

Adam saisit le couteau de Belphégor et fit une incision sur les avant-bras de Belial. Deux rapides entailles qui le firent saigner, même si son visage ne montrait rien.

— Non ! criai-je alors que le sang s'étalait sur les tatouages de mon fils.

— Ne leur dis rien, mère, dit Belial en serrant les dents.

Adam entailla ensuite les cuisses de Belial, à travers son jean déchiré et sale, et de chaudes larmes coulèrent de mes yeux. Je leur hurlai d'arrêter, me débattant jusqu'à ce que mes bras et mes jambes me fassent mal. Adam s'arrêta et me regarda.

— Stop, m'écriai-je. Je vais essayer de me souvenir ! Laissez-moi juste réfléchir.

Je passai ma mémoire au crible, les images allant et venant dans ma tête pendant que j'en sélectionnais et en mettais de côté. Je me rappelais vaguement être venue à la tour quand j'étais Ève et avoir fait couler mon sang sur la tombe, mais ça n'expliquait pas ce qui s'était passé après ça.

— Ça prend trop longtemps, dit Némésis. Fais-lui encore mal.

Adam incisa alors le dos de Belial, découpant son t-shirt déjà en lambeaux. Là où ses ailes se trouveraient, s'il pouvait les sortir.

— Attendez, stop ! J'essaie !

Je fermai les yeux en fouillant avec frénésie, essayant de trier les souvenirs qui étaient liés à la tombe.

Belial cria, son hurlement rauque résonna sur les ruines, et j'ouvris les yeux pour voir le sang couler dans son dos.

— Attendez ! beuglai-je. J'ai quelque chose. Arrêtez de lui faire du mal. Lucifer...

Ma tête se mit à être douloureuse à force d'essayer de faire obtempérer tous mes souvenirs.

— Lucifer *quoi* ? m'interrogea Belphégor.

Les images clignotaient derrière mes yeux presque comme si je regardais un vieux film effacé auquel il manquait des scènes.

— Il l'a déplacée. Après la révolte de Belial. Il a dit qu'il prenait des précautions.

Je m'affalai, soulagée et heureuse d'avoir été capable de me rappeler quelque chose pour qu'ils arrêtent de torturer Belial.

Cependant, Némésis se précipita et ses ongles manucurés s'allongèrent jusqu'à devenir des griffes. Elle lacéra le torse de Belial, qui cria de douleur.

— Où ? ordonna-t-elle, le ton calme, comme si le sang de mon fils ne coulait pas sur le sable du désert.

— Je ne sais pas ! criai-je.

Je fermai encore les yeux alors que j'essayais de camoufler la rapidité de mon pouls, la frénésie de mes pensées et de paraître aussi calme qu'elle. Je ne pouvais pas m'effondrer devant eux. Pas si je voulais protéger Belial. Et j'avais besoin de taire mes nombreux autres sens pour pouvoir me concentrer.

J'agrippai ma tête en essayant de me remémorer.

— J'étais humaine, murmurai-je. Sur un bateau. Avec Lucifer.

Je réfléchis et me concentrai autant que possible, prête à faire n'importe quoi pour qu'ils ne blessent pas Belial. C'était un vieux bateau, avec de grands mâts et des voiles, le bois craquant alors qu'il voguait sur des mers agitées. Lucifer portait une chemise blanche bouffante et un pantalon fourré dans de grandes bottes noires. Il se tournait et pointait du doigt un endroit au-delà des vagues.

Belial hurla à nouveau, la douleur de plus en plus insupportable. Je ne pouvais ouvrir les yeux. Je devais continuer. Je triai les souvenirs flous. Le bateau se mettait à quai, et l'énorme tombe était soulevée par des cordes pour être déposée dans un chariot. Nous avancions sous la pluie drue et en pleine nuit vers un cercle de pierres dans l'herbe.

J'ouvris les yeux.

— Stonehenge ! Elle est à Stonehenge !

Adam sourit et s'approcha pour toucher mon visage, presque avec tendresse, mais je m'éloignai brusquement.

— Je savais que tu t'en souviendrais.

— Préparez-vous à partir tout de suite, dit Némésis au garde le plus proche.

Oh merde, qu'avais-je fait ? Je les avais conduits tout droit à la localisation de Pestilence.

Je me tournai vers Belial, qui m'observait d'une manière indéchiffrable, sûrement déçu que je révèle la position. Je me mis à ramper vers lui, horrifiée par la vue du sang et ne souhaitant rien d'autre que le serrer dans mes bras.

— Je suis désolée, lui dis-je. Je devais le faire.

Mais alors, Adam se tourna vers Belial et lui tendit la main. Je m'arrêtai, la bouche ouverte, et regardai Belial prendre sa main et se lever. Adam retira les menottes à ses poignets, et mon fils lâcha un soupir de soulagement en les frottant. Ensuite, une gargouille tendit à Belial une petite serviette pour nettoyer le sang. Ses coupures se soignaient déjà maintenant qu'il n'avait plus les menottes, et je me rendis compte qu'elles n'étaient pas très profondes.

— Merci, mère, dit Belial en se nettoyant rapidement, puis en jetant la serviette ensanglantée à un des hommes non loin.

— Qu...

Mon regard passa de Belial aux autres, qui avaient commencé à remballer et à remplir les camions. Belial se déplaçait désormais librement entre eux, comme s'il faisait partie des leurs.

— Préparez le jet, ordonna Belial. Nous partons pour l'Angleterre.

— Belial, qu'est-ce qui se passe ?

Je ne pouvais pas croire ce que je voyais ; mon fils me trahissait.

— Belial !

Ses yeux se posèrent à nouveau sur moi, et ils étaient durs. Il me regarda comme si j'étais une étrangère. Non, une ennemie.

— Assommez-la.

— Non ! m'égosillai-je alors qu'il s'éloignait.

Mon cœur palpitait encore plus fort que lorsque Lucifer m'avait tuée.

Belphégor se mit devant moi et l'obscurité m'envahit.

23

LUCIFER

J'entrai dans le bar de Belial pour la première fois. J'y étais allé de nombreuses fois, mais j'avais toujours épié de loin, en me disant qu'il était temps d'entrer et de parler à mon fils. À présent, je craignais qu'il soit trop tard.

Le lieu était sens dessus dessous. Des fenêtres brisées. Des chaises en miettes. Le mur de glaces derrière le bar avait été brisé, avec des bouteilles cassées éparpillées qui répandaient une odeur d'alcool dans la pièce. Je pris un des menus tombés par terre et contemplai le logo Outcast Bar. Deux minuscules points de sang entachaient les ailes noires estampillées dessus. Était-ce le sang d'Hannah ? Celui de Belial ? Celui d'un des attaquants ?

Je lâchai le menu et parcourus la salle sombre du regard, seulement éclairée par la magie de mes amis anges. À l'évidence, un combat avait eu lieu, mais les vainqueurs avaient bien nettoyé toutes traces de preuves. Si certains avaient été tués, leurs dépouilles avaient déjà été déplacées. Seules restaient ces minuscules taches de sang.

La bonne nouvelle, c'était que j'avais quelqu'un avec moi qui pouvait m'aider. Quand nous étions partis de Las Vegas, j'avais emmené Samaël, ainsi que Kassiel, Olivia et d'autres hommes. La plupart se trouvait dehors et fouillait la zone à la recherche d'indices, mais ce fut vers Bastien que je me tournai. Comme il était le fils d'un Archange, il possédait un pouvoir supplémentaire dont j'avais besoin : le pouvoir de lire le passé à travers les objets.

Bastien s'avança vers le bar, posa les mains sur le bois lisse, puis ferma les yeux. Quand il les ouvrit, il se tourna vers moi.

— Des gargouilles.

— J'en étais sûr, marmonna Samaël.

— Qu'est-il arrivé à Hannah ? demandai-je.

— Belphégor l'a fait dormir et on l'a enlevée, répondit Bastien. Azazel aussi.

Je jurai dans ma barbe. Ce n'était pas la première fois que Belphégor et ses gens attaquaient Hannah. La prochaine fois que j'irais voir l'archdémon, je la découperais, membre après membre.

— Et Belial ?

Les sourcils sombres de Bastien se froncèrent.

— Il semblait au début avoir été assommé par Belphégor, mais une fois qu'Hannah était endormie, il s'est levé et s'est épousseté. Il est sorti du bar avec Belphégor.

— Non.

Le mot sortit de ma bouche quand la nouvelle me frappa d'un coup de poing dans le ventre. Belial travaillait avec les archdémons. Bien sûr. Il avait déjà essayé de me renverser autrefois, et ça n'avait pas marché. À présent, il planifiait de le refaire. J'aurais dû savoir qu'il réessaierait. J'avais été idiot de penser que nous étions peut-être prêts à oublier les vieilles doléances et d'espérer qu'Hannah soit capable de réparer ce qui avait été brisé.

— On sait où ils sont allés ? demanda Samaël. Adam était avec eux ?

— Non, dit Bastien. Aux deux questions.

Je trouvai une bouteille de bourbon à moitié vide et l'attrapai.

Je la vidai d'un trait puis la jetai avec grand bruit contre le mur. En se brisant, le son des éclats de verre résonna dans le bar. Les feux de l'enfer palpitaient dans mes doigts alors que je contemplais la pièce. J'avais envie de brûler cet endroit. Que Belial ressente un peu la trahison que je ressentais.

Samaël posa une main sur mon épaule.

— On va les trouver. On peut au moins se rassurer sur le fait que Belial ne fera pas de mal à Hannah.

Pas physiquement, non. Mais émotionnellement ? Belial pouvait la blesser bien plus que quiconque auparavant. Je le savais, car c'était ce qu'il m'avait fait. Je ferais n'importe quoi pour épargner à Hannah cette douleur, surtout après les souffrances qu'elle avait déjà endurées.

Nous entendîmes dehors un cri et un grognement, puis je vis la silhouette musclée de Callan rejeter un grand loup à travers la fenêtre déjà brisée du bar. Le loup heurta le mur et tomba au sol, et tout le monde autour de moi dégaina les armes et chargea dans la nuit.

Des métamorphes. J'aurais dû savoir qu'ils étaient eux aussi impliqués. Malheureusement pour eux, ils avaient mal choisi leur moment pour m'attaquer.

Je me transformai en pénombre et passai les portes ouvertes, puis repris forme normale dehors au milieu de la bataille. Des ours géants et de gros loups se battaient dans les ruelles sombres contre mes alliés anges. Kassiel et Olivia s'en prenaient à un groupe de faucons immenses dans le ciel au-dessus de nous. Je libérai les feux de l'enfer qui bouillonnaient sous ma peau depuis que j'avais appris la trahison de Belial. L'air se remplit d'une odeur de fourrure brûlée, des grognements gutturaux et des gémissements des métamorphes mourants.

Ensuite, un loup noir de la taille d'un bus fonça sur moi et me plaqua au sol. Des yeux qui luisaient tels de la lave en fusion me regardaient alors que deux énormes pattes me tenaient et plantaient leurs griffes brûlantes qui déchiraient mon costume. Les lèvres noires du loup se retroussèrent en un rictus bien trop humain. Celui-ci grogna :

— Rends-toi, Lucifer.

— Fenrir, dis-je avec un rire glacial. Je suis tellement honoré que tu aies décidé de quitter ta petite cabane en plein cœur du Montana pour venir me voir, même si tes manières seraient à revoir. Mais ça a toujours été le cas.

En guise de réponse, l'archdémon des métamorphes chercha à me mordre avec ses crocs géants, mais je lui envoyai mes feux de l'enfer et il dut bondir pour les éviter. Il atterrit sur le bar de Belial, si énorme qu'il prenait presque tout le toit. En rugissant, il envoya du magma brûlant vers moi. J'utilisai les ténèbres pour l'étouffer et il se jeta à nouveau dans les airs. Il était si gros et si rapide que je réussis à peine à éviter ses griffes immenses. Je m'élevai haut dans le ciel, les ailes déployées, et me tournai pour lui faire face. Il m'écrasa de son énorme patte noire mais je le contournai et lui jetai d'autres feux de l'enfer. Il le fit exploser avec du magma, et nous continuâmes le combat sur le toit du bar de Belial et d'autres bâtiments à proximité, dans l'attente que l'un de nous fasse une erreur.

Soudain, Fenrir leva la tête et poussa un hurlement qui fit trembler toutes les fenêtres des bâtiments de la rue et déclencha les alarmes de voitures. À cet ordre, les métamorphes se replièrent rapidement sur leurs pattes et leurs ailes, emportant les morts et les blessés avec eux.

— Tu pars déjà ? l'apostrophai-je.

Fenrir sauta sur le toit d'un autre bâtiment et lança d'une voix rageuse○ :

— On se reverra, quand Pestilence foulera la Terre.

Il s'élança loin de moi et je pensai à le prendre en chasse, mais je le laissai s'échapper. Nous réglerions nos comptes plus tard, j'en étais certain. Pour l'instant, je devais réfléchir à comment retrouver Hannah.

Même si nous étions au milieu de la nuit, certains humains pouvaient avoir été témoins de la bataille, parce que j'entendis des cris et le son de sirènes. Enfer et damnation. Les archdémons se fichaient clairement de dévoiler notre existence aux humains. Ils pensaient sans aucun doute régner sur eux comme des rois dès que je serais hors circuit. Les imbéciles. Ils ignoraient que les humains étaient plus nombreux que nous, et que s'ils s'alliaient tous contre nous, ça finirait mal. Pour tout le monde.

J'atterris dans la rue, là où les autres s'étaient regroupés et fis la grimace. Les griffes de Fenrir m'avaient fait deux longues entailles sur le torse et à présent, elles me brûlaient comme du magma. D'autres étaient également blessés, mais l'attaque n'avait pas été sévère, sinon Fenrir n'aurait pas abandonné si rapidement.

Au moins, il avait confirmé une chose : ils cherchaient Pestilence.

— À quoi ça servait ? demanda Olivia en regardant dans la direction où les métamorphes s'étaient enfuis.

— C'était une distraction, dit Samaël en s'avançant. Je viens d'avoir Einial. Les métamorphes ont détruit notre jet privé.

— Ils veulent nous ralentir.

Belial et les autres devaient être en route vers la tombe de Pestilence en ce moment même. Il avait dû enlever Hannah parce qu'il me soupçonnait d'avoir déplacé la tombe, et c'était elle la clé. Hannah et moi étions les seules personnes au monde encore vivantes qui savaient où elle se trouvait. Je n'avais employé que des humains pour le transport pour être très prudent. Pas même Azazel ou Samaël ne connaissaient le nouvel emplacement. Comme Belial tenait bien trop de moi, il avait dû avoir des soupçons. Je l'avais trop bien entraîné, quand il était l'héritier du trône de l'Enfer.

— Je peux nous trouver d'autres moyens de déplacement, mais ça prendra quelques temps, dit Samaël. L'Hôtel Immortelle n'est pas loin. On peut aller là-bas pour se nettoyer pendant que je m'occupe de tout ça.

Je hochai la tête en déchirant ma chemise fichue, encore plus en colère que Fenrir ait détruit mon costume Armani. Mon entreprise, Abaddon Inc, possédait l'Hôtel Immortelle. Je détestais ce nouveau contretemps, mais nous n'avions pas vraiment d'autres choix que d'y aller et de préparer notre nouveau plan d'attaque.

Marcus examina les estafilades profondes sur mon torse.

— Vous devriez me laisser guérir ça.

— Pas le temps, dit Kassiel alors que les sirènes se rapprochaient. Il faut qu'on s'en aille d'ici tout de suite.

Tout le monde dans la rue me regarda et attendit mes ordres. Je devais prendre une décision, me rendre en Palestine à l'ancienne localisation de la tombe et espérer les rattraper, ou aller en Angleterre et essayer de les arrêter quand ils arriveraient à Stonehenge. S'ils arrivaient à Stonehenge.

Je nous entourai de ténèbres pour mieux dissimuler notre groupe.

— Allez à l'hôtel et préparez-vous pour un long vol. Nous partons pour Londres.

24

HANNAH

Un bourdonnement bas et la sensation d'être en mouvement sans même bouger me réveillèrent, en plus de l'odeur de l'air recyclé. Je gardai les yeux fermés plutôt qu'alerter tout le monde que je m'étais réveillée. Je tentai de savoir où je me trouvais. Je me trouvais dans un avion, et quand je bougeai les bras, ils tintèrent légèrement comme ils l'avaient fait la nuit dans le désert, ce qui voulait dire que les petites chaînes en argent étaient de retour.

Je n'entendis rien d'autre, donc j'ouvris doucement les yeux et regardai autour de moi. Je me trouvais dans la soute de l'avion, calée entre des caisses. J'étirai mon cou pour essayer de dénouer un nœud que je m'étais fait à force de dormir dans une position si étrange. Par la même occasion, j'observai autour de moi. Deux hommes armés se tenaient devant une porte non loin qui menait sans doute à une autre partie de l'avion, mais sinon j'étais seule.

Belial passa la porte, un plateau de nourriture dans les mains. Il le posa sur l'une des caisses à côté de moi, puis se hissa sur le bord d'une autre.

— Bonjour, mère. Je suis contente que tu sois réveillée.

Je le fixai en essayant de savoir ce qu'il fallait dire. La douleur de sa trahison ne ressemblait à rien de ce que j'avais ressenti auparavant. Elle était pire que celle de Jophiel qui m'avait volé mes souvenirs et mes pouvoirs. Pire que lorsque Lucifer m'avait ôté la vie. Au moins, ils avaient agi avec les meilleures intentions du monde. Je ne pouvais dire la même chose de Belial.

— Où est Azazel ? réussis-je à demander. Est-ce qu'elle va bien ?

— Elle va bien.

Je l'observai attentivement en posant la question que j'avais peur de poser :

— Tu travailles vraiment avec les autres archdémons ? Pour renverser Lucifer ?

— Travailler avec eux ? Non.

Un sourire sombre s'étira sur son visage, et pendant une seconde, il ressembla beaucoup trop à son père.

— Ce sont eux qui travaillent *pour* moi.

La colère se mêlait à la déception et la culpabilité, et ces émotions obstruèrent ma gorge et m'empêchèrent de parler. Comment mon fils pouvait-il me faire ça ? Était-ce ma faute ?

Non. Belial prenait ses propres décisions, et il l'avait toujours fait. J'avais peut-être échoué en tant que mère, mais je n'étais pas entièrement responsable que mon fils ait égaré sa conscience quelque part au cours de sa longue vie.

Il fit un geste vers la nourriture qu'il avait posée devant moi.

— Mange.

— Et te laisser m'empoisonner ?

Je repoussai le plateau comme pour illustrer mes propos, mais putain, que ça sentait bon. J'étais vraiment affamée. Combien de temps étais-je restée évanouie ?

Il me regarda en fronçant les sourcils, comme si nous avions échangé les rôles et qu'il était le parent déçu de son enfant capricieux.

— Bien sûr que non. Personne ne te blessera jamais.

Je haussai les sourcils en me remémorant la période où je me croyais humaine. Je pouvais encore ressentir la peur de ces moments, et c'était pire maintenant que je savais qu'il était derrière tous ces évènements.

— Ah oui ? Et les diablotins qui m'ont poussée du toit alors ?

Son visage s'assombrit, ses sourcils bas sur son regard noir féroce.

— Ils n'étaient pas censés faire ça, et celui qui l'a fait à été puni.

Ses paroles confirmèrent qu'il était vraiment responsable de tout depuis le début.

— Et les gargouilles qui ont essayé de me tuer dans la bibliothèque de Lucifer ? Ou les dragons qui m'ont attaquée au Grand Canyon ?

Il fit un geste dédaigneux de la main.

— Ils essayaient à peine de t'enlever, rien de plus.

Mon regard se rétrécit.

— Et Adam ? Tu collabores avec l'homme qui n'a cessé de me tuer encore et encore. Comment as-tu pu faire ça ? Ou est-ce un détail que tu as facilement oublié ?

— Parfois, il faut s'allier avec nos ennemis pour le plus grand bien, soupira-t-il en s'appuyant contre la caisse. Crois-moi, Adam ne m'inspire rien qui vaille, mais il est venu me voir en tant que Gadrel il y a des années en me proposant de renverser Lucifer. J'ai accepté à une condition : qu'il ne te fasse pas de mal.

Je secouai la tête, toujours incrédule, ou peut-être simplement dans le déni de l'affreuse vérité concernant mon fils. Je pensais qu'on avait renoué contact. Je pensais qu'on pouvait sauver notre relation. Ce n'était qu'une mise en scène.

— Tu m'as piégée, dis-je, la gorge nouée.

Je ne pleurerais pas. Pas devant lui.

— Tu as fait semblant de te faire enlever. Tu as simulé notre tentative de fuite. Tu les as laissés te torturer. Tout ça pour que je te fasse confiance.

— Je suis désolée, mère. C'était le seul moyen. J'avais toujours soupçonné que Lucifer avait déplacé la tombe de Pestilence pour la préserver de moi.

— Justement pour cette raison, marmonnai-je.

— Correct. Il me connaît bien.

Le ton de Belial suggérait que je ne le connaissais pas, et j'étais d'accord avec lui sur ce point. Je ne connaissais pas du tout mon fils.

— Mes sources m'ont dit que seuls toi et Lucifer étaient impliqués dans le déplacement, ce qui signifiait que j'avais besoin de ton aide pour la trouver.

Je repensai à tout ce qui s'était passé ces derniers jours.

— Comment savais-tu que je viendrais te voir ?

— Oh, tu es très prévisible. Je savais qu'après ta renaissance et tes souvenirs retrouvés, tu viendrais me voir et essaierais de te réconcilier avec moi. C'est ce que tu fais toujours. Tout ce que j'avais à faire, c'était attendre que tu ressuscites et que Gadrel te trouve. Ça a pris plus longtemps que prévu, mais dès qu'il t'a localisée, tu étais prête à agir.

— Mais pourquoi ? dis-je, la voix brisée. Pourquoi ferais-tu tout ça ?

— Tu veux dire pourquoi j'essaie encore de terrasser père ? demanda Belial. Pour la même raison qu'avant. Il est temps que quelqu'un d'autre règne sur l'Enfer.

Je poussai un grognement.

— Et cette personne, ce serait toi.

— Idéalement, oui, mais ce n'est pas aussi important que ce que tu penses.

Il croisa ses bras tatoués.

— Regarde toutes les démocraties de ce monde. Elles changent régulièrement de chef pour empêcher qu'une personne devienne trop puissante et gouverne comme un tyran. Lucifer règne depuis des millénaires, et les démons ont envie de changement.

— Mais Lucifer a été un bon roi pendant tout ce temps !

Belial leva un sourcil.

— Ah bon ? De nombreuses personnes ne seraient pas d'accord. Tu n'as pas remarqué à quel point il préfère les Déchus et comment il les a chargés de cadrer les autres démons ? Comme si les démons avaient besoin d'être baby-sittés et d'être regroupés comme des bambins turbulents. Et sa décision d'exclure tout le monde de l'Enfer et de les forcer à vivre sur Terre ?

— Il devait le faire pour empêcher les démons de disparaître. La guerre devait s'arrêter, et l'Enfer était devenu inhabitable.

— Beaucoup d'archdémons pensent différemment. Ils souhaitent y retourner et débuter la reconstruction. Pour bâtir un nouveau monde pour tous les démons.

— Et tu penses qu'ils te laisseront gouverner ? demandai-je avec un rire acerbe. Ils n'ont pas remarqué que tu n'étais pas un vrai démon ?

Il me fit les gros yeux comme si je l'avais insulté.

— Je n'ai pas envie d'aller en Enfer. Je prévois de régner sur ceux qui restent sur Terre, les Nephilim comme moi, et ces démons et Déchus qui préfèrent rester ici. Les archdémons peuvent se battre entre eux pour savoir comment gouverner l'Enfer une fois qu'ils y seront.

Je ne pus que le fixer, l'air horrifiée.

— Et qu'est-ce qui m'arrive à moi dans ce grand plan qui est le tien ? Et à Lucifer ?

— Il ne t'arrivera rien, bien sûr. Tu es plus en sécurité qu'avec Lucifer grâce au marché que j'ai passé avec Adam. Quant à père...

Il haussa les épaules mais son regard était dur.

— Ça dépend beaucoup de lui. Je ne veux pas lui faire du mal. Je ne veux pas qu'il meure. Mais parfois, une révolution a son lot de victimes. S'il ne cède pas calmement sa place, il devra être éliminé.

Ses mots insensibles secouèrent tout mon être. Se fichait-il vraiment que son père vive ou meure ? Ou était-ce la fierté qui parlait ? Bien sûr, il avait déjà essayé ça avant. La seule raison pour laquelle il ne se trouvait pas sur le trône de l'Enfer en ce moment, c'était parce qu'il avait échoué. À l'époque, j'avais cru que le châtiment de Lucifer était trop sévère. Désormais, je n'étais pas certaine qu'il se soit montré assez dur.

Je me redressai autant que je le pus avec mes chaînes et pris un ton autoritaire.

— Lucifer est ma moitié, et je suis sa reine. Si tu crois que je ne vais rien faire et te laisser le renverser, voire même le tuer, tu te trompes grandement.

— Comment peux-tu te tenir à ses côtés après tout ce qu'il a fait ?

Belial frappa du poing la caisse à côté de lui.

— Je t'ai vue mourir tant de fois. Encore et encore, pendant des milliers d'années. Un cycle sans fin de te retrouver seulement pour te perdre à nouveau. Et tout est de sa faute. Tu n'aurais pas été maudite sans Lucifer.

— Belial, non.

Mon cœur souffrait pour tout ce qu'il avait vu et tout ce que je n'avais pas pu empêcher.

— Tu ne peux pas en vouloir à Lucifer pour la malédiction, et à moi non plus. Tout était de la faute d'*Adam*. C'est lui qui m'a tuée toutes ces fois. C'est *lui* qui nous a fait subir tout ça. C'était de sa main, pas celle de ton père. Comment peux-tu envisager de travailler avec lui ?

Je soufflai un coup, ressentant le besoin urgent que Belial sache la vérité au lieu de ce mensonge qu'il s'était inventé dans son esprit.

— Tu as dit que vous aviez passé un marché, mais il a essayé de me tuer la semaine passée. Il te l'a dit ?

La bouche de Belial tressaillit, mais il ne répliqua pas.

— Il a aussi tué ta sœur.

Je n'avais pas prévu de raconter cette perte à aucun de mes fils, du moins pas tout de suite alors qu'elle était encore fraîche dans mon esprit, mais Belial devait savoir le genre d'homme avec qui il faisait affaire.

— Ma sœur ? répéta Belial.

Les mots arrivaient à peine à sortir de ma bouche, mais je m'efforçai à continuer.

— Dans ma dernière vie, quand Adam m'a tuée, j'étais enceinte. Il m'a pris ma fille. Ta sœur. Je parie qu'il a omis ce détail quand il a passé ce marché avec toi.

La mâchoire de Belial se contracta.

— Je ne savais pas. Je suis désolé.

Je m'appuyai contre la caisse derrière moi, vide et épuisée après ma dernière confession.

— En plus, la malédiction est brisée maintenant. Si je meurs, je meurs pour de bon. Si Adam me tue encore, il n'y a pas de retour en arrière. Tu lui fais toujours confiance en sachant ça ?

Les yeux de mon fils s'élargirent à peine, juste assez pour me faire savoir qu'il n'était pas au courant. Mais il se reprit rapidement et poussa à nouveau le plateau vers moi.

— Mange. On atterrit à Londres dans quelques heures.

Je me détournai, incapable de parler davantage à mon perfide de fils. Après que Jophiel m'avait rendu mes souvenirs et que j'avais appris la mort de ma fille, prendre contact avec mes fils était devenu vital pour moi. Peut-être avais-je été trop optimiste d'espérer qu'on redevienne une belle et grande famille si rapidement. Mais je me rendais compte maintenant qu'il n'y avait jamais eu aucune chance pour que ça arrive. Belial avait trop basculé dans l'ombre, et tourné le dos à sa famille et à tous ceux qui l'aimaient.

Belial se leva et s'attarda devant moi, dans l'attente que je le regarde, mais je ne bronchai pas.

— Personne ne te fera de mal. Tu es sous ma protection à présent. Et une fois débarrassé de Lucifer, tu verras que c'était pour le mieux. Pour tout le monde.

LUCIFER

Les grandes pierres grises se dressaient autour de moi, seulement éclairées par le léger éclat de la lune. Je tapotai l'une d'entre elles du plat de la main. Elles se portaient bien vu tout l'intérêt que les humains semblaient avoir pour Stonehenge. Cadran solaire ? Cercle de pierres fait par les aliens ? Allez savoir combien de théories du complot ils avaient concocté entre eux. Je m'en fichais. Plus il y en avait, mieux c'était, tant qu'ils ne se rendaient pas compte que j'avais dissimulé l'un des quatre Cavaliers de l'Apocalypse au centre des pierres. J'étais quasiment certain que cette théorie-là ne leur était pas venue à l'idée.

Non pas que j'aie bâti Stonehenge, bien sûr. J'avais simplement eu besoin d'un autre lieu ancien chargé de la magie des Anciens Dieux, comme la Tour de Jéricho, pour cacher toutes traces de l'énergie et de la puissance de Pestilence. Quand j'avais choisi ce nouvel emplacement pour la tombe, des centaines d'années auparavant, j'ignorais complètement qu'elle deviendrait une attraction touristique bizarre. Les humains étaient vraiment d'étranges petites créatures.

Mais peut-être sentaient-ils le pouvoir latent du dieu, six

pieds sous terre. Peut-être étaient-ils attirés par lui, et que c'était la raison pour laquelle ils venaient en masse. Plus d'un million de visiteurs par an, d'après eux. Je ris presque en pensant à quel point Pestilence serait furieux s'il savait ce qu'il se passait au-dessus de lui.

Me concentrer sur mon amusement m'évitait de m'attarder sur ma peur et ma colère. On m'avait annoncé que tous mes gardes de la Tour de Jéricho avaient été massacrés, mais que les assaillants avaient vite déguerpi après. Le rapport ne faisait pas mention d'Hannah, de Belial ou d'Azazel, ni quoi que ce soit d'autres les concernant. Cependant, Baal était parvenu à nous confirmer qu'ils se rendaient en Angleterre pour trouver la tombe, et qu'Hannah était toujours en vie.

Alors nous voilà, prêts à leur tendre une embuscade. Je ne savais pas si j'étais plus en colère à l'idée de revoir Adam ou Belial. Tout ce dont je me souciais maintenant, c'était de secourir Hannah et d'empêcher la résurrection de Pestilence. Le reste pouvait aller se faire voir.

Je décollai et rejoignis les autres qui volaient en cercle dans la nuit noire. Samaël et Kassiel gardaient la zone enveloppée de ténèbres, pendant qu'Olivia utilisait ses pouvoirs angéliques d'in-visibilité pour nous cacher des curieux. Callan et Marcus avaient l'air prêts pour la bataille, tandis que Bastien scrutait la zone avec ses sens d'Ofanim, qui permettrait de percevoir les illusions que Némésis ou les autres diablotins utilisaient. Avoir un groupe d'anges pour alliés s'avérait très utile ces jours-ci.

— Ils arrivent, dit Bastien en indiquant le sud.

Je suivis son regard mais ne vis rien.

— Némésis cache leur arrivée, mais ils sont tous là. Belphé-gor. Adam. Belial. Une fée mâle aux cheveux verts. Et vingt ou trente diablotins et gargouilles, à vue de nez.

— Aucun signe d'Hannah ? demandai-je. Ou d'Azazel ?

— Non.

Mince.

— Tenez-vous prêts, annonça Samaël.

Les autres préparèrent leurs armes, y compris les loyaux Déchus qui avaient répondu à mon appel.

Bastien libéra un éclair de lumière, et les démons dans les airs et au sol furent soudain visibles aux yeux de tous. J'entrevis Belphégor dans le ciel, entourée de gargouilles, et je la sentis essayer d'utiliser son pouvoir d'endormissement sur nous. Nous nous y étions préparés toutefois, et Marcus employa ses pouvoirs de guérison pour parer et protéger notre groupe. Il la prit en chasse, avec Callan à ses côtés qui brandissait une lumière éclatante contre les gargouilles.

Némésis se dédoubla tout à coup en une douzaine de versions d'elle, chacune remuant de longues griffes noires meurtrières. Bastien brisa l'illusion grâce à la lumière de la vérité alors que Kassiel s'affairait à mettre la vraie Némésis au tapis. Mes Déchus affrontèrent les gargouilles, et Olivia utilisa son pouvoir séducteur de succube pour distraire et embrouiller les diablotins. Adam, Belial et la fée aux cheveux verts se trouvaient à l'arrière. Je me précipitai sur eux tout en cherchant une quelconque trace d'Hannah et d'Azazel.

Là ! Loin de la bagarre, des soldats retenaient Hannah et Azazel. Je me détournai de Belial et Adam, les perdant de vue dans le chaos avant de crier à Samaël de me suivre.

Avant même de les rejoindre, Hannah et Azazel ruèrent et assommèrent leurs ravisseurs, puis se mirent à courir sur l'herbe dans ma direction. Des menottes argentées enserraient leurs poignets, comme celles qu'ils utilisaient à la prison Penumbra et qui devaient sans aucun doute annuler leurs pouvoirs.

— Hannah !

Je fondis sur elle et me jetai dans les bras de ma moitié. Elle lâcha un cri de surprise, puis fourra son visage dans mon cou.

— Lucifer ! Je savais que tu viendrais !

Elle se recula et me regarda. Ses yeux étaient écarquillés et luisaient comme si elle venait de subir un choc.

— Belial ! C'est lui !

— Je sais.

— Il nous a trahis, continua-t-elle comme si elle ne m'avait pas entendu. C'est lui derrière tout ça. Il faut qu'on l'arrête !

Je croisai son regard. Entendre les paroles d'Hannah avait confirmé ce que je soupçonnais déjà et ne fit qu'agrandir la grande brèche en moi.

— Je sais.

Samaël prit Azazel, qui n'avait pas l'air d'apprécier d'être portée comme une enfant qui n'avait pas encore d'ailes. Je me concentrai sur les menottes qui annihilaient la magie d'Hannah. Adam n'avait pris aucun risque cette fois-ci. Ou peut-être devrais-je rejeter la faute sur Belial.

— Qui a la clé ? demandai-je.

Le regard d'Hannah se durcit.

— Adam, je crois.

Je m'étais dit la même chose.

— On s'en occupera plus tard.

Nous volâmes vers le cercle de pierres et la bataille, vers le son des cris rauques et du métal qui s'entrechoquait, vers les éclairs de lumière et les jets de pénombre. Il y eut ensuite un grand tremblement sous nous, comme si la Terre s'ouvrait au centre des pierres. La fée à la chevelure verte se tenait à côté de la nouvelle fosse et utilisait sa magie de la nature pour extraire la tombe profondément enterrée. Maudite soit la Cour de la Terre, pourquoi l'une d'entre elles aidait-elle ces traîtres ?

La tombe noire et ancienne avait l'air comme au premier jour de son sceau. Des symboles argentés et dorés, des mots magiques et des avertissements dans des langues qu'on ne parlait plus en recouvraient l'extérieur. La sépulture avait été façonnée des lustres auparavant par les plus puissantes fées enchanteresses, qui pouvaient imprégner les objets des pouvoirs des autres.

Hors de portée du danger, je posai Hannah au sol, Samaël fit de même avec Azazel, et je me précipitai vers le tombeau. C'était trop tard cependant. Belial se tenait devant, et le temps sembla s'arrêter quand il entailla sa main avec une dague et laissa le sang couler sur la tombe. Les symboles se mirent à briller, attirant l'attention de tout le monde.

Le couvercle du cercueil s'ouvrit brusquement, d'un grand souffle puissant qui rejeta tout le monde avec une si grande force qu'on aurait dit une explosion. Certains s'écrasèrent sur les immenses pierres, tandis que d'autres virevoltèrent dans le ciel et atterrirent dans l'herbe. Je réussis à déployer mes ailes et à me rattraper, mais la force extraordinaire m'éloigna tout de même d'Hannah et des autres.

Personne ne bougea tandis que Pestilence émergeait de la tombe pour la première fois depuis des millénaires. Je ne pouvais que regarder, horrifié, et en sachant qu'il était trop tard pour arrêter ce qui allait arriver.

Pestilence n'avait bien sûr pas de corps. Nous nous étions occupés de ça il y a bien longtemps. Les Anciens Dieux ne pouvaient pas vraiment être tués, vu qu'ils étaient des divinités fondamentales représentant les piliers originaux de l'univers. On ne pouvait que les affaiblir et les contenir.

Pestilence s'écoula de sa tombe avec une odeur putride, la puanteur d'une maladie qu'on ne pouvait soigner et qui pourrissait le corps jusqu'à ce qu'il ne reste plus rien. Il s'éleva tel un esprit, une masse d'énergie jaunâtre qui pulsait et bourdonnait, respirant le mal incarné et un si grand pouvoir que c'en était étouffant. Maintenant qu'il avait été libéré, il serait presque impossible de le recapturer, même s'il avait besoin d'un corps pour pouvoir utiliser tous ses pouvoirs.

— Je t'ordonne de te soumettre, dit Belial d'une voix ferme en faisant face à l'essence maligne. Donne-moi ta force pour que je puisse terrasser mes ennemis.

Le spectre fétide rit, d'une malveillance pure. Son rire rampa sur ma peau comme s'il me touchait avec des doigts graisseux et douloureux.

— Si tu veux mon pouvoir, je te demande un sacrifice du cœur. Quelque chose que tu aimes. Ou... quelqu'un.

— Non, criai-je.

Je me ruai sur lui mais une demi-douzaine de gargouilles bondirent sur moi pour m'en empêcher. Je les repoussai grâce aux ténèbres et aux feux de l'enfer. La bataille s'était achevée alors que nous regardions l'horreur qui se déroulait devant nous mais à présent, tout le monde semblait reprendre ses esprits et le combat reprit.

— Arrête-le, Belial ! cria Hannah en courant vers lui, toujours menottée et ses cheveux blonds au vent.

Belial l'attrapa et l'attira contre lui, portant la dague à son cou. Mon cœur s'arrêta. Avec un rugissement, j'embrasai tout le monde autour de moi avec les feux de l'enfer pour tenter de rejoindre ma compagne avant que mon fils ne la sacrifie.

Belial regarda dans les yeux d'Hannah et ce qu'il y vit l'arrêta. Elle toucha son visage et, à ce contact, il lâcha le poignard et recula, les mains tremblantes. Incapable de sacrifier la seule personne qu'il aimait encore.

Je me jetai sur lui quelques secondes plus tard, nous percutant tous les deux contre l'une des grandes pierres avec une telle force que celle-ci tomba. Il me combattit et me repoussa, juste à temps pour voir Adam se tenir devant Pestilence.

— Je t'ordonne de me servir, cria-t-il.

Hannah ne se trouvait qu'à quelques pas, et je craignais qu'il ne la choisisse pour le sacrifice. Mais alors, Adam saisit Belphégor à côté de lui, et planta son couteau lumineux dans sa gorge. Elle le regarda, les yeux écarquillés et choqués tandis que la vie s'écoulait de son cou. Elle s'effondra ensuite dans l'herbe.

— Non ! hurla Belial et de nombreuses gargouilles autour de nous hurlèrent et crièrent.

Pestilence gloussa.

— Un puissant sacrifice. Oui, tu feras un bon hôte, en effet.

Le spectre se précipita vers Adam et entra dans son corps par ses yeux, ses oreilles, son nez et sa bouche. Il remplit Adam de son essence et ses cheveux blanchirent, sa peau prit une teinte jaunâtre alors qu'un pouvoir nocif et ignoble émanait de lui. Même les alliés d'Adam reculèrent, la peur au ventre. Il avait été dangereux et maléfique auparavant, mais désormais, il l'était bien plus que cela. Un dieu d'horribles tourments et d'une souffrance infinie, qui tourna ses yeux blancs éclatants vers Hannah.

Il tendit la main pour l'attraper et je me déplaçai aussi vite que je le pus, mais Belial se trouvait plus près. Notre fils se plaça devant elle, la protégeant d'Adam. Adam devenu Pestilence l'attrapa par le cou et souffla un nuage d'air affreux vers lui, puis le jeta à terre. Belial heurta le sol devant sa mère, son visage devenu vert et ses yeux brûlants tandis que son corps se courbait et se tordait de douleur.

— Non ! criai-je en jetant les feux de l'enfer à Adam pour essayer de le distraire de ma compagne et de mon fils.

Samaël et Kassiel me rejoignirent, enveloppant Adam avec des chaînes de ténèbres, pendant que Callan protégeait Hannah et Belial avec un mur de lumière. Derrière nous, les gargouilles prirent la fuite, leur archdémon vaincu, et mes alliés éliminèrent le reste des diablotins.

Adam cracha et s'éloigna, tel l'anguille tortillante qu'il avait toujours été. Et c'était moi qu'on comparait à un serpent ? Ils s'en étaient toujours pris à la mauvaise personne.

— Adam ! cria Némésis alors qu'Olivia la poignardait avec sa lame blanche étincelante de l'autre côté du cercle de pierres.

Le spectre d'un cheval blanc apparut, et Adam attrapa Némésis à la taille en montant dessus, ses mouvements bien plus rapides et accomplis qu'auparavant. Je courus vers lui, utilisant mes ailes pour me propulser le plus rapidement possible, mais il s'enfuit sur son cheval qui galopait plus vite que n'importe quelle autre bête sur cette Terre.

— À l'aide ! s'écria Hannah.

Je me tournai vers le son de sa voix agitée et la vis agenouillée à côté de Belial. Marcus s'agenouilla à côté d'elle et posa une main sur le front de notre fils. Belial n'était pas mort, remarquai-je avec soulagement, il souffrait simplement du mal de Pestilence. Une lumière blanche éclatante l'entoura alors que Marcus s'affairait à le soigner. Pouvait-il être soigné ? Je n'en étais pas certain.

Lentement, la teinte verte de la peau de mon fils aîné s'atténua, en plus du rougeoiement de ses yeux. Il avait toujours l'air faible, mais il cligna des yeux en regardant sa mère, qui caressait ses cheveux, sa tête posée sur ses genoux.

Kassiel s'accroupit à côté d'eux, les yeux plissés alors qu'il observait Belial.

— Comment as-tu pu ? As-tu la moindre idée de ce que tu as fait ?

Belial lui rendit son regard avec un air de défi, même dans sa faible condition.

— Tu ne comprendrais pas. Tu as toujours été leur préféré.

Je pinçai les lèvres en regardant mes fils. Ce n'était pas une question de préférence. J'aimais tous mes enfants, mais c'était la deuxième fois que Belial se rebellait contre moi. Comment pouvais-je le lui pardonner ?

Belial devait se sentir mieux, car il se libéra de Marcus, les sourcils froncés et l'air en colère. Il s'élança dans les airs, volant aussi vite que ses ailes noires et blanches le pouvaient. Kassiel déploya ses ailes pour le suivre, mais je lui attrapai le bras.

— Laisse-le partir.

Mon plus jeune fils se tourna vers moi et haussa les sourcils en rabattant brusquement ses ailes, d'une obéissance inconditionnelle.

— On ne peut pas le laisser partir ! Pas après ce qu'il a fait !

— C'est d'Adam dont il faut se préoccuper maintenant. Il faut qu'on l'arrête.

Je me retournai vers Olivia et ses autres compagnons.

— J'aimerais que ton groupe le piste.

Olivia acquiesça et Callan certifia :

— Nous le trouverons.

Kassiel se tourna vers sa compagne.

— Je reste avec mes parents. Ne vous approchez pas de ce salaud. Gardez juste un œil sur lui.

Olivia déposa un baiser sur son front et murmura quelques mots, puis elle et ses autres compagnons s'élancèrent dans les airs dans la direction où Adam avait disparu.

Je regardai à nouveau Kassiel, Samaël et Azazel en étendant mes ailes.

— Venez. On rentre à la maison.

Hannah contemplait l'endroit au sol où s'était trouvé Belial, le visage pâle et le regard choqué. Je la redressai et la pris dans mes bras, plaquant son corps contre le mien, là où était sa place. Elle avait besoin de se reposer pour se remettre de tout ce qu'Adam et notre fils lui avaient fait subir, et nous devions encore retirer ces fichues menottes.

Ensuite, nous trouverions un moyen d'arrêter l'apocalypse imminente.

HANNAH

Quand Lucifer avait dit que nous rentrions à la maison, je m'étais attendu à un long voyage de l'autre côté de l'Atlantique, pas à ça. Mon regard scruta le grand manoir en pierres et l'étendue du terrain, qui éveillèrent une sensation familière en moi.

— Bienvenue au Blackwing Hall, dit Lucifer en atterrissant devant.

Je me détachai non sans mal de lui, toujours secouée par tout ce qui s'était passé. J'avais désespérément besoin d'une douche et de nouveaux habits car je portais les mêmes depuis des jours. Ensuite, peut-être pourrais-je intégrer ce que je venais de voir.

— C'est là que nous avions vécu quand tu étais Lénore, raconta Lucifer en me conduisant vers l'entrée. Tu te souviens ?

— Je... Je crois.

Les souvenirs étaient si fugaces et j'étais si fatiguée. Pas seulement physiquement, mais émotionnellement. Je ne voulais plus penser.

— J'ai grandi ici, déclara Kassiel qui marchait à côté de nous. Ici et en Enfer. C'était important pour toi que je passe aussi du temps sur Terre, pour comprendre les humains vu que tu as eu tant de vies humaines.

Oui, ça me semblait juste. Me tenir là m'était si familier, devant cette maison, notre maison. Les souvenirs de notre famille réunie ici flottaient dans mon esprit. Dès que je serais remise, j'aimerais me concentrer davantage dessus, mais ce n'était pas le moment.

Une femme blonde en tailleur sortit par l'impressionnante porte d'entrée en bois sur le seuil des escaliers en pierres.

— Tout est prêt pour vous, mon seigneur.

Elle se tourna vers moi et inclina la tête.

— Madame.

— Merci, Einial, dit Lucifer en passant la porte, toujours la main dans la mienne.

Je trébuchai au niveau d'une grande entrée, puis Lucifer s'arrêta et leva ma main en regardant mon poignet et la menotte en argent qui bloquait mes pouvoirs.

— Il faut qu'on t'enlève ça, grogna Lucifer.

— Là, dit Kassiel en s'avançant et en tenant une petite baguette argentée de la taille de son petit doigt. J'ai pris ça à Adam pendant le combat. Avant qu'il ne se transforme en cette *chose*.

— Beau travail, fiston.

Lucifer prit l'objet et toucha mes poignets avec. Les menottes s'ouvrirent immédiatement, et une vague de pouvoir et un sentiment de complétude m'envahirent. Je pris une profonde inspiration et me tins un peu plus droite, me sentant déjà plus moi-même.

Il passa la clé à Samaël, qui détacha les menottes d'Azazel.

— J'imagine que notre suite est prête ? demanda Lucifer.

Einial hocha la tête.

— Oui, Samaël a demandé que je prépare les chambres et les

pièces principales. Le personnel a pris soin de tout au fil des années.

— Bien.

Lucifer posa une main dans le bas de mon dos, me stabilisant pendant qu'il parlait aux autres.

— Nous parlerons de tout ça une fois qu'Hannah sera reposée.

Nous les laissâmes dans l'entrée, et Lucifer me conduisit le long d'interminables couloirs que je remarquai à peine, jusqu'à entrer dans une suite, celle que nous occupions précédemment, tant d'années auparavant. Je promenai mon regard sur les meubles sombres et le grand lit à baldaquin, sans pouvoir vraiment me concentrer sur quoi que ce soit pour le moment.

Lucifer se tourna vers moi et me prit dans ses bras.

— Je me suis fait tellement de souci.

Je m'agrippai fermement à lui, si soulagée d'être à nouveau avec lui. Il posa ses lèvres sur les miennes et me fit un baiser doux et gentil, presque révérencieux. Je me détendis contre son torse, savourant sa présence. Son parfum m'était si familier. Il était présent dans tant de souvenirs au fil des ans. Lucifer. Mon point de repère. Ma constante. Mon mari.

— Est-ce que ça va ? demanda-t-il en me regardant de la tête aux pieds. Ils t'ont fait du mal ?

— Je vais bien, mais j'aurais bien besoin d'une douche et de nouveaux habits.

— Je vais t'en faire apporter.

Lucifer sortit son téléphone et envoya un message, sûrement à Samaël ou Einial.

— Repose-toi autant que tu en as besoin, et quand tu te réveilleras, nous devrions avoir des nouvelles d'Adam.

— Pestilence est *en lui* maintenant.

Je n'arrivais toujours pas à croire ce que j'avais vu. Ça

semblait impossible, comme un rêve ou un film. Je m'affalai sur le lit alors que d'autres chocs issus de ces dernières heures me rattrapaient.

— Il a failli tuer Belial. La destruction qu'il pourrait libérer...

Je tremblai à l'idée de ce qu'Adam me ferait s'il me trouvait. Il m'avait tuée tant de fois auparavant, et tout ce qu'il avait à faire désormais, c'était souffler sur moi. Je couvris brièvement ma bouche et secouai la tête en imaginant ce qu'il pourrait faire aux mortels qui croiseraient son chemin. Aucun mot ne pouvait décrire les horreurs qui défilaient dans ma tête.

Je levai les yeux vers Lucifer.

— Comment on l'arrête ?

Il se frotta la nuque, les sourcils froncés.

— Ce ne sera pas facile. Il a fallu beaucoup d'anges, de démons et de fées pour renverser les quatre Cavaliers quand ils étaient autrefois en liberté, du temps où tu étais Ève. On ne peut pas vraiment les tuer, c'est pourquoi on a détruit leur corps et scellé leur essence dans des tombes magiques. Il faudra qu'on les capture à nouveau, ou qu'on les envoie dans le Chaos, avec les autres Anciens Dieux.

Je passai la main dans mes cheveux sales et emmêlés en poussant un soupir.

— Alors, on aura besoin d'agir rapidement avant qu'ils libèrent d'autres Cavaliers.

— Oui. Maintenant que les archdémons ont libéré Pestilence, ils iront chercher Guerre. Ce n'est qu'une question de temps.

— Guerre... Il est enterré au Paradis, c'est ça ? demandai-je.

— Oui, ce qui devrait nous laisser un peu de temps. Comme l'Enfer, le Paradis a été fermé, et très peu de personnes peuvent y entrer.

Je frottai mes poignets, toujours un peu endoloris par les menottes.

— Comment on y entre ?

Lucifer retira sa veste et la jeta sur le côté, ayant l'air à la fois décontracté et débraillé.

— Il y a des clés, mais il n'en reste que quelques-unes, et je doute fortement qu'un des archdémons en possède une.

— Toi, tu en as une ?

Il arqua un sourcil.

— Non, ça fait longtemps que je n'ai plus de clé du Paradis. Mais je suis sûr qu'on peut trouver quelqu'un qui en a une.

Je pressai mes paumes contre mes yeux, sachant que je devais me lever et prendre une douche, mais l'idée même de bouger m'épuisait trop pour l'envisager. Surtout quand mon cœur souffrait encore tant.

— Je n'arrive pas à croire que Belial aille si loin, murmurai-je.

— Moi si, dit sèchement Lucifer.

— Je crois qu'il y a encore du bon en lui, m'aventurai-je en me rappelant comment Belial avait lâché le couteau, ainsi que son regard perdu quand il comprit qu'il ne pouvait pas me sacrifier. Si je pouvais seulement lui parler...

La mâchoire de Lucifer se contracta.

— Ça ne sert à rien. Il est déjà loin. C'est ma faute, pas la tienne. Je n'ai pas été le meilleur père pour notre fils aîné. Si je pouvais changer le passé, je le ferais. Mais il n'y a aucun espoir de réconciliation à ce stade.

J'avançai le menton et secouai la tête.

— Je refuse de le croire.

— Hannah, arrête de ressasser le passé.

Ses traits se durcirent en parlant et son regard se fit froid et étrange.

— C'est terminé. Il est brisé. On ne peut rien y faire.

Je me levai et lui lançai un regard glacial.

— Belial est notre fils, et on ne l'abandonnera *pas*.

Les yeux de Lucifer s'embrasèrent en me regardant.

— Je lui ai déjà laissé une seconde chance. Je ne le referai pas. Pas cette fois-ci.

— Nous sommes ses parents ! C'est notre travail de lui donner une seconde chance, et une troisième, et une quatrième, jusqu'à ce qu'il finisse par revenir vers nous.

J'étais si en colère et frustrée que des ténèbres que je ne savais pas contrôler se ruèrent sur Lucifer, le faisant chanceler de surprise. Elles disparurent une seconde plus tard, si rapidement que je me demandai si j'imaginais des choses.

— C'était quoi ça ? demanda Lucifer en fronçant les sourcils. Est-ce que tu viens d'utiliser les ténèbres ?

Je bondis sur mes pieds et lui jetai mon regard le plus assassin.

— Je ne sais pas ! Tout ce que je sais, c'est que je ne dormirai pas avec toi ce soir.

Je sortis de la chambre avant qu'il ajoute quelque chose et que je me calme pour réfléchir à ce que je venais de faire. Les mains tremblantes, je trébuchai et manquai de percuter Einial, qui apportait des vêtements et une serviette.

Elle retrouva son équilibre rapidement.

— Oh ! J'étais en train de vous apporter ça dans votre suite.

Je regardai la porte que je venais de claquer.

— Merci. Mais je vais avoir besoin de ma propre chambre.

Quand j'ouvris les yeux le lendemain matin, Zel se trouvait au pied de mon lit et jouait sur son téléphone.

— Bonjour, dis-je d'un air endormi.

Je n'étais plus surprise par ses manières.

— Viens te battre. Je m'ennuie.

Elle rangea son téléphone, mais je ne sus pas où elle le mit, dans sa tenue de cuir moulante. Elle était plus composée de lanières et de sangles qui s'entrecroisaient qu'autre chose.

D'une manière ou d'une autre, je doutais que l'ennui l'ait amenée ici. Comme moi, elle avait vécu une épreuve, et Azazel se libérait de ses émotions en tapant sur quelque chose.

— D'accord.

L'idée de me battre m'attira plus que ce que je pensais. Peut-être que moi aussi j'avais besoin de me défouler.

Elle se leva en arborant un sourire triomphant.

— Dépêche-toi et habille-toi. On se retrouve dehors.

J'étais ravie de voir qu'Einial m'avait apporté d'autres vête-ments, dont certaines tenues pour le sport. La nouvelle assistante de Samaël semblait pouvoir tout gérer.

Dix minutes plus tard, nous nous trouvions sur la pelouse de derrière. J'observai Azazel qui s'échauffait, ayant à la fois l'air magnifique et dangereuse. Elle s'étira sous la pluie fine qui semblait maintenir l'humidité dans l'air à son maximum. Je levai les yeux vers les nuages gris qui semblaient être un élément permanent dans le ciel. Je n'avais jamais vu un endroit aussi lugubre. En m'échauffant, l'humidité pénétra mes vêtements et je fus contente de m'être attaché les cheveux, sinon ils auraient complètement frisé.

Il se mit soudain à pleuvoir et Zel étira ses bras vers le ciel et gloussa :

— Oui ! Vas-y !

C'était officiel. Elle devait avoir perdu la tête. Je plaquai les bras autour de moi, déjà trempée et frissonnante.

— Tu aimes cette météo ?

— J'adore. Ça fait tellement du bien d'être de retour ici, ça change du climat chaud et sec de Las Vegas.

Elle me jeta un regard en biais.

— Tu sais, quand tu étais Lénore, tu adorais ce temps toi aussi.

Ça semblait sensé, vu que j'étais une Déchue à cette époque-là. Cependant, les anges préféraient vivre dans des régions chaudes et ensoleillées, et je ne faisais pas exception. Je tremblai et me frottai les bras. Si seulement Einial avait prévu la météo et m'avait donné une veste chaude. Bon sang, n'importe quelle veste. Elle avait dû oublier que je n'étais pas une Déchue.

Zel désigna de la tête le vaste lopin de terre sous de grands arbres tortueux.

— Allez. Plus vite tu bougeras, plus vite tu te réchaufferas.

Je soufflai et me dirigeai vers les arbres car elle avait raison. Je ne pouvais pas rester là à attendre que le soleil fasse son apparition. Là, on n'avait même pas l'impression que l'Angleterre était tournée vers le soleil, comme s'il avait roulé dans son lit plutôt que dénié se lever.

Nous débutâmes notre entraînement habituel, le même que nous avions l'habitude de faire pendant nos autres sessions, avant que nous nous fassions enlever. Bouger me réchauffa et m'aida aussi à évacuer le stress de ces derniers jours. Les choses se mirent à paraître presque normales.

Alors que nous croisions le fer, mon esprit s'égara à la période où j'étais Lénore, quand je m'entraînais comme ça avec Zel. Avec Zel et cette autre femme aux cheveux roux.

J'esquivai une attaque rapide, me retournai et répliquai.

— Être ici me rappelle beaucoup de souvenirs. Je n'arrête pas de voir une autre femme avec toi. Une femme aux cheveux roux.

J'évitai les poings sans retenue de Zel et me déplaçai pour contrer.

— Qu'est-ce qui lui est arrivé ?

Azazel se figea, baissant sa garde en même temps que ses

mains, et mon coup atterrit directement dans son visage. Plus fort que prévu, car je ne pensais pas pouvoir l'atteindre.

Elle recula en titubant et cracha du sang rouge vif sur la terre qui nous séparait.

— Putain, Hannah !

— Désolée, je ne voulais pas te...

— Pourquoi tu parles de ça ?

Elle frotta brutalement sa paume sur sa mâchoire, marmonnant une phrase dont je ne compris que les derniers mots :

— ... stupide ange.

Je l'observai, réalisant que j'avais touché un point sensible. Je ne voulais pas la mettre encore plus en colère mais je sentis également que c'était quelque chose d'important, quelque chose que je devais savoir. Azazel était ma meilleure amie, compris-je à présent. Pas seulement dans cette vie, mais dans toutes mes vies, depuis que j'étais Ève. Si elle avait souffert par le passé, je voulais être capable de l'aider à traverser tout ça.

— Zel, dis-je en m'approchant de mon amie, la voix douce. Que s'est-il passé ?

— La ferme.

Son ton était dur et froid, et elle avait vraiment l'air furieuse désormais. Sa colère masquait sa souffrance, mais ne la dissimulait pas complètement. Pas à moi, en tout cas.

— Elle s'appelait Veslea. C'était ma compagne. Comme toi avec Lucifer.

Dès que j'entendis son nom, je me remémorai davantage.

— C'était une métamorphe, murmurai-je. Un faucon. Elle travaillait pour Lucifer pendant la Grande Guerre. Non, pas tout à fait. Elle travaillait pour *moi*.

Elle était mon éclaireuse. Mon espionne. Ma messagère. La personne à qui je faisais le plus confiance, après Azazel.

— Ouais, merci du rappel. Tu n'as pas à me balancer tes souvenirs comme tu le fais à toi-même.

Zel se tourna à moitié et quand elle se remit à parler, sa voix était plus basse.

— Veslea a été tuée par un ange peu après que tu... Lénore... meure.

Une vague de peine me submergea et je pris la main de Zel.

— Je suis tellement désolée.

Elle ne me repoussa pas, mais hocha légèrement la tête à mes mots.

— Tu pensais que Lénore avait aussi été tuée par un ange, n'est-ce pas ?

J'assemblai les pièces du puzzle. C'était pour ça que Zel détestait tant les anges. Ça faisait sens à présent. Ça expliquait beaucoup son attitude aussi, y compris pourquoi elle s'était montrée si dure avec moi au début. Imaginez un peu si vous perdiez votre moitié et que votre meilleure amie ne cessait de mourir, vous laissant toute seule. Ça devait être très difficile d'être proche de quelqu'un après ça, et de ne pas avoir peur qu'ils partent eux aussi.

— Ouais, je ne savais pas que c'était Adam jusqu'à ce que Gadrel nous trahisse, siffla-t-elle. Non pas que savoir que c'était Adam rende les choses plus acceptables. Ce salaud.

Sa voix était si amère... et triste. Gadrel avait été son ami des centaines d'années durant. Elle avait perdu un autre proche.

Je la pris dans mes bras, posant ma tête contre la sienne, prenant un moment pour faire mon deuil avec elle. Elle se raidit, mais posa ensuite doucement une main dans mon dos, m'offrant le strict minimum en retour. Elle m'avait tenue ainsi il n'y avait pas longtemps, quand j'avais recouvré la mémoire. À présent, c'était à mon tour de lui offrir un réconfort silencieux. Je pleurai Veslea moi aussi, elle qui avait toujours été loyale, particulièrement intelligente et pleine de vie. Une âme parfaite, partie trop tôt, victime des horreurs de la guerre.

Azazel se recula.

— Allez. Il faut qu'on te remette en forme si on s'apprête encore à affronter Adam et Belial.

À la mention de mon fils, je m'inquiétai à nouveau. Je n'avais pas la moindre idée de ce que je ferais quand je le reverrais.

— C'est quoi le problème entre toi et Belial ? demandai-je alors que nous reprenions nos positions de combat.

Elle expira.

— J'ai tué sa copine lors de sa dernière rébellion, quand elle a pris d'assaut le palais en Enfer. Il me déteste à cause de ça, et je le déteste car c'est un traître à son espèce.

Ses paroles à propos de mon fils me hérissèrent le poil et des ténèbres sortirent à nouveau de moi pour bondir dans sa direction. Elle les esquiva en faisant une roulade et cria :

— C'était quoi ça putain ?

J'écartai les mains et les ténèbres s'évanouirent.

— Je... euh... j'ai fait sortir des ténèbres hier soir. Et au bar pendant l'attaque. Tu penses que tu peux m'aider ?

Zel fronça rapidement les sourcils.

— Tu as fait *quoi* ?

— Peut-être que je deviens une Déchue, dis-je en riant.

Elle me méprisa du regard.

— Ça ne marche pas comme ça.

— Comment ça marche ? demandai-je.

Ses yeux se plissèrent comme si elle pensait que je me moquais d'elle.

— Les seules personnes qui sont devenues Déchues sont celles qui ont suivi Lucifer au début. Nous nous sommes installées en Enfer, mais nous ne nous accommodions pas à la terre des ténèbres. Les anges ont besoin de lumière pour survivre, et il n'y en a pas beaucoup là-bas. Alors Lucifer a fait appel à Nyx, la Déesse Ancienne de la nuit, et l'a suppliée de nous aider. Elle nous a tous transformés en démons, nous faisant don d'un bon nombre de leurs capacités : la capacité de voir dans le noir, d'être insensible au froid et d'utiliser les pouvoirs de ténèbres au lieu de ceux de la lumière. Tous les autres Déchus descendent des originels, comme moi et Samaël.

Je hochai doucement la tête, ses dires ramenant le savoir que j'avais perdu.

— Et pourtant, les autres démons ne vous pensent pas semblables à eux.

— Ce sont des conneries. Ils ont été créés par les Anciens Dieux, tout comme nous.

Elle mit les mains sur les hanches.

— Donc il est impossible que toi, un ange, puisse tout à coup utiliser les pouvoirs des ténèbres.

— Mais ils se déclenchent quand je suis en colère. Tout comme le faisaient mes pouvoirs angéliques, avant que je puisse les contrôler.

Zel haussa un sourcil.

— Alors nous ferions mieux de t'apprendre à les contrôler eux aussi.

J'étais certaine qu'elle se posait la même question que moi. Comment pouvais-je utiliser la lumière et les ténèbres en même temps ?

27

LUCIFER

Olivia et ses compagnons revinrent avec des nouvelles d'Adam dans l'après-midi, et Samaël nous rassembla tous dans la grande entrée du manoir pour pouvoir discuter de notre prochaine action. Nous nous réunîmes autour de la grande table, et je m'assis au bout, Hannah à mes côtés, même si elle ne me parlait toujours pas depuis hier soir. Elle avait passé presque toute la journée à s'entraîner avec Azazel, et elle avait l'air d'aller bien mieux qu'hier soir. Hier soir, elle avait curieusement utilisé les ténèbres contre moi. Je prévoyais de la questionner à ce sujet plus tard, une fois que nous serions seuls. Pour l'instant, il nous fallait discuter de choses plus urgentes.

— Ça s'annonce comment ? demandai-je.

Je connaissais déjà la réponse. Vu l'augmentation de la population mondiale, l'arrivée de Pestilence serait mille fois pire que la dernière fois. Tant de mortels innocents... bon, peut-être pas si innocents, mais qui ne méritaient certainement pas le genre de destruction qu'Adam était en train d'engendrer.

— Mal, répondit Callan.

Il avait toujours été du genre direct.

Le visage d'Olivia était pâle.

— Adam a disparu à Londres, mais il a laissé une traînée de maladie sur son chemin.

— Des centaines de mortels sont tombés malades, ajouta Bastien d'un ton factuel.

Marcus baissa la tête.

— Je ne pouvais pas tous les soigner. Bien trop de personnes avaient besoin de soin.

— Je demanderai à l'Archange Raphaël d'envoyer des Malakim pour minimiser les dommages causés par Adam.

Mon sang bouillonna de colère.

— Le monde mortel ne doit pas découvrir tout cela. Ça nous mettrait tous en danger.

Sans oublier que si les humains apprenaient l'existence de Pestilence, cela provoquerait un grand évènement mondial. Et tout ce qu'ils décideraient interférerait avec le contrôle que j'avais de la situation. Je sortis mon téléphone et envoyai un rapide message, la manière la plus facile de communiquer avec Raphaël, puis en envoyai un autre à Gabriel, le chef des Archanges. Mes doigts survolèrent l'écran et les messages furent envoyés. Autrefois, quand nous souhaitions consulter les anges, nous avions eu des messagers. La technologie moderne était vraiment incroyable.

— Aucun indice sur l'endroit où aurait pu aller Adam ? demanda Kassiel.

Olivia secoua la tête.

— Non, nous l'avons perdu dans la ville.

— Peu importe où il apparaît, la mort et la maladie s'ensuivront, dit Samaël. Nous devons l'arrêter avant qu'il ne soit trop tard.

Je rangeai mon portable dans ma poche.

— Même si on ne sait pas où il se trouve, on sait où se rendront les archdémons. Au Paradis.

— Pour libérer Guerre ? questionna Azazel en se penchant en avant. Sont-ils aussi stupides ?

— Apparemment, répondis-je sèchement. La bonne nouvelle, c'est que le Paradis est scellé et que seules quelques personnes possèdent une clé. L'Archange Michaël en avait une, qui a dû te revenir, Callan, après sa mort.

Les sourcils de Callan se dressèrent.

— Je ne savais même pas qu'il y avait encore un moyen d'entrer au Paradis.

Je tapotai la table en bois.

— Oui, quelques clés permettent d'ouvrir le Paradis et l'Enfer, même si elles sont très rares et qu'on les a très peu utilisées. La dernière fois que j'ai appris qu'on avait utilisé une clé pour entrer au Paradis, c'était juste avant ta naissance, Callan. Michaël et Jophiel voulaient que tu y naisses.

L'authentique fierté des anges faisait de l'ombre à la mienne.

— Ça aussi, je ne le savais pas.

Il leva les yeux au ciel.

— Génial. Je parie que c'est ma mère qui l'a.

— Ou elle sait au moins où elle se trouve, me risquai-je à dire, même si je n'avais moi non plus aucune envie de voir Jophiel.

Je ne lui avais toujours pas pardonné de m'avoir caché Hannah.

— Il va falloir qu'on aille rendre visite à ma sœur, dit Hannah d'une voix ferme. Elle me doit un service, de toute façon.

J'examinai son visage, remarquant sa bouche indéfectible et pincée à l'idée de voir sa sœur. Jophiel *nous* était redevable à tous les deux pour ce qu'elle avait fait.

Samaël s'éclaircit la gorge.

— J'ai aussi des nouvelles de Belial. Nos contacts à la prison

Penumbra nous ont informé qu'il y est arrivé il y a quelques heures. Il a réclamé de voir l'Archange Azraël, mais nous ne connaissons pas les détails de leur conversation, ni où Belial s'est ensuite rendu.

Azraël était l'ancien chef corrompu des Archanges, mais il avait été envoyé pourrir à la prison Penumbra quand Kassiel et les autres l'avaient attrapé. Comme je les avais aidés, Azraël voudrait sans aucun doute aider mon fils à agir contre moi de n'importe quelle manière.

— Belial a dû s'y rendre pour savoir comment on se rend au Paradis.

Je serrai les poings. Maudit soit-il. Mon propre fils, qui avait toujours une longueur d'avance quand il s'agissait de me renverser.

— Azraël a essayé d'utiliser les Combattants de la Destinée pour ouvrir le Paradis et l'Enfer, mais nous les avons révoqués, dit Olivia. Je doute qu'il se serait donné tout ce mal s'il avait eu une clé.

— Peut-être, arguai-je. Mais il a dû dire à Belial où il pourrait en trouver une. Ce qui nous donne encore plus de raisons de rendre visite à Jophiel tout de suite.

— J'aimerais aller à la prison pour voir si je peux en apprendre plus, déclara Samaël.

J'acquiesçai d'un hochement de tête.

— Prends Azazel avec toi.

— Je suis prête, prononça-t-elle en se levant. Inutile de perdre du temps.

Hannah se leva aussi.

— Allons nous coucher tôt. Demain va être une longue journée.

Tout le monde quitta la pièce pour se diriger vers leurs propres suites. Tout le monde sauf moi et Hannah. Elle m'offrit un regard glacial alors qu'elle se préparait à partir, mais je l'en empêchai.

— Attends.

Elle s'arrêta et se retourna à ma voix autoritaire.

Je m'appuyai contre la table et croisai les bras.

— Je t'ai observée t'entraîner avec Azazel depuis l'une des fenêtres tout à l'heure. Tu comptais me parler de tes nouveaux pouvoirs ?

Elle mit les mains sur les hanches.

— Premièrement, ne prends pas ce ton-là avec moi. Deuxièmement, je n'ai aucune idée de ce qui m'arrive. Je peux tout à coup utiliser la lumière *et* les ténèbres.

— Montre-moi.

Elle fronça les sourcils, puis leva les mains et se concentra. Je contrôlai minutieusement mes réactions, gardant délibérément une expression de marbre pour ne pas montrer ma surprise. Hannah se mit à produire de la magie blanche et de la magie noire dans chacune de ses mains. Impossible. Même moi je ne pouvais pas faire ça.

— Tu utilises les pouvoirs de tes vies antérieures ? demandaije. Est-ce que tu as d'autres capacités que tu possédais autrefois ? La magie de Perséphone, par exemple ?

Elle secoua la tête et fit disparaître le flux de magie.

— Aucune idée. Je ne crois pas. Ou je ne suis pas au courant, en tout cas.

Je me caressai le menton.

— Très étrange.

— Je vais me coucher, dit-elle en se tournant à nouveau vers la porte.

Je me mis devant elle pour lui barrer la route.

— Non. Pas sans moi.

Elle haussa un sourcil.

— Pardon ?

— Je t'ai dit que je ne voulais plus que tu dormes autre part qu'avec moi. J'ai laissé passer pour hier soir, parce que tu avais clairement l'air épuisée et que tu n'arrivais pas à réfléchir, mais c'est fini. Je t'attacherai au lit s'il le faut, mais ta place est à mes côtés, nulle part ailleurs.

Les yeux d'Hannah étincelèrent, mais pas de colère. Oh, elle aimait l'idée, même si elle ne l'admettrait jamais.

— Je dors où j'ai envie de dormir.

Je la soulevai dans mes bras. Peut-être qu'un petit câlin était exactement ce dont elle avait besoin.

— On dirait que tu as besoin qu'on te rappelle que tu es ma compagne et ma reine.

— Lucifer ! s'écria-t-elle, mais elle ne me rejeta pas.

Elle aimait quand je dominais au lit, même si elle voulait qu'on soit égaux dans d'autres aspects de notre relation.

Je la portai jusqu'à notre suite, le cœur battant face à son air rebelle. La porte de la chambre bascula quand je l'ouvris d'un coup de pied, révélant le lit à baldaquin au centre de la pièce.

Je rabattis les couvertures et l'allongeai sur le lit, puis utilisai mes propres pouvoirs des ténèbres pour déchirer ses vêtements, les retirant sans même les toucher. Elle poussa un cri de surprise à la sensation soudaine de mes ombres sur sa peau exposée, et ses tétons se durcirent dans l'air froid nocturne. Je parcourus son corps nu d'un regard possessif.

J'ordonnai à ma pénombre d'attacher ses poignets aux barreaux de la tête de lit. Ses yeux s'écarquillèrent, mais ses joues rougirent de désir et elle ne protesta pas. Elle aurait pu arrêter ça avec sa propre magie n'importe quand, mais elle ne le fit pas. Elle voulait que je continue.

Ma queue se tendit contre mon pantalon alors que je reluquais son corps nu devant moi. Les ombres écartèrent ensuite ses jambes et attachèrent ses chevilles aux autres barreaux, exposant son sexe déjà excité pour moi. Je laissai mon obscurité caresser tout son corps, effleurer ses tétons, glisser sur son clitoris, tout en la contemplant. Elle lâcha un souffle et ses pupilles se dilatèrent quand elle bougea ses hanches et qu'une de mes tentacules s'insinua dans son sexe.

— Je n'ai même pas besoin de te toucher pour te faire jouir.

Je la baisai lentement avec ma magie, lui montrant qui était le chef devant ses gémissements et ses tortillements.

Hannah avait besoin d'une bonne leçon, un rappel que j'étais son roi et qu'elle m'appartenait. Je me hissai sur le lit et m'agenouillai au-dessus d'elle en défaisant mon pantalon et en sortant mon manche.

— Ouvre la bouche.

Ses lèvres firent une petite moue, et je frottai mon gland sur elles, ouvrant le passage pour moi. Je glissai mon membre durci dans sa petite bouche parfaite, étouffant ses cris alors que j'enfonçais davantage mes tentacules en elle, titillant son clitoris par la même occasion. Elle haletait autour de moi tandis que je me frottais contre sa langue. Je gémis à l'exquise sensation de ses lèvres douces.

Pieds et poings liés, elle ne pouvait que prendre ce que je lui offrais, en me regardant avec de grands yeux et en gémissant. Sa bouche était si humide et chaude, et j'adorais qu'elle essaie de m'aspirer davantage, même si elle était ravagée de fond en comble par les ombres autour de nous. J'agrippai le bord de la tête de lit au-dessus d'elle en allant et venant dans sa bouche. Ses petits couinements devinrent frénétiques quand ma magie la fit jouir. Je déversai mon sperme dans sa bouche et sur ses lèvres, lui faisant tout avaler avant de me retirer.

Elle m'observa, l'air hébétée, descendre du lit et retirer mes vêtements. Ma queue était déjà redevenue dure. Il y avait des avantages à être le diable, après tout.

Je fis sillonner mes doigts sur son ventre plat et lisse, sur ses côtes et la courbe de son sein. Elle se tendit, sans même respirer, dans l'attente de voir ce que j'allais lui faire. Elle était impuissante, mais heureuse de l'être. Non, elle était pleine de puissance, nous le savions tous les deux. Hannah était dans mon lit, attachée et écartée pour moi parce qu'elle le voulait.

Je m'approchai d'elle puis me penchai sur son magnifique corps.

— Ma reine.

Je pris l'un de ses tétons entre mes lèvres, fis glisser ma langue dessus et le suçotai vivement avec ma bouche. Elle poussa un gémissement venus des profondeurs de sa gorge, et se tordit en essayant de bouger les mains et les jambes.

— J'ai envie de te toucher.

— Il ne s'agit pas de ce dont tu as envie. Il ne s'agit que de moi.

— Alors prends-moi, supplia-t-elle.

Je me positionnai au-dessus d'elle, touchant légèrement ses tétons avec mon torse. Elle se mordit la lèvre à ce contact et étouffa un cri. Mon sexe appuya contre son entrée, et je m'y engouffrai jusqu'à la remplir entièrement. Prouvant qu'elle était à moi. Encore. Toujours. À jamais.

Elle arquebouta ses hanches contre moi, m'insérant davantage en elle alors qu'elle se débattait avec ses obscures attaches. J'inclinai la tête et l'embrassai sans ménagements en la pénétrant, accélérant le rythme. Puis je me redressai, saisissant ses hanches et les soulevant contre moi pendant que je m'agenouillais entre ses cuisses. Elle cria encore et encore à chaque coup de rein. J'adorais la voir s'abandonner à moi ainsi.

Quand ses cris devinrent erratiques, je me balançai plus vite et plus fort, utilisant ma force d'immortel pour la baiser comme personne. En tant qu'ange, elle pouvait le supporter et elle se tendit rapidement sous moi, son visage se contorsionnant d'une manière qui faisait de moi un vrai roi. Elle se déhancha et hurla mon nom. Je m'enfonçai une dernière fois avant que les pulsations de son corps autour de ma verge m'amènent au bord du précipice.

Les ombres qui retenaient les chevilles et les poignets d'Hannah disparurent et je la pris dans mes bras. Elle se blottit contre moi et je la tins fermement, regardant dans ses yeux bleus, empreints de tant de vérité et de lumière. La parfaite correspondance de mes ténèbres.

— Je t'aime, prononçai-je, la poitrine tout à coup comprimée. Et j'ai besoin de toi. Maintenant, plus que jamais.

— Oui tu as besoin de moi, répliqua-t-elle avec un petit sourire satisfait avant de toucher tendrement mon visage. Peu importe ce qui nous arrive, je me battrai toujours à tes côtés. Pour toujours et à jamais. Je suis ta reine.

Je m'accrochai à elle davantage en pensant à ce que les prochains jours nous réservaient. Pour une fois, je n'étais pas sûr qu'on s'en sorte vainqueurs, mais au moins, nous y ferions face ensemble.

28

HANNAH

Pendant le long trajet en avion de Londres à San Francisco, mes pensées papillonèrent ; je passai de l'appréhension de revoir Jophiel, à la peur de ce qu'Adam et Belial étaient en train de faire en ce moment même, jusqu'à l'euphorie de la nuit dernière avec Lucifer. Même quand j'étais en colère, je ne pouvais lui résister. La façon dont il se cramponnait à présent à ma main dans la limousine me disait qu'il ne me voulait nulle part ailleurs qu'à ses côtés. Une chance pour lui, je n'avais aucune envie d'être ailleurs.

Nous nous arrêtâmes devant la maison blanche excessivement grande de ma sœur. Je pris une profonde respiration quand notre chauffeur ouvrit la portière. Même en étant un ange, je dus prendre une minute pour m'étirer le dos après m'être extirpée de la limousine. Après un vol de onze heures, puis le trajet de l'aéroport à ici, j'étais prête pour une séance de yoga énergique. Du yoga... ou quelque chose de plus physique. Je lorgnais les fesses de Lucifer en le suivant dans les escaliers. Callan était sur mes talons, ainsi qu'Olivia et ses autres compagnons.

Jophiel ouvrit tout à coup la porte et nous contempla, les

yeux écarquillés, la bouche légèrement ouverte, avant de se reprendre.

— Voilà une visite plutôt inattendue. Je suis contente de vous voir...

Ses yeux se posèrent sur Lucifer et son ton se fit glacial.

— ... De voir certains d'entre vous.

— On peut entrer ? demandai-je. On doit te parler d'une chose urgente.

— Bien sûr. Entrez.

Elle recula.

Lucifer et moi fûmes les premiers à entrer, puis nous dégageâmes le chemin pour que Callan et Olivia nous suivent à leur tour. Kassiel, Bastien et Marcus demeurèrent à l'extérieur, montant la garde au cas où les archdémons débarqueraient.

Jophiel posa la main sur le bras de Callan, regardant son fils avec amour. Elle toucha gentiment son visage.

— Je suis tellement heureuse de te voir. Ça fait bien trop longtemps.

Il inclina doucement la tête.

— J'aurais espéré que ça se fasse dans de meilleures circonstances.

Elle se tourna ensuite vers Olivia et la salua d'un mouvement de tête, mais rien de plus. Je sentis qu'elle était la raison de la tension entre Callan et sa mère. Ou du moins, l'une des raisons.

Jophiel nous mena au salon et nous envahîmes la pièce, prenant place sur le canapé ou sur les fauteuils luxueux, même si Olivia resta debout suffisamment longtemps pour prendre l'un des minuscules anges de cristal exposés.

— S'il te plaît, n'y touche pas, dit Jophiel d'un ton strict.

Olivia le posa rapidement et prit place à côté de Callan, tandis que Jophiel nous étudiait tour à tour.

— Je me doute qu'il ne s'agit pas d'une visite amicale. Quelle en est la raison ?

— Les archdémons ont libéré Pestilence, déclara Lucifer d'un ton monotone.

Sans préambule, ni embellissement. Rien que les faits.

— Il a pris possession du corps d'Adam.

Le visage de Jophiel pâlit et ses doigts s'enroulèrent à la naissance de sa gorge.

— Non. Le premier Cavalier ? Pourquoi ? Comment ?

— C'est une longue histoire qu'on n'a pas le temps de raconter, dis-je en sachant que Jophiel ressentirait la sincérité de mes mots. Mais nous l'avons tous vu de nos propres yeux. C'est la vérité.

Lucifer se pencha et croisa l'air stupéfait de Jophiel.

— Nous savons tous que Guerre est le prochain sur leur liste. Nous avons besoin de la clé du Paradis de Michaël si on veut les arrêter.

— La clé de Michaël ? répéta Jophiel, toujours choquée par tout ce que nous venions de lui dire.

— Est-ce que tu l'as ? demanda Callan.

— Oui. Je la gardais pour le jour où tu serais prêt.

Elle relança ensuite un regard noir à Lucifer.

— Mais je ne la donnerai pas au roi de l'Enfer, quelles qu'en soient les circonstances.

Callan se leva, sa large carrure semblant remplir la pièce.

— Cette clé est mon héritage. C'est moi qui devrais en prendre soin.

— Non, rétorqua Jophiel, pas le moins du monde touchée par la démonstration de Callan. Elle est plus en sécurité avec moi. Vous avez clairement échoué à arrêter Pestilence. Qu'est-ce qui vous fait penser que vous pouvez aussi arrêter Guerre ?

— Jo, je t'en prie, exigeai-je.

Peut-être qu'un plaidoyer l'aiderait à voir au-delà de ses vieux préjugés sur Lucifer.

— Tu es en danger tant que tu as la clé. C'est une cible dans ton dos. Adam ou l'un des archdémons finira par te trouver.

Son visage afficha la plus légère expression de surprise.

— Je suis choquée que tu te soucies de moi.

Je levai les mains.

— Bien sûr que je me fais du souci. Tu es ma sœur. Je t'en veux. Je ne suis pas sûre de pouvoir te pardonner un jour pour ce que tu as fait. Mais je t'aime malgré tout. Je ne veux pas que tu meures. Et on a vraiment besoin de ton aide.

— Si Guerre est libéré, ça signifiera la fin de la paix, dit Lucifer. Pas que pour les humains, mais nous tous.

— Oui, mes parents m'ont raconté ce qui s'est passé la dernière fois.

Jophiel pinça fermement les lèvres en réfléchissant.

— Même si on m'a élevée dans la haine des démons, et toi par-dessus tout, Lucifer, j'ai encouragé Michaël à mettre fin à la Grande Guerre. Je n'ai aucune envie qu'on reparte en guerre.

Ses yeux se posèrent sur Callan et puis sur Olivia, et son visage s'adoucit.

— Surtout maintenant que mon fils a trouvé le bonheur.

Les yeux d'Olivia s'écarquillèrent. Je me demandai si c'était la première fois que Jophiel laissait entendre qu'elle acceptait la compagne de Callan. Je voulais lui dire de ne pas le prendre personnellement. Jophiel voyait tout en noir ou en blanc, alors même que toute l'existence d'Olivia était une palette de gris.

— Merci, dit Callan en serrant la main de sa mère.

Elle lui fit un doux sourire en se levant.

— Je vais chercher la clé, mais je veux être des vôtres dans votre combat contre Pestilence. Si tu vas au Paradis, emmenez-moi avec vous.

— Très bien, dit Lucifer en baissant un peu la tête.

Elle sortit de la pièce et je soufflai un bon coup tandis qu'un gros poids s'enlevait de mes épaules. En attendant, Lucifer s'enfonça dans sa chaise et croisa les jambes, comme s'il était chez lui et non chez son ennemie. Les mains de Callan se resserrèrent sur celles d'Olivia, et elle posa la tête sur son épaule.

Je les observais quand quelque chose dans le coin de mon œil me fit détourner le regard.

— C'était quoi ça ?

— Quoi ? demanda Callan, tout de suite sur le qui-vive.

Je fixai le mur de l'autre côté de la pièce. Celui avec le buffet. Il y avait eu du mouvement vers là-bas, comme une ondulation de l'air. Tout le monde suivit mon regard vers là où j'avais vu... quelque chose. Je me levai, m'approchai et sentis que quelque chose n'allait pas, comme quand quelqu'un mentait, sauf que ça provenait de ce coin.

Utilisant un tour que Bastien m'avait appris, je levai une main et fis sortir de la lumière de ma paume en direction du mur. L'illusion se brisa, faisant apparaître Adam et Némésis debouts dans le coin de la pièce. Personne ne les avait sentis, pas même Jophiel. Némésis était plus puissante que ce que je croyais.

Lucifer et les autres bondirent immédiatement face à la nouvelle menace. Mais avant qu'il puisse agir, Adam leva les bras, et l'air se fit épais et vaseux devant lui. Il se propagea dans la pièce, recouvrant tout d'un film huileux. Ça se passa si vite que je n'eus même pas le temps d'utiliser mes pouvoirs. Les autres se retrouvèrent pliés en deux, à tousser derrière moi. Je semblais être la seule à avoir été épargnée.

Adam avait l'air tout droit sorti d'un cauchemar, la peau jaune et cloquée, les cheveux blancs tombant de son crâne par touffe, laissant des plaques à vif et chauves qui suintaient un liquide nauséabond. Quand il se tourna vers moi, ses yeux blancs luisants semblaient empreints de folie, comme s'il avait de la fièvre, ce qui était sûrement le cas. Peut-être que le mal authentique qu'il transportait tout le temps le maintenait dans un état suspendu de décomposition.

Némésis essaya de créer d'autres illusions, mais la lumière de la vérité émanait de mon corps et l'en empêchait. Je jetai ensuite mes ténèbres sur Adam, même si elles furent à peine efficaces, en partie parce que je ne savais toujours pas comment les contrôler. Je me repliai, en essayant d'atteindre Lucifer, quand la fenêtre à côté de moi se brisa. Belial s'engouffra à l'intérieur en brandissant l'Étoile du Matin. Bien sûr qu'il l'avait prise. J'aurais dû le savoir. Même si, pendant un bref instant éphémère, je crus qu'il était peut-être venu pour nous secourir. Je pensai ça jusqu'à ce que je le vis se jeter sur Callan.

Jophiel s'élança en rugissant dans la mêlée, l'épée en l'air, prête à défendre son fils. Elle croisa le fer avec Belial mais Adam libéra une vague de maladie qui alla s'abattre exclusivement sur elle. Frappée, la couleur quitta son visage, et elle vacilla alors que la maladie s'emparait de son éclat céleste, une lumière qui émanait d'elle et dont j'avais ignoré l'existence jusqu'alors. Elle chancela au ralenti, et un air de panique s'afficha sur son visage. Elle tomba au sol et Némésis se retrouva tout de suite à côté d'elle, arrachant ce qui ressemblait à un énorme diamant de son corps.

Je poussai un cri à l'attention de Marcus alors que tout autour de moi n'était plus que chaos. Kassiel et les autres qui se trouvaient dehors se précipitèrent, levant les bras pour combattre l'odeur de maladie qui envahissait l'air. Bastien se rua immédiatement sur Némésis, utilisant ses pouvoirs d'Ofanim pour s'opposer à ses illusions. Marcus se mit à soigner Jophiel, et Kassiel essaya de traîner une Olivia malade dehors.

Lucifer fut le premier à se remettre de l'attaque d'Adam. Il se leva, mobilisa une épée de ténèbres dans une main et des feux de l'enfer dans l'autre. Je rassemblai ténèbres et lumière et me plaçai à ses côtés, prête à affronter Pestilence. Au moins, nous mourrions ensemble.

Nous deversâmes notre magie sur lui, et même s'il fléchit face à l'attaque, ça ne suffit pas. Adam leva une main et nous envoya une décharge de pouvoir assez puissante pour nous envoyer nous écraser contre le mur le plus lointain.

Le rire épouvantable d'Adam emplit la pièce.

— Je suis un dieu désormais. Personne ne peut m'arrêter. Pas même le grand Lucifer.

Némésis attrapa Callan par ses cheveux blonds et baissa sa tête. Belial s'avança et posa la lame de l'Étoile du Matin sur son cou. Un filet de sang apparut.

— Que personne ne bouge, avertit-il. Sinon le joli garçon meurt.

— Non ! crièrent Olivia et Jophiel en même temps.

Cependant, la voix de Jophiel était faible et quasi-inexistante. Rien de plus qu'une expiration.

— Utilise la clé, ordonna directement Némésis à Callan alors qu'il essayait de se débattre. Ou nous décimons tous ces gens que tu aimes.

Callan leur lança un regard noir et Némésis pressa la pierre dans sa main. Elle luit doucement dès qu'il la toucha, comme si elle contenait un morceau de la lumière du Paradis.

— Je ne le ferai pas.

Adam agrippa Bastien et l'infecta, ce qui donna à sa peau une teinte verdâtre.

— Je vais continuer. Tu peux regarder tout le monde dans cette pièce tomber malade et mourir, jusqu'à ce que tu ouvres le Paradis.

— Très bien.

Les dents de Callan étaient serrées et nous savions tous que les choses n'allaient pas très bien au contraire.

— Mais je ne sais pas comment m'y prendre. Je n'ai jamais vu cette chose, et je sais encore moins m'en servir.

— Elle t'obéira.

Même la voix d'Adam avait changé, elle ressemblait davantage à un sifflement et avait perdu sa richesse d'antan.

— La clé te reconnaîtra, fils de Michaël. Elle connaît ta lignée.

Callan prit une respiration saccadée et tint la pierre devant lui. Une lumière semblant venir d'un autre monde emplit la pièce, et un trou scintillant apparut. Il brillait et étincelait de nacres et il m'était presque impossible de le quitter des yeux.

Adam attrapa soudainement mon bras et me mit sur pieds.

— Tu viens avec nous. Tu es à moi. Tu l'as toujours été, Ève.

— Non ! cria tout à coup ma sœur. Tu ne feras pas de mal à ma famille !

Jophiel déploya ses magnifiques ailes cuivrées et se jeta sur Adam. Elle avait l'air si malade que je me demandais même comment elle pouvait encore bouger, mais elle parvint à le faire reculer, me libérant de son emprise. En contrepartie, il balaya sa main d'un revers et envoya une vague intense de maladie dans sa direction. L'air malade tournoya autour d'elle, la faisant gémir. Jophiel s'effondra par terre, atterrissant sur le tapis avec un bruit sourd, et ne bougea plus.

La rage déferla en moi, me donnant de la force. J'acheminai mes énergies sombres et lumineuses, qui s'entrelacèrent ensemble telles des tresses élaborées, et les lançai droit sur Adam. Le coup le repoussa, mais l'Ancien Dieu en lui me résista.

— Viens, laisse-là ! s'écria Némésis, à mi-chemin du portail.

Belial avait déjà disparu dans le trou, remarquai-je, assaillie par une vive avalanche de tristesse et de déception.

Némésis tenait encore fermement Callan et le traîna avec elle vers le portail. Adam me lança un dernier regard furieux avant de les suivre. Le portail se referma immédiatement derrière eux, laissant le reste d'entre nous dans l'incapacité de les suivre ou de les combattre.

29

HANNAH

Ma sœur dans les bras, Marcus fit sortir tout le monde précipitamment, loin des vapeurs toxiques. Nous atterrîmes tous sur la pelouse de devant, les autres toussant et faibles, à peine capables de marcher. Je soutins Kassiel et l'aidai à reprendre son équilibre, ressentant le besoin d'être près de mon fils pour m'assurer qu'il allait bien. Une fois en terrain sûr, je le pris dans mes bras et le serrai fermement, soulagée qu'il n'ait rien.

Je me reculai pour voir Marcus agenouillé à côté de ma sœur. Il leva vers moi des yeux affligés et brillants.

— Non, murmurai-je. C'est impossible. Elle ne…

J'avais été si en colère contre elle, si furieuse, mais à présent… Elle s'en était allé.

— Tu ne peux pas la ressusciter ? Tu m'as ramenée, moi !

Mes paroles étaient désespérées et minces, comme si elles aussi ne voyaient plus aucun espoir. Pourquoi n'étais-je pas née guérisseuse moi aussi ! Qui se souciait de la vérité quand les gens que nous aimions mouraient autour de nous ?

Marcus s'effondra.

— J'aimerais pouvoir la ressusciter, mais j'ai à peine assez d'énergie pour soigner tout le monde. Je suis désolé.

Les épaules de Marcus s'affaissèrent et je me réfugiai dans les bras de Lucifer qui m'attendaient. Il me tint tout contre lui alors que je pleurais, ma douleur forte dans le silence choqué qui emplissait l'air. Marcus se dirigea alors vers Olivia, la purgeant du poison qu'Adam avait propagé. Tout le monde avait été touché, mais certains plus que d'autres. Kassiel, à mon soulagement, en avait à peine inhalé et ne toussait qu'un peu. Olivia, au contraire, était à l'intérieur depuis le début et pouvait à peine bouger. Bastien n'allait pas bien du tout lui non plus.

Quand Marcus en eut terminé avec les autres, il vint vers Lucifer, mais ma moitié leva une main.

— Je vais bien. Garde tes forces.

Marcus acquiesça, affichant des ombres violettes sous ses yeux. Il s'était épuisé à guérir tout le monde. J'étais la seule à ne pas avoir été touchée par le mal d'Adam. Il n'était pas encore prêt à me tuer. Il aimait toujours me faire souffrir avant.

Si Jophiel n'avait pas fait preuve de ce dernier acte de bravoure, Adam m'aurait traînée avec eux par le portail. Je ne pouvais qu'imaginer la souffrance qu'il avait prévu de m'infliger au Paradis. J'aurais simplement aimé qu'on puisse l'empêcher d'emmener Callan avec lui.

— Elle s'est sacrifiée pour moi, chuchotai-je. Elle a fait des choses horribles, elle a été si...

Je m'arrêtai, à la recherche du bon mot.

— *Malavisée* parfois, mais elle a fait de mauvaises choses pour de bonnes raisons.

Je regardai Lucifer et le suppliai de comprendre, même si je ne pouvais prononcer ces mots.

Sa main entoura la mienne.

— Je suis d'accord. Tout ce qu'elle a fait, c'était par amour.

Un autre sanglot m'échappa.

— Je n'ai jamais pu me réconcilier avec elle pour ce qu'elle a fait, et maintenant c'est trop tard.

J'aurais fini par lui pardonner, tout comme j'avais pardonné Lucifer. Ce n'était pas dans ma nature d'être rancunière trop longtemps, sauf quand il s'agissait d'Adam. Cet enfoiré allait payer. Un jour. D'une manière ou d'une autre.

Olivia s'assit dans l'herbe avec Kassiel, recroquevillée sur ses genoux, Marcus et Bastien des deux côtés, leurs mains posées sur elle. Ils étaient tous bouleversés, inquiets pour Callan et une larme coulait de temps à autre sur les joues d'Olivia. J'étais également-ment inquiète, c'était mon neveu et le fils de Jophiel. Je me devais de le secourir pour elle.

— Ils ne le tueront pas, dit Lucifer en caressant mon dos. Ils ont besoin de Callan pour ouvrir la tombe de Guerre. Même après, je doute qu'ils le tuent. C'est le dernier fils vivant de Michaël. Il est né au Paradis et ils le garderont en vie au cas où ils aient besoin de son sang encore une fois.

Olivia regarda Lucifer avec espoir.

— Vous en êtes sûr ?

Il hocha la tête.

— Essayez de ne pas vous inquiéter. Il est fort.

— Ouais, mais Adam est trop puissant, marmonna Marcus. Comment peut-on envisager de le tuer ?

— Quand Guerre sera libéré, il sera trop tard pour arrêter l'apocalypse, déclara Bastien. Et maintenant, ils ont les moyens de la provoquer.

— Le mieux que nous puissions faire, c'est de sortir Pestilence de son corps et enterrer son essence comme ils l'ont fait autrefois, dit Kassiel.

Lucifer se pinça les sourcils.

— Nous aurons besoin de nous allier aux fées pour ça. Malheureusement, le grand roi et moi ne nous entendons pas trop ces derniers temps.

Kassiel haussa un sourcil.

— Tu as fait la paix avec les anges, tu peux sûrement convaincre les fées de travailler avec nous pour cette cause.

Ils continuèrent à discuter de cela mais je ne les entendais plus. Je contemplai la peau pâle et malade de ma sœur. Mon estomac se retourna soudainement et je me détournai, en espérant que ça passe. Ce ne fut pas le cas, et je m'éloignai précipitamment de notre groupe, vers un coin de la maison. Je plaquai la main sur ma bouche, pendant que mon estomac faisait les montagnes russes et essayait de régurgiter son contenu. Je me cachai derrière un buisson.

Je vomis rapidement toute la nourriture que j'avais avalée dans l'avion. Mes yeux se remplirent de larmes, comme ils le faisaient à chaque fois que j'étais malade. Je les essuyai quand mon estomac se retourna à nouveau. J'attendis, en ayant des haut-le-cœur, mais même si mes muscles se contractaient, rien ne sortit. La sueur due à l'effort perlait de mon front, et je m'appuyai contre le mur derrière moi.

Mince. Ce n'était vraiment pas le bon moment d'avoir l'estomac fragile.

— Ça va ? demanda Lucifer, les traits préoccupés.

— Non, répondis-je en m'essuyant la bouche. Je viens juste de voir ma sœur se faire tuer par le premier Cavalier de l'Apocalypse. Alors non, ça ne va pas.

— Je comprends.

Il attendit que je le rejoigne et je pris son bras pour m'appuyer plus que ce que je souhaitais. Nous allâmes retrouver les autres.

— Les horribles pouvoirs de Pestilence ont dû te toucher. J'ai déjà vu ces symptômes autrefois.

J'acquiesçai doucement et il déposa un baiser sur le haut de ma tête. Je me sentais encore un peu nauséeuse et tremblais toujours, mais je tentai de paraître plus forte que je ne l'étais lorsque je rejoignis les autres.

Lucifer se tenait à mes côtés, la main sur mon épaule alors qu'il examinait notre groupe.

— Il est temps d'y aller.

— Y aller ? répéta Marcus. Où ça ? On ne peut pas se rendre au Paradis.

— On ne peut pas rester ici et attendre que d'autres démons viennent nous éliminer, déclara Lucifer d'un ton autoritaire. On va retourner à Las Vegas, rassembler nos alliés, former un nouveau plan de bataille, et on se lancera à la poursuite de Pestilence ensuite.

Olivia renifla et se leva.

— Voyons comment on peut secourir Callan.

Leur groupe se déplaça vers la limousine mais je ne pouvais pas bouger. Pas sans Jophiel.

— On ne peut pas la laisser ici.

— J'enverrai quelqu'un s'occuper de sa dépouille, dit Lucifer en me prenant la main. Je m'occupe de tout. Je le jure. Viens avec moi maintenant.

Je hochai la tête et baissai les yeux vers ma sœur en essuyant mes larmes toutes fraîches. Mon fils avait contribué à ça, alors que son fils à elle avait tenté de nous protéger. Désormais, nous les avions perdus tous les deux. Même s'il y avait encore une chance de sauver Callan, je commençais à penser que mon fils aîné ne reviendrait jamais vers moi. Peut-être que Lucifer avait raison et qu'il n'y avait plus aucun espoir pour Belial.

Peut-être avions-nous perdu Belial pour toujours.

Je remarquai à peine Lucifer me mettre dans la limousine et notre départ. Je remarquai à peine quand nous montâmes dans le jet privé et décollâmes. Je remarquai à peine quand nous atterrîmes à Las Vegas plus tard. J'étais insensible. Je bougeais mais j'étais vide à l'intérieur. J'essayais de trouver la moindre étincelle d'espoir... sans succès.

LUCIFER

Je regardais mon reflet dans la fenêtre du penthouse, mon whisky à la main. Derrière moi, Hannah faisait les cent pas, les bras croisés, son langage corporel renfermé. Olivia et trois de ses compagnons étaient étendus sur le canapé en cuir. Kassiel, Bastien et Marcus étaient assis si près d'elle qu'elle aurait dû se sentir étouffée, mais elle semblait avoir besoin des trois hommes. Peut-être était-ce le cas, elle était à moitié succube, après tout.

Je pris une profonde inspiration avant de faire face à la pièce. Cette journée s'était transformée en désastre. J'avais déjà demandé à Samaël et Azazel de rentrer, et ils étaient sur le chemin du retour après leur visite à la prison Penumbra, où ils n'avaient absolument rien appris. Je m'étais occupé de la maison de Jophiel, et avais fait envoyer sa dépouille aux anges. J'avais appelé l'Archange Gabriel et lui avais demandé de me retrouver ici pour discuter de la prochaine étape. Ma tête bourdonnait tant la liste de choses à faire était longue, mais j'étais en train de m'y atteler et tout le monde dans la pièce avait un verre de vin, alors c'était au moins ça de fait.

C'était pour Hannah que je m'inquiétais le plus, cependant. Elle avait à peine parlé depuis que nous avions quitté la maison de Jophiel. Elle avait encore été malade dans l'avion, mais elle avait refusé que Marcus la soigne, certifiant qu'elle allait bien. J'avais essayé de la convaincre de se mettre au lit et de se reposer, afin qu'elle pleure en privé, mais elle avait dit vouloir être présente quand Gabriel arriverait.

Je vérifiai ma montre, en me demandant où il était. Comme si mes pensées l'avaient appelé, l'Archange apparut devant moi, et je refrénai un sursaut, essayant de ne pas réagir. Le roi de l'Enfer n'était jamais pris par surprise. Mais bon sang, je détestais vraiment quand il faisait ça.

— Où est ma fille ? exigea l'Archange aux cheveux couleur sable sans nulle autre forme de salut.

Je comprenais. J'aurais été inquiet pour Kassiel si j'avais été à sa place. Je fis un signe par-dessus son épaule, et il se retourna, les bras déjà ouverts.

Olivia bondit dès qu'elle le vit.

— Père, cria-t-elle en courant vers lui.

Il l'attrapa et la plaqua contre lui. Mon cœur se serra en pensant à la fille avec qui je ne partagerais jamais cet amour. Je mis ma peine de côté, conscient que ce n'était pas le moment.

Gabriel enroula ses bras autour de sa fille et la conduisit vers le canapé en cuir noir. Kassiel expliqua ensuite avec moult détails tout ce qui s'était passé ces derniers jours, racontant toutes les choses que je n'avais pas dites dans mon message urgent.

Gabriel inspira profondément quand le résumé s'acheva.

— Vous vous êtes vraiment mis dans de beaux draps cette fois-ci, n'est-ce pas, Lucifer ?

— Je refuse d'en prendre la faute.

Je servis à Gabriel un verre corsé. Ça m'amusait toujours de voir les anges boire. Les humains les pensaient si purs. Oh, s'ils savaient...

Gabriel fronça les sourcils en prenant son verre.

— La mort de Jophiel est un coup dur pour la communauté des anges. Elle n'était pas seulement l'un de nos Archanges, mais la PDG de Aether Industries, notre plus grand patron.

— Adam a enlevé son fils, dit Hannah à voix basse. Nous devons honorer sa mémoire en le secourant.

Le regard de Gabriel se posa sur elle.

— Haniel. Je pensais que nous t'avions perdue. Ça fait si longtemps que je ne t'ai pas vue.

— J'étais perdue, d'une certaine manière, répliqua-t-elle. Mais plus maintenant.

— Elle a raison, il faut qu'on trouve Callan, dit Olivia. Est-ce que tu as une clé du Paradis ?

Gabriel fit tournoyer le liquide dans son verre, faisant tinter les glaçons contre les bords.

— Oui, Michaël m'en a confié une quand il a scellé le Paradis.

Je hochai la tête, ses mots confirmant mes soupçons. J'avais fait la même chose quand j'avais fermé l'Enfer. Lilith possédait un double, c'était la seule archdémon en qui j'avais confiance. Enfin, en elle plus que les autres, en tout cas. Qu'était la confiance vraiment, à part une courte liste de personnes qui étaient moins susceptibles de me poignarder dans le dos ? Une liste qui se raccourcissait d'heure en heure.

— Ne devrions-nous pas déjà être en route ? demanda Kassiel. Chaque minute les rapproche de la tombe de Guerre.

— Nous ne pouvons pas nous précipiter, dis-je. Notre échec chez Jophiel l'a prouvé. Il faut réunir nos alliés et préparer un plan de bataille.

Gabriel acquiesça.

— S'ils parcourent le paysage en ruine du Paradis, ça leur prendra quelques temps.

Je terminai mon whisky et posai mon verre sur le bar.

— Oui, ils ne peuvent pas vraiment monter dans un avion là-bas. On prendra le jet pour nous rendre sur Terre à l'endroit équivalent où se trouve la tombe, puis on utilisera la clé pour ouvrir le portail. De cette façon, on pourrait même les prendre par surprise.

— Qu'est-ce qu'on fera une fois qu'on y sera ? demanda Hannah.

Je pointai les doigts en réfléchissant.

— La priorité est de les empêcher de libérer Guerre. S'ils parviennent à le faire, nous devons nous assurer qu'il ne prenne possession d'aucun corps. Il y a une petite chance pour que nous parvenions à le ré-enterrer, sauf s'il trouve un réceptacle.

— Pestilence a demandé un sacrifice, rappela Bastien. Guerre demandera la même chose ?

— Je pense, oui, acquiesçai-je.

— Et Pestilence alors ? demanda Marcus.

Il avait encore l'air tourmenté des soins qu'il avait procurés plus tôt. Je ne pouvais qu'imaginer à quel point Pestilence était abject pour un Malakim comme lui, dont le devoir était de préserver la vie.

J'écartai les mains.

— La meilleure chose que nous puissions faire pour l'instant, c'est de le distraire et de tuer Adam. Dès que nous aurons arrêté Guerre, nous pourrons contacter les fées et nous allier à elles pour piéger à nouveau Pestilence.

Gabriel finit son verre et se leva.

— J'ai besoin de passer quelques coups de fil. La tombe se situe au Mexique, juste à l'extérieur de Cancún à la pyramide de

Chichen Itzá. Je peux m'y téléporter, mais je ne peux prendre personne avec moi.

Je hochai la tête.

— Nous prendrons le jet à l'aube.

— Je demanderai à des anges de nous aider. C'est une menace contre laquelle nous devons tous lutter, dit Gabriel avant de se tourner vers Olivia. On se revoit vite.

Il disparut en un claquement de doigts. Il était là et la seconde suivante, il était parti. C'était son pouvoir d'Archange. Il avait toujours été mon Archange préféré, mais bon dieu, que c'était agaçant.

Les autres se levèrent aussi.

— Nous nous verrons demain matin, dit Kassiel en serrant rapidement le bras d'Hannah avant de partir.

Une fois qu'ils se retirèrent tous dans leurs suites respectives, j'envoyai un message à Raphaël pour lui faire part de notre plan. Nous avions besoin du plus puissant Malakim pour combattre les pouvoirs méphitiques d'Adam. Honnêtement, nous avions besoin de tous les alliés possibles si nous comptions combattre Pestilence.

— Va te coucher, dis-je à Hannah. Je te rejoindrai dès que j'aurai envoyé quelques messages.

Elle acquiesça et sortit de la pièce. J'appelai Einial et révisai certains aspects logistiques de notre voyage de demain. Une fois ceci terminé, j'envisageai d'appeler les fées, mais je n'avais pas le temps. Je ne pouvais pas vraiment envoyer de messages au royaume des fées de toute façon. Les fées n'étaient pas tout à fait à jour avec la technologie.

En parcourant le salon, un mouvement à l'extérieur de la fenêtre attira mon regard. Je fus immédiatement sur mes gardes, prêt pour une autre attaque, quand j'aperçus une gargouille qui planait dehors. Elle avait des cheveux noirs relevés en un chignon et déployait des ailes qui semblaient recouvertes d'un cuir vernis. Elle se posa sur la terrasse.

En m'approchant, je reconnus Romana, la fille aînée de Belphégor. Génial. Un autre enfant obstiné qui cherchait à venger la mort d'un parent était pile ce dont j'avais besoin maintenant... Une mort qui n'était pas de mon fait cette fois-ci.

J'ouvris la porte coulissante.

— Que fais-tu là ?

— C'est vrai ? demanda-t-elle avec un léger accent français. Elle est morte ?

— J'en ai bien peur, oui.

— Racontez-moi.

Je lui fis signe de s'asseoir sur l'un des sièges inclinables de la terrasse, tandis que la brise nocturne chatouillait nos cheveux et nos habits. Elle s'assit au bord de son siège, telle une boule de nerfs prête à bondir de la chaise à tout moment.

Je m'assis en face d'elle et racontai rapidement ce qu'il s'était passé, y compris la trahison d'Adam et le meurtre de Belphégor. L'histoire sordide dans son intégralité. Je n'étais pas sûr du degré d'implication de la fille de Belphégor dans la rébellion de sa mère contre moi, mais Romana ne semblait pas surprise par ce que je lui expliquais, sauf à la fin, quand Pestilence était sorti et qu'Adam avait sacrifié Belphégor pour obtenir le pouvoir.

Romana bouillonnait de colère, les mains agrippées de chaque côté de la chaise, sa peau devenant pierre.

— Je le tuerai de mes propres mains pour ce qu'il a fait.

Je ris presque à l'idée qu'elle puisse réussir là où j'avais échoué. Cependant, nous avions besoin d'alliés si nous comptions réduire cette menace à néant, et je n'étais pas du genre à rater une opportunité. Même si les gargouilles avaient essayé de tuer Hannah du temps où Belphégor les dirigeait, je sentis que la situation était une chance de repartir sur de bonnes bases avec elles.

— Tu es la nouvelle archdémon des gargouilles, lui dis-je. J'ai besoin de savoir maintenant, es-tu contre moi ? Ou contre les gens qui ont trahi ta mère ?

Elle réfléchit un instant, et je vis la prévenance dans ses yeux bruns, avant d'incliner la tête.

— Je suis avec vous, mon seigneur.

Je me levai.

— Sage décision. Demain, nous nous rendons au Mexique pour empêcher Adam et les autres de libérer Guerre. Toi et tes gargouilles nous seraient très utiles dans ce combat.

— Nous nous joindrons à vous. Je vengerai la mort de ma mère.

Elle tomba lentement à genoux, les yeux baissés.

— Je vous fais serment de fidélité, Lucifer. Je vous servirai comme votre archdémon.

C'était inattendu, mais assurément bienvenu. Je lui fis signe de se lever.

— Redresse-toi, Romana. Je te remercie pour ton serment. Nous partirons à l'aube.

— Nous serons prêts.

Elle étendit ses ailes et disparut dans le coin de la terrasse, dans la nuit.

Je contemplai les lumières de Las Vegas, essayant de calmer l'agitation de mon esprit en pensant à ce qui nous attendait demain. Cependant, une seule personne pouvait m'apaiser. Quand j'entrai dans la chambre, Hannah était roulée en boule sous les couvertures au milieu du lit. Je me déshabillai rapidement et me faufilai sous les couvertures derrière elle, l'entourant de mes bras.

— Je n'ai pas eu le temps de lui pardonner, murmura-t-elle.

— Je suis désolé.

Il n'y avait pas grand-chose d'autre à dire. Aucun mot ne pourrait apaiser sa souffrance. Je ne connaissais que trop bien la souffrance, comme tous les immortels, et je savais que ça ne devenait pas plus facile avec le temps.

— J'étais en colère contre elle, mais je ne voulais pas qu'elle meure.

— Elle le savait. Elle le savait quand tu lui as dit que tu l'aimais.

— Tu crois ?

Je voulais effacer toute l'incertitude et la culpabilité qu'elle ressentait. Sa vie d'immortelle porterait longtemps ce poids. En supposant que nous survivions à la prochaine bataille.

— J'en suis sûr. Elle t'aimait aussi. C'est pour ça qu'elle s'est sacrifiée pour te sauver. C'est pour ça qu'elle a fait tout ça.

— Je sais, soupira Hannah. Son amour était... étouffant. Mais il était sincère.

Mes bras se resserrèrent autour d'elle.

— Nous allons stopper Adam, je te le jure.

— Comment ? lâcha-t-elle avec un rire triste. Les Anciens Dieux ne peuvent pas être tués.

Je n'avais pas la réponse, mais j'avais une idée. Une possibilité. La seule chose aussi puissante qu'un Ancien Dieu... c'était un autre Ancien Dieu.

Pouvions-nous faire en sorte que Guerre vainque Pestilence ?

HANNAH

Cancún était chaude et ensoleillée, et la ville offrait toutes ces choses que les sites de voyage promettaient, tout en restant pourtant très pauvre. Ma sœur était morte, mon neveu avait été enlevé et mon fils était perdu. Rien n'allait. Pour une personne dans le deuil, une journée aussi magnifique que celle-là était comme une gifle. Il aurait dû pleuvoir et faire mauvais temps. Tout aurait dû être gris. Comme moi.

Mais quand le soleil me frappa le visage alors que je sortais du jet, je me sentis au moins un peu plus forte physiquement. En tant qu'ange, la chaleur et le soleil m'aidaient, tout comme la brise de l'océan qui caressait ma peau. Je tournai mon visage vers le soleil éclatant, espérant qu'il brûle toutes les ténèbres en moi.

Lucifer posa sa main dans le bas de mon dos et inspira profondément.

— Il faudra qu'on revienne un jour. Quand les choses se seront calmées.

Je fis oui de la tête, même si nous savions tous les deux que ce serait un miracle si nous survivions à cette journée. D'autre part, tout ce dont je me souciais, c'était de renverser Adam. Durant des millénaires, il m'avait torturée et tuée. Il avait tourmenté et trompé ma famille. Il avait assassiné ma fille et à présent ma sœur. J'étais prête à le lui faire payer.

Notre jet privé était rempli de nos alliés, qui s'éparpillaient maintenant sur le tarmac. De nombreux SUV attendaient pour nous conduire à la localisation de la tombe, et je me précipitai sur le premier. Je ne voulais pas perdre davantage de temps. Les quelques heures de repos que nous avions eues avaient été nécessaires, mais n'avaient pas empêché Adam d'avancer dans sa quête de libérer Guerre.

— Le trajet dure combien de temps ? demandai-je en m'entassant dans la voiture avec Einial et Lucifer.

— Deux heures, répondit Einial. Environ.

— Les autres nous rejoindront là-bas, dit Lucifer. J'imagine que Gabriel et Raphaël auront fait le nécessaire.

— Oui, confirmai-je.

Gabriel n'avait dit que la vérité hier soir. Il restait à se demander si les anges qu'il nous envoyait seraient suffisants. Sans une protection contre Adam, je ne voyais pas comment nous serions capables de le combattre, mais nous devions essayer. Nous n'avions pas d'autre choix. Je ne m'étais jamais contentée de me soumettre auparavant, et à présent que Lucifer était à mes côtés, avec la promesse de vivre pour l'éternité avec lui, il n'était pas question que je m'y mette maintenant. Je pris la main de Lucifer et emmêlai mes doigts avec les siens. Non, je n'étais pas prête à laisser tomber.

Durant le trajet, le silence se fit dans la voiture, et je supposai que tout le monde se préparait au futur combat. Nous quittâmes l'aéroport et traversâmes un pont, puis nous nous dirigeâmes vers Cancún, qui me rappelait beaucoup la Californie du sud : un grand ciel bleu ponctué de petits nuages clairsemés, des palmiers de chaque côté de la route et des bâtiments blancs qui évoquaient la colonisation espagnole.

J'aperçus l'océan entre les bâtiments, et je baissai la fenêtre pour sentir la fraîcheur de l'air marin. Nous nous arrêtâmes devant un restaurant et je fus frappée par une forte odeur de crustacés. En règle générale, j'adore les fruits de mer, mais aujourd'hui, rien que d'y penser, mon estomac se retournait. Je m'agrippai au bord du siège en cuir et serrai les dents face à la vague de nausée soudaine et forte.

Un souvenir vieux de quarante ans me revint, quand j'étais enceinte de ma fille et qu'une odeur similaire m'avait fait courir à la salle de bain. Aucune de mes autres grossesses ne m'avait provoqué de nausées, mais je m'étais préparée à vomir pendant toute la durée de ma dernière grossesse.

Une vague de nausée particulièrement affreuse me vint quand le vent fit s'engouffrer une puanteur de poisson dans la voiture. Je montai rapidement la vitre et saisis le siège de mes articulations blanchies par l'effort, luttant pour ne pas vomir mon petit-déjeuner. J'avais aussi été malade hier, mais j'avais pensé que c'était une réaction due à Pestilence et à tout ce que j'avais traversé. Et si ce n'était pas le cas ?

Putain. Merde. Putain. Se pourrait-il que je sois enceinte ?

— Ça va ? demanda Lucifer en m'observant avec une grimace inquiète.

Je hochai la tête et attrapai une bouteille d'eau. En la buvant, mon estomac se calma un peu, mais le mouvement à l'arrière de la voiture me rendit à nouveau malade. Je voulais hurler à mon corps de tenir. Ce n'était vraiment pas le moment.

— Tu as faim ? m'interrogea Lucifer avant de se tourner vers Einial. On a quelque chose à manger ?

— Oui, bien sûr.

Elle ouvrit un sac à dos rempli de divers en-cas sucrés et savoureux.

J'eus presque un haut-le-cœur mais me repris à temps en secouant la tête. Puis, j'aperçus un paquet de crackers natures et m'en saisis avant que Einial ne ferme le sac.

— Merci, marmonnai-je. C'est juste du stress, je crois.

Lucifer serra ma jambe pendant que j'ouvrais les crackers. Je les grignotai lentement, essayant difficilement de ne pas penser à l'acte de manger. Juste en pilotage automatique : mâcher, mâcher, mâcher, avaler. Bordel de merde. Un bébé serait une complication insensée. Gigantesque. Au pire moment de ma vie. Mais je ne pus empêcher ma main de se poser régulièrement sur mon ventre. Une complication insensée, mais également *notre* complication.

Nous quittâmes la ville et prîmes l'autoroute qui fendait la végétation épaisse et verdoyante. Je repoussai la nausée dans un coin de mon esprit. Elle était presque partie maintenant, et il était fort possible que ce soit des restes des effets des pouvoirs de Pestilence. Un bébé, peu importe à quel point ce serait incroyable, n'était pas une option au milieu de cette bataille. Juste pour m'en assurer, je ferais quand même un test de grossesse dès que ce serait terminé.

— Où sont les gens ? demandai-je face aux vieilles ruines de l'ancienne cité Chichen Itzá.

Je ne savais pas vraiment si j'étais déjà venue ici auparavant, mais il était certain qu'il y aurait dû y avoir des touristes partout. Pourtant, personne n'attendait au bas du long escalier maya ni ne prenait de photos des vieux bâtiments.

— Cet endroit devrait être bondé.

— J'ai fait jouer quelques relations. Nous avons le site pour nous tout seuls aujourd'hui.

Lucifer faisait passer son influence pour un jeu d'enfants,

mais même maintenant, son autorité avait toujours le pouvoir de m'impressionner.

Nous garâmes la voiture et en sortîmes. Je regardai autour de moi, m'imprégnant de l'environnement. Il y avait un grand terrain plat où se trouvait autrefois la cité, et la végétation épaisse l'entourait de toutes parts, ce qui rendait l'espace idéal pour réunir nos alliés et se préparer à la bataille. L'immense pyramide se dressait au loin, mais il y avait d'autres monuments, y compris un espace avec des centaines de colonnes de pierre alignées en rangées. Mon amour pour l'Histoire et la mythologie me donnait envie de passer la journée ici en tant que touriste, à tout apprendre des lieux.

— C'était autrefois un marché, dit Lucifer en désignant de la tête les rangées de piliers. Cette cité était vraiment spectaculaire jadis.

Nous nous approchâmes de la pyramide tandis que tout le monde sortait des voitures et commençait à nous suivre. Elle était immense, constituée de dizaines de milliers de blocs de calcaire, et les pierres semblaient briller d'une lumière céleste dans le soleil couchant à l'horizon. J'examinai les marches escarpées et remarquai des têtes de serpents à leur base. C'était magnifique, et le fait de me tenir si près me fit percevoir le léger vrombissement d'une force, comme une vibration subtile dans l'air autour de moi.

— Tu le sens, n'est-ce pas ? se renseigna Lucifer en m'observant attentivement.

J'acquiesçai.

— Qu'est-ce que c'est ? Je ressens la même chose qu'à Stonehenge.

— Cette pyramide existe dans de multiples royaumes, expliqua Lucifer. Comme de nombreux autres monuments anciens que les humains considèrent comme les merveilles du monde. Comme Stonehenge ou la Tour de Jéricho. La Grande Pyramide de Gizeh. La plus grosse boule de ficelle au monde.

— De ficelle ? répétai-je.

Il haussa les épaules.

— L'œuvre des diablotins.

Ah. Ceci expliquait cela.

Il passa ses doigts sur l'une des anciennes pierres.

— Autrefois, ces endroits servaient de ponts entre les différents royaumes, et ils étaient gouvernés par les anges, les démons et les fées. C'était l'époque où les humains nous vénéraient comme des dieux.

Alors que nous retournions vers le grand terrain plat herbeux, le soleil disparut derrière la pyramide, baignant le monde d'un arc-en-ciel de teintes rouges et orangés. Les autres avaient commencé à se rassembler en grand nombre. Olivia et ses compagnons, bien sûr. Samaël et Azazel et d'autres Déchus loyaux. Nos alliés surprises, les gargouilles, menées par leur nouvelle archdémon, Romana. En plus d'un grand groupe d'anges, y compris un groupe de guérisseurs Malakim que l'Archange Raphaël avait emmenés.

L'archange Gabriel se tenait parmi eux. C'était un bel homme aux cheveux couleur sable et au visage avenant, un des rares anges à ressembler davantage à un être humain qu'à un immortel. Nous nous étions croisés de nombreuses fois quand j'étais Haniel, et je l'avais toujours apprécié. J'avais un peu connu Raphaël aussi, mais plus de réputation qu'autre chose. C'était un grand séducteur, avec des douzaines d'enfants, tous de femmes différentes au fil des années. Il était aussi ridiculement beau et charmant, avec des boucles foncées brillantes, la peau matte et un sourire captivant.

Tout le monde était occupé à se préparer pour la bataille, armes brandies et armures sorties, pendant que leur meneur aboyait des ordres. Je ne me sentais pas du tout habillée pour l'occasion, car je portais une tenue équivalente à ma tenue d'entraînement. Quant à Lucifer, il portait l'un de ses costumes noirs signature. Une armure ne nous protégerait pas des pouvoirs de Pestilence de toute façon. Il valait mieux être à l'aise et capable de se déplacer avec aisance, me dis-je.

Pendant que Lucifer s'entretenait avec Einial, je parcourus du regard nos forces impressionnantes, composées d'anges et de démons, deux paradoxes que je n'aurais jamais cru voir se battre dans le même camp. Une apocalypse imminente réunissait des alliances étranges, à n'en pas douter.

Je me dirigeai vers Kassiel, le cœur serré face à sa tenue de combat noire et brillante. Mon fils, qui allait combattre un autre de mes fils. Nous nous enlaçâmes fortement en sachant que tout pouvait s'arrêter pour l'un d'entre nous, ou même pour nous deux. Je priai un quelconque dieu qui pouvait m'entendre de le protéger.

— Tu penses qu'on peut le sauver ? demande Kassiel et je savais qu'il parlait de son frère.

— Je ne sais pas, mais je n'arrêterai pas d'essayer.

Je pris le visage de Kassiel dans mes mains, le regardai, le cœur débordant d'amour, et embrassai son front.

— Je t'aime. Fais attention à toi.

— Je t'aime aussi, maman.

Il eut ensuite une petite conversation intime avec Lucifer, tandis que Zel s'approchait et me prenait par les épaules.

— Rappelle-toi tout ce que je t'ai appris et tout se passera bien, dit-elle.

Je la serrai contre moi.

— Ne meurs pas là-bas. J'ai besoin que tu surveilles mes arrières.

Elle souffla et me rendit mon étreinte.

— Comme si quoi que ce soit pouvait m'en empêcher.

Autour de nous, les gens disaient peut-être adieu à ceux qu'ils aimaient. Tout le monde ici présent savait que c'était une bataille auquelle nombre d'entre eux ne survivraient pas. Si l'un de nous survivait.

Lucifer se tourna vers Gabriel.

— Nous sommes prêts ?

— Oui, tout est prêt.

Gabriel sortit sa propre clé, une pierre transparente de la taille de sa main qui brillait déjà faiblement. C'est alors qu'il s'arrêta et qu'il afficha une expression presque triste.

— Qu'y a-t-il ? demandai-je.

Gabriel inspira profondément en contemplant la pierre.

— Ça fait plus de trente ans que je ne suis pas allé au Paradis. Certains anges ici présents ne l'ont même jamais vu.

Lucifer posa une main sur son épaule.

— Je comprends tout à fait ce que tu ressens.

Gabriel se ressaisit et tint la pierre devant lui. Une lumière étincelante en sortit, ouvrant un énorme portail scintillant qui menait à un autre monde. J'en eus le souffle coupé en le voyant, et à l'idée que le Paradis se trouve de l'autre côté.

Anges et démons confondus se mirent à traverser le portail, disparaissant aussi vite qu'ils y entraient. Je mourais d'envie de les suivre, mais j'éprouvais quand même de l'appréhension. Qu'est-ce qui nous attendait de l'autre côté ?

Lucifer se tourna vers moi et croisa mon regard, me demandant silencieusement si j'étais prête. Je hochai la tête et pris sa main. Nous nous tînmes là, ensemble, prêts à affronter ce qui se trouvait de l'autre côté du portail.

Puis, nous le franchîmes.

32

HANNAH

Dès que nous fûmes de l'autre côté, mes pouvoirs se renforcèrent, et cette puissance apaisa mon âme comme nul autre pareil. Respirant profondément, je fermai les yeux et me prélassai dans la lumière chaude et l'afflux d'énergie qui se trouvaient dans ce royaume. C'était vraiment le Paradis. Le jeu de mots était intentionnel.

Tous les anges qui étaient déjà venus autrefois avaient l'air d'être enfin de retour à la maison, alors que les anges plus jeunes étaient complètement muets d'admiration de visiter le Paradis pour la première fois. Pendant ce temps, les démons plissaient les yeux et ronchonnaient, leurs pouvoirs amoindris sur la terre de lumière.

Le ciel était d'un corail profond, la couleur de la nuit au Paradis, me souvins-je. Ici, le soleil se couchait à l'horizon, mais ne descendait pas davantage. Il plongeait et la lumière faiblissait, mais ne disparaissait jamais. Je ne pouvais qu'imaginer ce à quoi ça ressemblait en pleine journée, le soleil haut dans le ciel.

À côté de moi, la main de Lucifer serra plus fortement la

mienne alors qu'il levait les yeux vers le ciel. Contrairement aux autres démons, il pouvait aussi se nourrir de lumière, un vestige de sa vie d'ange. Je me demandai depuis combien de temps il n'était pas venu ici.

— Qu'est-ce que ça fait d'être de retour ? demandai-je.

Il baissa les yeux sur moi, l'air mitigé.

— C'est comme si j'étais rentré au pays et que j'avais le mal du pays, tout en même temps.

D'une certaine manière, je comprenais ce qu'il voulait dire, car même si ce corps était né ici, ce n'était plus vraiment chez moi, tout comme l'Enfer ou le Royaume des fées. J'étais chez moi sur Terre.

Non. J'étais chez moi avec Lucifer.

Nos soldats envahirent le ciel, déployant leurs ailes blanches, noires et de toutes les nuances entre ces deux couleurs. Nous volâmes vers la pyramide qui tombait en ruine ici, au Paradis, à l'inverse de sa version terrestre. Un triste résultat de la guerre. Tant de choses avaient disparu et avaient été détruites dans ce royaume, victimes de l'horrible bataille entre le Paradis et l'Enfer qui avait duré des millénaires. J'étais sûre que l'Enfer ressemblait à la même chose.

En nous approchant par les cieux, je vis un grand groupe qui se tenait sur les ruines de la pyramide en dessous de nous, et un grand trou béant en son centre. On y avait extrait une tombe, et Callan se tenait à côté, encadré par Belial et Némésis. Némésis taillada la main de Callan et son sang coula sur la tombe noire, faisant luire les symboles inscrits dessus.

— Non ! criai-je en sachant qu'il était trop tard.

Guerre émergea de la tombe en poussant un grand rugissement, envoyant un souffle d'énergie qui propulsa tout le monde en arrière, y compris ceux d'entre nous qui étaient dans les airs. Il s'éleva tel une nuage rouge de fureur, son esprit rayonnant de colère et de haine. Il grandit tant qu'il bloqua le dernier éclat du soleil qui reposait sur l'horizon.

— On s'en tient au plan, cria Gabriel alors que nous nous remettions tous du choc de voir Guerre déjà libre.

Le plan. Très bien. Distraire Pestilence. Remettre Guerre dans sa tombe. Nous pouvions le faire. Nous devions le faire. Sinon, c'en serait fini de nous tous.

Nos forces se remirent doucement et volèrent vers la pyramide en ruine. Vers deux des quatre Cavaliers de l'Apocalypse. Notre groupe était mené par certains guérisseurs Malakim, qui produisirent un halo magique de protection qui bloqua leurs pouvoirs. Pestilence s'éleva devant nous dans les airs avec ses ailes grisâtres, tandis qu'en dessous de lui se trouvait Philomélos, la fée aux cheveux verts, ainsi qu'un loup noir de la taille d'un camion. Mes souvenirs m'indiquèrent qu'il s'agissait de Fenrir, l'arch-démon des métamorphes. Un ensemble composé de diablotins et de métamorphes se tenait également autour des ruines, et ils se mirent à se battre contre notre groupe hétéroclite d'alliés.

Le chaos faisait rage alors que la magie et les armes s'affron-taient, mais alors Adam libéra sa magie qui brûla rapidement le mur de protection que les Malakim avaient créé, nous forçant à nous replier. Nous ne pouvions ni nous approcher ni arrêter Guerre si la magie de Pestilence nous bloquait, nous rendant malades et faibles.

Adam leva la main, un sourire de dément fendant son visage gonflé et gorgé de pus. Il se prépara à déverser une autre vague de son mal sur nous qui mettrait sûrement fin à la bataille. Mais Callan se leva alors à côté de la tombe, se tenant par les côtés comme s'il souffrait, et s'éleva dans les airs.

— Callan ! hurla Olivia alors qu'il s'avançait et se jetait sur Adam pour le faire reculer.

Mon neveu arrivait trop tard, cependant. Une avalanche du pouvoir de Pestilence franchit nos lignes.

Tout à coup, un mur d'une lumière forte et pure venue de nulle part apparut, servant de bouclier magique contre Adam. Callan leva la main en s'approchant de Pestilence dans les airs, contenant la maladie de ce monstre.

Bon sang. Il était vraiment fort. Ses pouvoirs s'étaient intensifiés grâce à la lumière et à la puissance du Paradis. Le bouclier de Callan tint bon malgré les assauts d'Adam dans notre direction, ce qui nous permit d'avancer. Olivia et ses compagnons, ainsi qu'un petit groupe de gargouilles, entourèrent rapidement Callan, le protégeant pour qu'il maintienne son bouclier. J'aperçus Kassiel parmi eux, et je fus frappée d'une vague de fierté et de peur, mais je savais qu'il était capable de se défendre. C'était de son frère dont je devais m'inquiéter.

Nous étions si nombreux que nous aurions pu nous en prendre à tous les autres ennemis de la bataille. Mais seulement si Adam arrêtait d'infecter quiconque passait au travers du bouclier de Callan pour attaquer. Adam ralentit face au barrage constant, mais ne tomba pas. Philomélos l'aida à jeter d'immenses pierres et autres morceaux de ruines sur nous, mais Samaël et Azazel fondirent sur lui pour l'arrêter.

Lucifer et moi guerroyâmes au beau milieu du chaos. Il utilisa ses feux de l'enfer et ses ténèbres pour chasser tous ceux qui osaient l'affronter. Quant à moi, je me servis de tout ce que j'avais appris sur la lumière et les ténèbres ces dernières semaines pour me battre à ses côtés. Nous volâmes vers le centre des ruines, là où Belial et Némésis se trouvaient.

Avant que Lucifer et moi puissions atteindre notre fils, Fenrir se jeta soudainement dans les airs et nous griffa tous deux. Je parvins à me contorsionner et rouler, battant rapidement de mes ailes argentées, mais Lucifer se remit plus vite. Il frappa Fenrir de ses feux de l'enfer, mais celui-ci les contra avec quelque chose semblable à de la lave qui sortait de sa bouche acérée. Je lançai sur Fenrir une lumière blanche aveuglante, ce qui le fit reculer et secouer la tête, pendant que Lucifer l'enchaînait avec ses ombres. Fenrir se libéra des liens obscurs avec une vive secousse et un rugissement qui fit trembler le sol. Je regrettais plus que tout autre chose de ne pas avoir l'Étoile du Matin.

Peut-être pouvais-je improviser. Je créai deux immenses dagues d'ombres, un tour que j'avais appris quand j'étais Lénore, et les enroulai ensuite de lumière. Pendant que Fenrir essayait de déchirer les ailes de Lucifer, je me posai sur son dos large et sa fourrure épaisse. Puis, j'enfonçai mes deux lames dans ses épaules, le faisant hurler et se cabrer. Suffisamment pour que Lucifer le frappe avec ses feux de l'enfer.

Fenrir se dégagea de mon emprise et me fit virevolter dans les airs, mais Lucifer me rattrapa dans ses bras. Quand je regardai en arrière, Fenrir s'était transformé en un loup de taille normale. Il tituba au milieu des métamorphes et disparut. Il était parti en courant et avait pris la fuite.

— Bonne idée, me dit Lucifer en faisant un signe vers mes lames jumelles. Maintenant, allons remettre Guerre à sa place.

Le chemin s'était libéré devant nous, et nous volâmes aussi vite que possible. L'esprit gigantesque et plein de rage de Guerre planait au-dessus de la tombe, ses yeux flamboyants observant Némésis et Belial sous lui.

— Ce Cavalier est à moi, cria Némésis en rejetant mon fils de ses ongles noirs aiguisés, allongés pour la bataille.

— Tu ne peux pas supporter ce genre de pouvoir, répliqua Belial d'un ton sec.

Il leva l'Étoile du Matin qui luisait d'une lumière blanche éclatante. Ses ailes étaient étendues, magnifiques ; le noir de leurs extrémités s'éclaircissait progressivement, virant au gris jusqu'à la base qui devenait blanche.

— Et tu ne peux pas faire le sacrifice demandé, s'esclaffa Némésis cruellement. Ou as-tu oublié ce qui s'est passé à Stonehenge ?

L'affreux rire de Guerre emplit l'air.

— Oui, battez-vous mes petits. Votre colère et votre haine ne me rendent que plus forts. Battez-vous jusqu'à la mort et je prendrai le vainqueur comme mon trophée.

Plus je m'approchais de Guerre, plus ma colère augmentait, mais je fus capable de m'en défaire. Mes sens d'Ofanim me permirent de déceler que l'émotion ressentie était un mensonge. J'atterris à côté de Belial, espérant raisonner mon fils. Je ne savais pas si j'aurais un jour une autre occasion.

Avant que je puisse essayer quoi que ce soit, Belial transperça Némésis avec l'Étoile du Matin et rugit. Alors qu'elle tombait à terre, l'expression dans son regard me terrifia. Mon fils avait été infecté par la folie de Guerre. Je ne pouvais rien faire pour lui. Pas dans cet état.

Mais je me devais d'essayer.

Je l'encerclai de la lumière de la vérité, dans l'espoir de le libérer de l'emprise de Guerre.

— Belial, stop !

Il se tourna vers moi, retrouvant un peu de lucidité grâce à ma magie.

— Guerre est à moi. C'est le seul moyen.

— Je t'en prie, ne fais pas ça !

Je me précipitai vers lui. Je me trouvais à mi-chemin quand Lucifer m'arrêta en m'attrapant par la taille et me tira en arrière.

— Hannah, non !

— Laisse-moi ! On ne peut pas le laisser devenir un monstre !

Je me débattis contre Lucifer, désespérée de rejoindre mon fils, mais il tint bon. Si Belial devenait Guerre, nous devrions soit le tuer, soit l'enfermer... ou l'observer détruire tout ce que nous aimions.

— Belial !

— Je ferai en sorte que ça n'arrive pas, dit Lucifer d'une voix si confiante que j'arrêtai de me débattre. Tu as confiance en moi ?

— Oui, confirmai-je sans hésiter.

Malgré les paroles dures qu'il avait eues, il aimait notre fils. Il ferait n'importe quoi pour le protéger.

Il regarda rapidement Belial, qui s'approchait de Guerre, puis se tourna vers moi.

— Je n'ai pas le temps de t'expliquer mais je pense savoir comment arrêter tout ça et sauver notre fils. Peut-être même renverser Adam par la même occasion. Mais tu ne vas pas aimer ça.

— Fais-le, dis-je même si mon cœur se brisait à mon ordre. Quoi qu'il en coûte.

Lucifer acquiesça d'un air grave.

— Quoi qu'il en coûte.

— Je t'aime, déclarai-je, effrayée que ce puisse être la dernière occasion de lui adresser ces mots.

Il me serra fort et m'embrassa passionnément, avec force.

— Je t'aime aussi. De tout mon cœur.

Un énorme morceau de pierre vint tout à coup s'écraser à côté de nous. Philomélos s'approcha, sans doute dans l'intention de nous empêcher de nous interposer entre Belial et Guerre.

— Vas-y, dis-je en poussant Lucifer. Je m'occupe de lui. Contente-toi de sauver notre fils.

— Je le ferai.

Son regard s'attarda une dernière fois sur moi, avant qu'il déploie ses ailes sombres et s'élance vers Guerre et Belial.

Je retins mon souffle et me débattis contre la peur et l'inquiétude que je ressentais pour les deux hommes que j'aimais le plus.
Puis, je me tournai pour les protéger d'une autre menace.

33

LUCIFER

J'atterris lourdement entre Belial et Guerre.

— Stop !

— Ôte-toi de mon chemin, cria Belial.

Il était en train de discuter avec Guerre du sacrifice demandé alors que je m'approchais, toujours incapable de tuer celle qu'il aimait. Je le vis comme un signe qu'il y avait toujours du bon dans le cœur de mon fils. Si Guerre s'emparait de lui, cette minuscule once de lumière s'éteindrait pour toujours. Je ne pouvais pas laisser ça arriver, même si ça signifiait me sacrifier pour le sauver. Et si je parvenais à contrôler Guerre, je pourrais être capable de vaincre Pestilence par la même occasion. Je devais essayer, de toute façon.

— Prends-moi.

Mon ordre résonna avec force dans le Paradis, suffisamment fort pour stopper Guerre.

— Je suis bien plus puissant que mon fils à tout point de vue.

— Ah oui ? demanda Guerre, d'une voix retentissante, semblable au tonnerre.

Je me tins plus droit, répandant une cape de ténèbres autour de moi.

— Tu veux que je te dise pourquoi ? Je suis plus vieux et plus fort. J'ai plus de magie. Je suis le roi de tous les démons. Tu ne trouveras pas meilleur réceptacle.

La forme spectrale de Guerre me regarda avec malice.

— Toi... Fils de Mort. Tu faisais partie de ceux qui m'ont capturé.

Merde. J'aurais dû savoir qu'il me reconnaîtrait. Mais je pouvais tourner autour du pot.

— C'est exact. Je t'ai vaincu auparavant, mais aujourd'hui, je t'offre une chance de me prendre comme réceptacle à la place. Personne n'est plus fort que moi, et tu le sais. Je t'ai combattu pendant l'Ancienne Guerre, et j'ai combattu les anges pendant la Grande Guerre. Désormais, je combattrai *avec* toi.

— Tu as aussi mis un terme à la Grande Guerre, gronda Belial avant de regarder Guerre. Il s'est affaibli avec l'âge. Il lutte pour la paix maintenant.

Guerre posa à nouveau son vil regard sur mon fils.

— Hmm. Je sens que tu as le don d'attirer les conflits. Tu es l'*ennemi* de ton propre père, après tout.

— Non !

Je m'avançai dans les airs. Je ne pouvais pas le laisser prendre mon fils. J'avais vu ce qu'il avait fait à Adam. Peu importe ce qui s'était passé autrefois, je ne considérerais jamais Belial comme mon ennemi. Pas même après toutes ces trahisons. Pas même après ça. Ici. Maintenant. C'était mon fils. Et je ferais n'importe quoi pour le sauver, comme je l'avais promis à Hannah. Même si ça signifiait me sacrifier, moi.

— Belial est faible. Il s'est rebellé contre moi de nombreuses fois, et j'ai toujours gagné. C'est la plus grande déception de ma vie.

— Alors sacrifie-le, ordonna Guerre. Et tu obtiendras mon pouvoir.

Malgré mes mots durs, je ne pouvais faire cela.

— Non. Il doit y avoir un autre sacrifice que tu accepterais.

— Oui. La femme ange. Ta moitié.

Guerre étira un long doigt vers Hannah, là où elle se battait contre la fée.

Je mis les mains sur les hanches.

— Je ne lui prendrai pas la vie.

Guerre se pencha près de moi, m'entourant de son énergie spectrale.

— Ah, mais le sacrifice que je demande est celui de l'esprit. Elle vivra mais je te la retirerai. Choisis maintenant, ou je fais au garçon la même offre. Nous savons tous les deux qu'il acceptera.

Je levai les yeux vers lui, craignant de comprendre ce qu'il voulait dire, tout en sachant que je manquais de temps. Ce serait sûrement la meilleure offre que j'obtiendrais, même si mon cœur se déchirait à l'idée de perdre Hannah d'une quelconque façon. Tout ce que je pouvais faire, c'était prier pour qu'elle soit capable de me sauver de ce que je m'apprêtais à faire.

— Jure-moi qu'elle ne sera pas blessée, et j'accepte.

— Père, non ! cria Belial en se jetant sur moi avec l'Étoile du Matin.

— Je le jure, tonna Guerre. Je t'accepte comme réceptacle.

À ces mots, Guerre se jeta en moi avec une ruée de pouvoir, de chaos et de haine. J'eus l'impression qu'on déchirait mon corps, puis qu'on le recousait pour le déchiqueter à nouveau. Chaque pore suintait de douleur et de souffrance. Une aiguille pour chacun de mes jours vécus me lacérait, et j'existais depuis si longtemps. Je crus que l'agonie dura des heures ou des jours, voire même des semaines. Mes genoux percutèrent le sol, submergés par ma lutte de rester moi-même au milieu de toute cette rage écrasante. Ça ne faisait que quelques secondes, mais la colère en moi avait grandi depuis des siècles. Et désormais, elle était libérée.

Quelque chose en moi avait été retiré. Quelque chose d'important, mais qu'était-ce ? L'idée qu'une grande partie de mon corps ait disparu m'ennuyait grandement. Je n'arrivais pas à mettre le doigt dessus. Sur la seule chose dont je devais me souvenir. Manquait-il quelque chose ?

Peu importe. J'étais Lucifer, et Guerre, et un *dieu*. La résolution et le pouvoir m'envahirent alors que j'observais le champ de bataille des anges et des démons qui continuaient à se battre entre eux. C'était dans l'ordre des choses.

J'écartai les mains et ris, utilisant ma magie pour mélanger leurs émotions. Je modifiai légèrement cette partie de leur esprit, ce qui permit à ces créatures frêles de réveiller leurs instincts primaires. Leur côté primitif. Leur rage.

Il se firent face et s'affrontèrent davantage, sans savoir ni se soucier de qui tombait devant eux. Et ils mouraient, les uns après les autres, alimentant mon pouvoir. Ils me donnaient mon entièreté.

Donnez-leur la colère.
Donnez-leur la guerre.

34

HANNAH

Je frappai Philomélos avec mes ombres et ma lumière et le repoussai, le faisant voler sur des centaines de mètres. Azazel fondit sur lui, ses lames étincelantes, et je lui fis un rapide signe avant de retourner aider Lucifer.

Mais c'était trop tard.

— Non ! criai-je alors que Guerre s'insinuait dans Lucifer.

Son essence colérique l'entoura et suinta par tous les pores de sa peau. Lucifer ouvrit les bras pour l'accueillir. Je compris tout à coup ce qu'il se passait et mon cœur se brisa en de minuscules morceaux. Il l'avait fait pour sauver notre fils d'un tel destin, mais il s'était maudit dans son action, et l'idée de le perdre m'était insupportable. Peut-être pouvait-il le combattre. Personne n'était aussi fort que Lucifer. Si quelqu'un pouvait contrôler Guerre, c'était lui.

De furieuses taches rouges et oranges apparurent sur la peau de Lucifer, comme si la rage ne pouvait être contenue. Elle sortit de son corps telle de la lave en fusion qui sortait de terre, palpitant d'une fureur irisée. Il déploya grand ses ailes, et celles-ci se mirent à luire d'une lumière rouge au lieu de leur habituel noir d'encre. Les plumes noires étaient illuminées par la rage.

Une puissance violente et écrasante émanait de Lucifer, atteignant tout le monde dans le champ. Alors que l'énergie frappait les soldats qui s'affrontaient, ils poussèrent des cris et des hurlements remplis d'une colère abrutissante. Ils se mirent à charcuter et poignarder tous ceux qui se trouvaient en face d'eux. Ami ou ennemi, peu importait. La rage avait pris le dessus sur eux, et ils combattaient avec une vigueur retrouvée. Si Pestilence les affaiblissait et les infectait, Guerre faisait le contraire. Il faisait l'effet d'un shot de caféine à l'endroit même où siégeait leur colère.

Et j'étais la seule capable d'arrêter ça.

Je m'élançai dans les airs et volai vers le crépuscule illuminé, vers Lucifer qui planait devant moi. Ma moitié était là, quelque part, sûrement en train de lutter contre l'Ancien Dieu qui s'était emparé de son corps, et je devais la trouver. C'était la seule manière d'arrêter cette folie et de le retourner contre Adam.

— Lucifer, arrête !

Je touchai son bras et le serrai, souhaitant que notre connexion l'aide à se détacher de l'influence du dieu qu'il avait accueilli en son sein.

— Écoute-moi ! Tu dois le combattre !

Il tourna la tête vers moi, les yeux rouges tels des charbons ardents, et me lança un regard assassin.

— Qui es-tu ?

Je cillai des yeux, confuse.

— C'est moi, Hannah. Ta compagne. Tu... tu ne me reconnais pas ?

Le visage incroyablement beau de Lucifer était gâché par sa haine. Il me repoussa brutalement.

— Un *ange* pour compagne ? Jamais de la vie.

Je me ressaisis grâce à mes ailes, même si ses paroles résonnaient au fond de moi. Ça s'annonçait mal. Qu'est-ce que Guerre lui avait fait ?

— Je sais que tu es là. Lucifer, il faut que tu luttes !

Les mots s'échappèrent de mes lèvres dans une tentative désespérée pour qu'il me reconnaisse.

— Bien sûr que je suis là. J'ai autrefois fait l'erreur de mettre fin à la guerre contre les anges, mais Guerre m'a rappelé qui je suis vraiment, ricana-t-il pendant que la bataille faisait rage autour de nous. Il est temps de prendre le Paradis et de rouvrir l'Enfer. Puis, nous conquérirons la Terre, et le royaume des fées également.

Il contempla la scène de chaos devant lui avec satisfaction.

— Bientôt, ce royaume se prosternera devant moi. Leur roi. Leur *dieu*.

Non, je refusais de le laisser devenir un monstre. Je lui ramènerais ses souvenirs, d'une manière ou d'une autre. Je l'agrippai par les épaules et le forçai à me regarder.

— Lucifer ! Tu n'es pas Guerre ! Je sais que tu peux le repousser. Tu sais qui je suis. Je suis Hannah. Je suis *Ève* ! Tu es ma moitié. Et tu m'aimes.

Le vent emporta mes derniers mots.

— Je sais que tu m'aimes, même si Guerre m'a effacée de ta mémoire.

Les yeux rouges furieux de Lucifer rougeoyèrent davantage, et il s'empara de mon poignet avec force, mais ne me rejeta pas. Je l'observai, cherchant sur son visage une trace de l'homme que j'aimais.

Belial m'attrapa par le bras et me tira en arrière.

— Mère ! Tu ne peux rien faire. Il ne se souvient pas de toi.

— Non ! hurlai-je.

J'avais l'impression qu'on avait déchiré mon âme en deux

alors que Belial m'éloignait. Je venais juste de retrouver Lucifer, de me remémorer tout notre passé commun, et désormais, je l'avais à nouveau perdu. Même si nous n'étions plus maudits, le destin semblait vouloir nous séparer, nous faire souffrir de ne pas pouvoir être ensemble.

Mais il y avait peut-être de l'espoir. Lucifer nous avait laissés partir. Il aurait pu me tuer facilement pendant que je le suppliais, mais il ne l'avait pas fait. D'autre part, la colère qui avait infecté tous les autres avait épargné Belial et moi. Quoi que Lucifer dise, une partie de lui ne me ferait pas de mal. Cette partie me connaissait, au fond de lui, dans les profondeurs sombres de son âme. Comme quand Jophiel lui avait fait oublier Haniel et qu'il avait malgré tout mis fin à la guerre contre les anges. Peu importe ce qui arrivait, je serais toujours avec lui.

Tandis que Belial me mettait en sécurité, je jetai un œil vers les ruines de la pyramide et contemplai la bataille qui avait lieu autour de nous. Les anges et les démons, qui étaient auparavant dans le même camp, s'affrontaient à présent à cause de la magie de Lucifer. La magie de Guerre.

Trop de personnes étaient blessées ou mortes, et Lucifer n'allait pas s'en tenir à ça. Guerre n'y mettrait jamais fin, et même Lucifer n'était pas assez fort pour combattre l'influence de l'Ancien Dieu. À présent, Lucifer se rendrait sur Terre et déclarerait à nouveau la guerre aux anges, puis il continuerait jusqu'à ce que Guerre conquière tout. Une fois qu'il aurait terminé, que resterait-il ?

Je ne pouvais laisser cela arriver.

Lucifer avait sauvé notre fils, mais en faisant cela, il avait signé sa propre perte. Ce ne fit que renforcer mon amour pour lui, parce que c'était exactement ce que j'aurais fait. Nous avions vécu d'innombrables vies ensemble, et mon amour pour lui, et son amour pour moi, avait été la seule constante pendant tout ce temps.

Mais désormais, je devais l'arrêter.

Je me tournai vers Belial, mettant en place un plan désespéré qui ne fonctionnerait sûrement pas, mais qui était notre seul espoir d'arrêter Guerre.

— Où est la clé du Paradis ?

— C'est moi qui l'ai.

— Donne-la moi.

Belial me jeta un regard noir mais la sortit et la déposa dans ma main. Celle-ci s'illumina immédiatement à mon contact, réagissant à ma nature angélique. Seulement quelques heures auparavant, ils l'avaient prise des mains de Jophiel. La peine menaça de refaire surface, mais je la repoussai. Il n'y avait pas le temps pour ça en ce moment.

— Il faut qu'on sorte tout le monde d'ici.

Je battis frénétiquement des ailes en volant vers le reste des guerriers encore en vie. Je me souvins ensuite de ce que Bastien m'avait appris. Il m'avait rappelé ce dont j'étais capable. Je rassemblai la lumière de la vérité dans mes paumes, mes pouvoirs si puissants ici au Paradis que j'eus l'impression d'avoir été frappée par la foudre, puis je la répandis sur le champ de bataille. Quand elle toucha les soldats, la folie de Guerre s'estompa en eux, juste un peu. Juste assez pour les arrêter.

J'atterris en leur centre et levai la pierre, comme j'avais vu Gabriel le faire. La clé réagit à mon sang angélique tandis que je pensais à la Terre, et un portail chatoyant apparut. Je me concentrai et l'agrandis, afin que plusieurs personnes puissent l'emprunter.

— Vite ! criai-je, ma voix résonnant dans le champ. Passez le portail !

Les guerriers semblèrent se ressaisir et se mirent à se diriger vers le portail. C'était sans compter Adam. Il avait observé à distance tout ce qui s'était passé, sur son spectre de destrier blanc, un regard triomphant sur le visage. Il prenait plaisir au chaos et à la mort qui l'entourait. À présent, il se concentra sur moi et plissa des yeux, puis il chargea.

— Je vais le retenir, dit Belial en rassemblant des feux de l'enfer dans ses mains. Fais passer tout le monde.

Je ne savais pas trop si je pouvais faire confiance à Belial, vu qu'il avait été du côté d'Adam pendant tout ce temps, mais je ne pouvais pas m'arrêter pour lui parler ou l'interroger.

Tous les anges et les démons encore capables de bouger se dirigèrent vers le portail, certains en rampant, d'autres en portant des blessés ou en volant avec des ailes abîmées. Fenrir portait sur son dos une Némésis inconsciente ou morte, mais je m'en fichais maintenant qu'ils s'enfuient ou non. Tout ce qui importait, c'était que tout le monde retourne sur Terre pour que je puisse faire ce qui devait être fait.

Belial vola vers Adam si rapidement qu'il parut flou. Il l'attaqua avec l'Étoile du Matin, les feux de l'enfer et les ténèbres. Nous octroyant assez de temps pour nous échapper. Quand quelqu'un s'arrêtait, atteint à nouveau par la rage de Guerre, je jetais d'autres éclats de lumière, concentrant toute mon énergie sur le rétablissement de la vérité. Pendant que je m'y attelais, Gabriel ouvrit un portail de l'autre côté du champ, permettant à davantage de personnes de s'échapper.

Le spectre d'un cheval énorme apparut au loin, couleur rouge sang. Il galopa vers nous, passa devant les anges et les démons dans l'herbe pour rejoindre Guerre. Lucifer enfourcha la bête immense et je sus que nous n'avions plus le temps.

— Vite ! criai-je.

S'ils ne traversaient pas vite le portail, je devrais en laisser derrière moi.

Soudain, Belial heurta le sol à côté de moi. Il roula dans l'herbe, agonisant du mal d'Adam. Le premier Cavalier traversa le champ sur son cheval blanc et emprunta le portail ouvert de Gabriel, infectant tout le monde sur son passage. Le portail se ferma quelques instants plus tard, et je jurai entre mes dents.

Lucifer se tourna vers nous et éperonna son destrier. Un nuage étouffant de sa haine et de sa furie s'amoncela autour de nous. Il prévoyait sans aucun doute de faire comme Adam.

Nous n'avions plus le temps. De l'autre côté du champ, Gabriel attrapa quelqu'un avec des ailes noires – il s'agissait d'Azazel – et vola tout droit vers le portail. Il en restait quelques-uns, trébuchant, et je craignais qu'ils n'arrivent pas à temps. Tant pis, je devais leur donner quelques secondes.

Avant que l'étalon de Lucifer atteigne le portail, je le frappai de ténèbres et de lumière, y mettant toute ma puissance pour assommer le grand amour de ma vie. Je ne laisserais pas Gabriel ou Azazel derrière. C'était hors de question.

Mon fils se releva, le visage résolu. Des feux de l'enfer bleus se déversaient de ses mains, réunissant assez de puissance pour le repousser suffisamment longtemps, afin que les anges et les démons restants traversent.

— Vas-y ! criai-je en poussant Belial vers le portail.

Il secoua la tête.

— Pas sans toi !

Je n'avais pas le temps de me disputer avec mon obstiné de fils. J'étais sa mère, bon sang. Il devrait m'écouter. Alors qu'il se tournait pour faire à nouveau face à Lucifer en toussant fortement, j'enchaînai mes ténèbres autour de lui et le fis passer le portail.

Lucifer s'approcha, superbe sur son haut destrier, et je lui bloquai la route. Il n'y avait plus que lui et moi, désormais. Comme toujours.

— Ôte-toi de ma route, ange, commanda Lucifer.

Son cheval battait du pied avec impatience, transformant le sol en lave à chaque foulée. Cependant, il ne m'attaqua pas.

— Je t'aime, dis-je, la voix chevrotante et les yeux pleins de larmes. Je reviendrai pour toi, je te le jure. Je trouverai un moyen de te libérer.

Je me précipitai à travers le portail alors qu'il me chargeait, puis le fermai juste avant que Guerre et son cheval rouge ne le franchissent. Laissant Lucifer seul, dans un Paradis vide et ravagé par la guerre.

35

HANNAH

Je m'écroulai au sol, épuisée, mon âme brisée. Putain, ce n'était pas passé loin. Si j'avais été une seconde moins rapide, Guerre serait entré sur Terre. Je pouvais encore sentir l'odeur de soufre de son cheval sur moi et mes mains tremblaient, à la fois de terreur et parce que je prenais conscience de ce que j'avais fait.

J'avais enfermé l'homme que j'aimais au Paradis. Je l'avais laissé avec ce monstre en lui. Je l'avais fait pour sauver tout le monde dans ce royaume et dans les autres, et je savais que le Lucifer sain d'esprit aurait approuvé ma décision. Cependant, ça ne la rendait pas plus facile pour autant. J'avais perdu Lucifer, et je ne savais pas vraiment comment le faire revenir.

Je parcourus le champ du regard, mes yeux s'ajustant à la pénombre. Plus personne ne se battait, peu importe dans quel camp ils étaient auparavant. Les diablotins étaient allongés à côté des anges, les métamorphes gémissaient à côté des gargouilles. L'Archange Raphaël avait été assez intelligent pour rester sur Terre avec des Malakim pour nous soigner au cas où un événement de ce genre se produirait. Ils arpentaient en ce moment le champ, s'occupant de tous ceux qui avaient besoin de soin. J'aperçus Marcus penché au-dessus de Kassiel, en train de soigner ses blessures et je soupirai de soulagement de voir que mon plus jeune fils allait bien. Je vis aussi Azazel parler avec Samaël, et Olivia enlacer Callan pendant que Bastien les regardait. Ils étaient tous, miraculeusement et merveilleusement, en vie.

Adam avait disparu cependant, et nous ignorions où il était parti. Même si j'étais parvenue à emprisonner Guerre, nous devions toujours nous occuper de Pestilence. D'une manière ou d'une autre, nous devrions l'arrêter avant qu'il ne provoque des dommages irréparables à ce monde où nous vivions tous.

— Qu'est-ce que tu as fait ?

Belial fixait l'endroit où le portail avait disparu. Il eut une nouvelle quinte de toux terrible et se tint la poitrine, puis s'effondra sur moi.

— À l'aide ! criai-je.

L'Archange Raphaël en personne se précipita. Il encercla Belial d'une lumière blanche éclatante, retirant doucement toutes traces du mal de Pestilence en lui. C'était un miracle que Belial ait tenu si longtemps. Quand la guérison fut terminée, je remerciai Raphaël qui me fit un clin d'œil avec un sourire charmeur, avant de se précipiter vers la prochaine urgence.

— Pourquoi ? marmonna Belial en se levant.

Je posai ma main sur le bras tatoué de Belial, souhaitant qu'il comprenne.

— Je devais laisser Lucifer là-bas. C'était le seul moyen de le contenir. C'est un Ancien Dieu à présent, donc il ne mourra pas. Sa colère ne cessera d'augmenter, c'est tout. Mais ça nous laisse le temps de chercher comment sortir Guerre de lui et lui rappeler qui il est.

Belial serra les poings. Il exsudait la frustration, si dense que je pouvais presque la voir.

— Ce n'était pas censé se passer comme ça. J'allais prendre Guerre pour arrêter Pestilence. C'était mon plan, depuis que je me suis rendu compte que j'avais merdé en laissant Adam devenir Pestilence. Père a tout gâché.

Mon pauvre fils malavisé et bêtement courageux. Il ressemblait bien trop à son père. C'était sûrement la raison pour laquelle ils ne s'entendaient pas.

— Il l'a fait pour te sauver.

Le visage de Belial se tordit de colère.

— *Pourquoi ?* Pourquoi me sauver après tout ce que j'ai fait ?

Je le pris dans mes bras et le serrai fort, incertaine quant à qui en avait le plus besoin.

— Parce que tu es notre fils. Peu importe ce que tu fais, nous t'aimerons toujours.

Les muscles de son dos se crispèrent à mes paroles et il s'écarta, le visage dur.

— Tu ne devrais pas.

Il déguerpit ensuite d'une démarche raide et furieuse. Je le regardai mais le laissai partir. Ça confirmait au moins ce que j'avais toujours soupçonné : il n'était pas entièrement mauvais. Il y avait encore de l'espoir pour lui. Et Lucifer le savait lui aussi, sinon il ne se serait pas sacrifié pour sauver Belial.

Gabriel s'avança dans la foule pour se tenir à mes côtés.

— Tu as eu une bonne idée. Tu nous as tous sauvés.

— J'ai fait ce que je devais faire, soupirai-je.

— Je suis simplement content que le brouillard de rage de Guerre se soit affadi. Tout ce que je voulais faire, c'était me battre. Je m'apprêtais à déclarer de nouveau la guerre aux démons, avoua-t-il en me regardant avec des yeux pleins de compassion. Je suis navré que tu aies dû le laisser là-bas, mais c'était la meilleure chose à faire. Nous ne pouvons pas laisser Guerre relancer les hostilités entre les anges et les démons. Pas après avoir travaillé si dur pour maintenir la paix.

— Nous ne le laisserons pas faire. Nous arrêterons tant bien que mal Pestilence aussi.

Quoi qu'il arrive, je ne laisserais pas cette bataille recommencer. J'étais un ange, oui, mais mon cœur était du côté des démons. J'appartenais aux deux mondes, et je donnerais ma vie pour maintenir la paix entre eux.

Gabriel me tendit la main.

— J'ai hâte de travailler avec toi et ton peuple.

Je fixai sa main, confuse, puis la serrai. Il me fallut quelques secondes pour réaliser ce qu'il voulait dire.

En l'absence de Lucifer, c'était moi qui étais aux commandes.

Je me redressai et contemplai les Déchus et démons éparpillés dans le champ. Ceux qui avaient été loyaux, et ceux qui s'étaient perdus. Ils étaient tous mes sujets, et je les rassemblerais. Je les protégerais. Les guiderais. Régnerais sur eux. C'était ce que Lucifer aurait voulu.

Je trouverais un moyen de sauver Lucifer, même si je devais le tuer. D'ici là, je devais me montrer forte. Pour notre peuple. Pour Lucifer. Pour nos enfants. Y compris celui qui, soupçonnais-je, grandissait en moi en cet instant.

J'étais la reine des démons.

Il était temps pour moi de régner.

À PROPOS DE L'AUTEUR

Elizabeth Briggs est une auteure à succès du New York Times. Elle écrit des romances paranormales et fantastiques avec des héroïnes audacieuses et des héros intrépides. Elle est diplômée de UCLA en sociologie et a depuis travaillé pour un cabinet d'avocats international, donné des conseils d'écriture à des adolescents et fait des missions de bénévolat pour secourir des chiens abandonnés. À présent, c'est une geek à temps plein qui vit à Los Angeles avec son mari, sa fille et une meute de chiens velus.

Visiter le site internet d'Elizabeth : www.elizabethbriggs.com